龍鎖のオリ －心の中の“こころ”－

［著］cadet　［画］sime

CONTENTS

Ryuusa no Ori
Kokoro no
Naka no Kokoro

Presented by cadet
Illustration by sime

人は自らの逃避を自覚し辛く、

知らぬ間にその鎖に搦め捕られる。

一端の分野で最前線を駆ける先駆者とて、

心のどこかに逃避を抱えている。

まして、挫折を味わった者はなおのこと、

その甘く苦い誘惑に囚われやすい。

巻きついた鎖は知らず知らずのうちに一つ、

また一つと輪を継ぎ足され、

宿主を深い沼の底へと引きずり込んでいく。

そして、ここにまた一人、

そんな鎖に囚われた少年がいた。

これは、絡みついた己の鎖に

向き合う少年の物語。

CHAPTER 1

第一章

鎖に囚われた少年

ソルミナティ学園。

学園都市アルカザムに建設された、アークミル大陸中の若者が集う学び舎。

完全な実力主義で、一定の成績に満たない者は容赦なく落とされる場所。

その場所に彼はいた。

ノゾム・バウンティス。

ソルミナティ学園二年生であり、実力主義の学園の中で、学年最下級である十階級に属する生徒。

白を基調とした制服の胸元には、最下級を示す、黒一色で統一された名札が付けられている。

彼は昼下がりの太陽の下でまどろみながら、この学園に来た時のことを思い出していた。

彼がこの学園に来たのは二年前。自らが恋焦がれた相手の夢を支えるために、無二の親友と共に、この学園に来た。

リサ・ハウンズ、そして、ケン・ノーティス。

二人は故郷で幼い頃から同じ時間を過ごした幼馴染(おさななじみ)であり、そしてリサ・ハウンズは、この学園に来る前に想(おも)いを交わした恋人同士だった。

そんな彼女との出会いは、故郷であるオイレ村に、彼女が母親と一緒に引っ越してきた時だった。

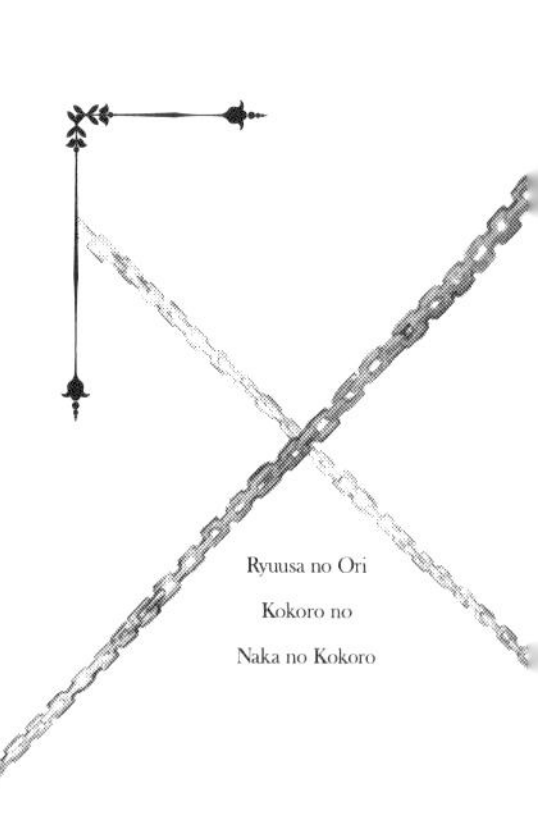

ノゾムの生まれ育った村は、大国と友好関係を結んでいる小国の辺境にあった。

比較的肥沃な土地であったことから、食べるには困らないが、日常の変化に乏しい普通の農村。

その村に流れる川で魚釣りをしていたノゾムに、村に越してきたばかりの彼女が声をかけてきた。

「は、初めまして。今暇？」

上ずった声で言葉に詰まりながらも、声を掛けてきた彼女にノゾムが振り返った時が、全ての始まりだった。

小綺麗(こぎれい)なワンピースに身を包み、紅(あか)みがかったショートヘアが特徴的な美少女。勝気な気質を宿しながらも緊張に震える瞳は、まるで宝石のように、幼いノゾムの瞳を釘付けにした。

自分の顔が徐々に熱を帯び、心臓が早鐘を打つ。完全に一目惚れ(ひとめぼ)だった。

「あ、ああ、うん……暇、だよ？　一応……」

「よ、よかった！　じゃあ、ちょっとお話ししよ！　私はリサ・ハウンズ、よろしくね！」

そうして、幼い二人の交流が始まる。

河原に流れるせせらぎに包まれながら、二人は言葉を交わした。

彼女は元々、冒険者の父母と共に旅をしていたが、父親が亡くなり、母方の故郷であるこの村に戻ってきたらしい。

旅を重ねてきただけあり、リサのコミュニケーション能力は同年代の少年少女よりも優れていた。

ノゾムはこの村のことを話し、リサは自分が今までどこで何をしてきたかを話す。

「冒険者かぁ……どんなところに行っていたの？」

冒険者。その名の通り、未開の土地を切り開き、未知を探求する者達のことである。

平穏な村に住むノゾムには縁のない話。しかし、年相応に英雄譚や冒険譚に憧れる少年であったノゾムには、リサの話はとても興味をそそられた。

話し手が一目惚れした相手だったことも、彼女の話にのめり込んだ理由でもあった。

そうして二人は、初めての邂逅の中で時間を忘れ、日が暮れるまで話し込んだ。

幼き友人として始まった二人の関係。それが大きく動いたのは、二人が第二次成徴を迎えたころ。

ノゾムは背が徐々に伸び始め、リサはその体付きが少しずつ女性のそれへと近づき始めていた時、ノゾムはリサと初めて出会った河原に呼び出され、唐突にその事実を告げられた。

「私、ソルミナティ学園に行く」

出会った時と同じように、緊張の色を滲ませながら、彼女はそう告げた。

それは、ノゾム達が過ごした村を去ることと同意であった。ノゾムは惚れた少女の姿に魅入られつつも、幼き頃から惹かれていた彼女がこの村を去る事実に焦燥を抱く。

「じゃあ、俺も一緒に行く……」

気がつけば、ノゾムの口は衝動的にそんな言葉を口走っていた。

ノゾムの言葉を聞いたリサが、その瞳を大きく見開く。

「何、言っているのよ。ノゾムはこの村で暮らしていくでしょ？　おじさんやおばさんだって……」

ノゾムの家は農家だが、子供は彼一人しかいない。

故に、ノゾムは貴重な働き手であり、決して欠くことのできない労働力だった。

特に彼の父親は、大反対するだろう。

「好きな子が夢を叶えたいと言っているなら、俺はその力になりたい」

「す、好きって……」

リサは見開いた瞳と顔に戸惑いの色を滲ませ、困惑の言葉を漏らす。

だが、表情に狼狽(ろうばい)を映しながらも、その頬は隠し切れないほど朱色に染まっていた。

ノゾムもまた、積年の想いを口にしたことで頭を熱に浮かされながらも、彼女の背中を支えることを固く誓う。

「ありがとう……うれ、しいよ」

感極まったのか、涙を浮かべながら、リサがそっとノゾムの胸に身を寄せる。

二人はお互い相手の背に手を回し、その唇は自然と……。

「夢……か」

昼休みの終わりを告げる鐘が、ノゾムを夢から現実へと引き戻す。ノゾムは体を起こすと、制服についた草を払い落とし、午後の授業を受ける為に教室へと向かう。

かつて、彼女に告げた誓い。それが果たせなくなった事実を、無理やり頭の中から切り捨てて。

✝

実力主義のソルミナティ学園において、階級の違いは、互いを分ける明確な指標となっている。

この学園は二十年前に起きた『大侵攻』と呼ばれる魔獣の災厄後に、このアークミル大陸各国の融資で設立された学園だ。

生まれも身分も関係なく、上位の階級に上がることができれば相応の待遇の中で鍛練を行え、卒業する頃には栄達を約束される。

しかし、下位の階級に墜ちれば、元々上位だったことからのやっかみを受ける。

元々下位だった者達の扱いは、言わずもがな。

そんな学園でノゾムが所属する十階級は、学年の中で最下位の階級であった。

廊下を歩く彼に、無遠慮かつ、無機質な視線が注がれる。

「なんだ、あの落ちこぼれ、まだいたのか?」

「意外、もうとっくに自主退学したと思っていたのに」

向けられる、心ない、乾き切った無関心の言葉。常に厳しい競争に晒されているこの学園において、生徒達には自らよりも下位の者達に関心を持つ余裕などない。

もし関心を持ったとしても、その声色と視線には無意識の侮蔑と嘲笑の色が混じってしまう。

だが、この程度ならまだマシである。ノゾムが教室に入ると、ジメッとしたネバつくような空気が肌についた。ほの暗い、愉悦の混じった視線が向けられる。向けられる視線を無視してノゾムが自分の席に向かえば、そこには悪意を込めた言葉が、ナイフでこれでもかと彫られていた。

「出ていけ!」「学園の汚点」「負け犬以下の糞野郎」

ノゾムがチラリと周囲に目を向ければ、一部の生徒が、ニヤニヤとした視線を向けてくる。

その表情を見れば、誰がノゾムの机をボロボロにしたのかは明白だった。

ノゾムが押し黙ったままボロボロになった席に座るのを、彼らはクスクスとせせら笑いながら眺めている。

十階級の生徒達は、この学園では立場がない。

無論、彼らが怠け者かと言われるとそんなことはなく、彼らも故郷に帰れば神童と呼ばれるほど有能な若者達であり、それに相応しいだけの努力を続けてきた。

だが、大陸中から選りすぐりの者達が集まったこの学園の中では、彼らの輝きはより強い他者の輝きの影で霞んでしまっていた。

ソルミナティ学園の階級差を利用したシステムは、生徒達の競争心を刺激し、より高い次元への成長を促すことを目的として組み入れられている。

だが、その全体成果を期待するシステムの陰で、弊害も生まれる。

一定以下の生徒達が、完全に心折られ、容赦なく脱落していくのだ。

競争が激しいからこそ、人は報酬と他人からの賛辞を期待し、上位に行けた者ほど、ある種の特別な優越感を得る。逆に下位に墜ちれば、自信を喪失し、劣等感に苛まれる。

そして、上位の者をより高みへ導くための階級別の教導システムは、自然と上位者が下位者を見下す風潮を作る。

だが、ここで思い出して欲しい。下位者達も、生まれ故郷では神童と呼ばれるほど才のある子供達だったのだ。そして、そんな子供達だからこそ、蔑みの感情を向けられる経験は少なく、見下される環境に慣れてもいない。

そんな彼らが受けるストレスは、想像以上に大きい。

いくら努力しても越えられない壁、才ある子として賛美を受けながら、最下位階級の中で埋没している事実、そして、溜まっていく鬱屈とした感情。

そして、そんな状況に耐えられなくなった者達が目を向けるのは、自分達よりもさらに劣った者である。積もりに積もった劣等感の捌け口。その最下層にいるのがノゾムだった。

「いい加減、無駄だと諦めれば良いのに」

「アイツのせいでこっちまで同レベルに見られるんだから、いい迷惑だぜ」

ボソボソと小声で、しかし、ノゾムに確実に聞こえるような声量で交わされる悪意と蔑みに満ちた会話。

ノゾムはジクジクと耳からしみ込んでくる毒の声に耳を塞ぐが、心臓はギシギシと鈍い痛みを訴えてくる。奥歯を噛み締めて鈍痛に耐え、無表情を顔に張りつけながら、ボロボロにされた自分の机に視線を落とす。それは嵐が過ぎるのをただ耐えるためだけの行動。

だが、例えノゾム自身が無視しようと、悪意は向こうの方から近づいてくる。

「よう最底辺、また意味もなく授業を受けにきたのか？」

低い、人を馬鹿にしたような口調の声が、ノゾムに向けられる。視線を上げれば、机の前に三人の男子生徒が立ち、彼を見下ろしていた。

話しかけてきたのは、三人の真ん中に立つ、特にガタイの大きな男子生徒だった。

着崩した制服に、短い金髪を持つ青年。

マルス・ディケンズ。

この十階級だけでなく、二学年の中でも特に問題児とされている生徒である。

マルスは本来ならもっと上位の階級にいるはずの実力を有しているのだが、誰かれ構わずケンカを売る好戦的な性格と素行の悪さから、十階級に甘んじている生徒だった。

マルスの挑発するような言葉と視線を受けながらも、ノゾムは俯いたまま、その表情はピクリとも動かない。全く反応を返さず、淡々と授業の用意を進めるノゾムの様子にマルスが表情を歪め、不快感を露わにした。

「見ろよ。コイツ、言い返すことすらできない様子だぜ」

「全くだ。まあ、幼馴染の紅髪姫にすら見捨てられたんだ。いい加減、夢見るのはやめた方がいいんじゃねーか」

見下すマルスと、沈黙するノゾム。二人の様子を見て、マルスの左右を固めていた取り巻き達が声を上げる。その声に同調するように、周囲の生徒達も笑い始めた。

見捨てられた。その言葉に、ノゾムはギリッ……と奥歯を噛み締める。

「おい、何無視してやがんだよ！」

意識が過去に沈んでいたノゾムに、無視されたと勘違いした取り巻きの一人が、声を荒らげながらノゾムの机を蹴飛ばした。

ボロボロの机と共にノゾムの体が木床に投げ出され、落ちた教科書がバサバサと音を立てる。

蹴り飛ばされても、無言のまま机を元に戻し始めたノゾムに、さらに無視されたと思い込んだマルスの取り巻き達が拳を振り上げる。

だが、その拳がノゾムに振り下ろされる前に、教室の扉がガラリと開き、長身の男性が入ってきた。

「何をしている」

「う、カスケル先生……。い、いや、頭の悪いコイツに少し教えてやっていただけですよ」

カスケル・マティアート。

二学年十階級の担任を務める教師であり、一年の頃からノゾム達十階級の担任だった教師だ。

パリッとした黒が基調の服に身を包み、整った容貌を持つ二十代後半の男性教師であるが、どこか他者を見下すような、神経質な眼差しをしている。

カスケルは額に皺を浮かべながら、マルスの取り巻きと倒れた机を戻しているノゾムを一瞥すると、何があったのかを悟った。

「……授業の後にしろ。手を煩わせるな」

「は、はい……」

だが、カスケルはマルスの取り巻き達を問い詰めようとも、咎めようともしなかった。

この男性教師にとって、ノゾム達は教えるに値しない生徒であり、路傍の石のような存在なのだ。

「さっさと席について教科書を開け、屑石ども。私の時間を無駄にさせるな」

重く、威圧的な声と共に、他の生徒達が慌てて席について教科書を広げる。

今は二学年の期間も終わりが近づいており、もうすぐ学年末試験がある。ここで規定の成績を取れなければ、問答無用で退学処分となる。もし進級できても、また最下位階級になってしまうだろう。

当然ながら、成績には担任教師の心証も関わってくる。

だが、他の生徒達が席に戻る中、マルスだけはノゾムの机の前から動かなかった。

「マルス、さっさと席につけ」

「うるせえよ、雑草教師。キャンキャン喚かなくても聞こえてる」

「雑草、だと……。貴様、学園の教師であるこの私に……」

「ふん……。屑石の担任になっているだけでお察しだろうが」

マルスはカスケルの怒気を鼻で笑うと、俯いたままのノゾムを一瞥して自分の席に戻った。

カスケルはマルスの態度に顔を紅くして怒声を放とうとするが、その前に始業の鐘が教室に響く。

「ちっ……マルス、放課後、私の所に来い、いいな！」

カスケルは仕方ないという様子で、それだけをマルスに言い渡し、教科書を開いて授業を開始した。

「知ってのとおり、魔法は自身の精神力を糧に体内の魔素を隆起させ、様々な現象を顕現する技術だが、隆起させる対象は自身の魔素だけではなく外界、つまり大気中の魔素も可能である」

カスケルが始めた講義は、主に魔法関係のもの。

他にも大陸各国の歴史や地政学等も、この学園では教え込まれる。

「主に大規模魔法を使用する際は、外界の魔素を利用することも多い。これは儀式魔法と呼ばれ、元々精霊達や土着神等に祈りを捧げる神事が起源である。また儀式魔法は、現在の魔法における二つの展開方式。詠唱式、陣式の元にもなっている」

十階級の人間に対して隔意を持つカスケルではあるが、若くしてソルミナティ学園の教師を務めるだけあり、その授業は無駄なく、非常に聞き取りやすい。

黒板に書かれる筆記を、生徒達は淡々と書き写す。特にノゾムにとって、定期的に行われる試験の中で最も点を取れるのが筆記試験なだけに、真剣だった。

彼はある事情から、実技試験が絶望的に不得手なのだ。

「明日は儀式魔法に関して、触媒の有無と優劣が起こす影響について実験をする。ああそうだ、ノゾム・バウンティス、お前は参加する必要はない。屑石の中でも特に劣るお前は、何も出来んからな」

「……参加します」

惰性とも諦観とも取れる平坦な口調の返答。

力のないノゾムの言葉を聞いても、カスケルは気に止める様子はない。

「そうか。なら端にいろ。邪魔だけはするな」

突き放すようなカスケルの言葉に、クラスの何人かがクスクスと含み笑いを漏らす。

「騒ぐな、屑石ども。私から見れば、お前らの優劣など大差はない。黒カビに汚れた名札持ちが」

カスケルの嘲りを含んだ言葉に、ノゾムを笑っていた者達が押し黙る。

ソルミナティ学園では、名札で各生徒が属する階級が一目で分かるようになっている。

そして、黒色の名札は、最下級である十階級のみ。

このクラスの生徒達にとって、この黒の名札は忌むべきものだった。

カスケルは、クラスに静寂が戻ったことに頷(うなず)くと、講義を再開する。

冷たい空気に満ちた授業が続けられる中、ノゾムの思考は過去へと埋没していった。

†

紅髪姫。

それは、この学園でノゾムの幼馴染であり、恋人だったリサにつけられた渾名(あだな)。

入学してからすぐに才能を発揮し、頭角を現した彼女は、あっという間に一学年で最上位クラスである一階級に駆け上がっていた。

一方、ノゾムの成績は振るわなかった。元々勉学に長けていたわけでもなく、剣を握った経験があるわけでもない。リサのような優れた才覚もなかった。

ソルミナティ学園に入学できたこと自体が奇跡であり、成績が伸び悩むことも、当然と言える。

それでも諦めず、ノゾムは毎日、必死になって授業に食いつき、そんな彼をリサも真摯に支えた。

協力してくれる友人もいたし、ノゾムも支えてくれる彼女の期待に応えようと、奮闘した。

今はダメでも、いつかは成長できるのではないか。淡い期待を抱きながら。

だが、そんな期待は、粉みじんに砕け散ることになる。

ノゾムに起こった『ある出来事』により、彼はこれ以上自身の能力を上げることができず、むしろ今まで以上のハンデを背負うという、絶望的な状況になってしまったのだ。

低空飛行していた成績は一気に下り、文字通り最下位へと落ち込むことになる。

当然、周囲の風当たりは日に日に強くなり、それに伴って、直接的ないじめに出る者達も出てきた。

だが、恋人のリサは、彼から離れようとはしなかった。

ノゾムに向けられる悪意が少しでも減るように一緒にいる時間を増やし、鍛錬も一緒に行った。

寮は男女で分けられているため、常に一緒にいられたわけではないが、彼女はいつもノゾムの味方をして、彼もまた彼女の想いにいっそう奮起した。

だが、そんな二人の仲は、ある時、唐突に終わる。

「さようなら」

一学年の夏、ノゾムはリサから、突然別れを告げられた。

それまで成績の振るわないノゾムに対して嫌な表情一つ見せずに、支えてくれたにもかかわらず。

わけが分からない。心が空転し、全てが幻覚のごとく曖昧で、現実感のないものに変える。

ノゾムの動揺を他所（よそ）に、彼女は氷のように冷たい視線を向けたまま、振り返ることなく立ち去った。

それ以降、彼女はまるで汚物を見るような眼でノゾムを見るようになる。

唐突な別れ話に、ノゾムは茫然自失となった。そして彼の気が付かぬ間に、二人の離別の話は学園中に広まり、その原因は彼にあるとされていた。

リサがノゾムを振ったのは、彼がリサを裏切り、他の女性に懸想したからというもの。

ノゾム本人としては全く身に覚えがなく、直ぐにその噂を否定したが、彼の周囲は全く信じようとしなかった。

リサはその容姿と実力から紅髪姫と呼ばれるほどの優等生。

そんな彼女と付き合っていたノゾムは、成績の振わない劣等生ということで元々嫉妬の対象であったが、彼がリサを裏切ったという話が広まったことで、一気に周囲からの評価は下がった。

ノゾムの友人は一人残らず去り、中には以前から嘲笑を浴びせていた連中と一緒になって、さらに酷い言葉でノゾムを罵るようになる者もいた。

彼はリサに話を聞きに行ったが、彼女はただ冷淡な視線を返すだけで、ノゾムの必死の問いかけには答えることはなかった。

リサに完全に拒絶されたノゾム。それでも彼は、必死で努力を続けた。

学園で真面目に授業は受け、さらに厳しい鍛錬を己に課した。

誓いを守り続ければいつか……そんな想いがノゾムにはあったから。

だが、その想いも打ち壊された。

ボロボロになるまで体を苛め抜いた帰り道で見た光景。

ノゾムのよく知る色素の薄い金髪の男性の隣で、微笑む彼女の姿があった。

ケン・ノーティス。

ノゾムと同じ故郷から来た幼馴染の一人であり、親友。

成績の振るわないノゾムと違い、彼は学園の中でもトップクラスの成績を叩き出していた。

人柄もよく、気質は穏やかで、リサと同じように、リサと一緒になってノゾムの鍛錬にも付き合ってくれていた人物だった。

聞いた話では、傷心のリサをもう一人の幼馴染であるケンが慰め、そのまま付き合い始めたという。

初めは、ノゾムも信じられなかった。

だが、親友の隣で微笑み、実習では息の合ったコンビネーションを発揮して他ペアを圧倒する二人の様子を見て、ノゾムは否応なしに、彼女の隣に居場所がなくなったことを理解させられたのだった。

✝

座学の授業が終わると、次は実技の授業となる。

このソルミナティ学園の敷地面積は広大であり、複数ある訓練場の一つで、十階級の実技が行われていた。

内容は対人戦訓練。授業が行なわれている訓練場では、一人一人の生徒が木製の案山子と相対しながら、各々の得物を振るっている。

「次はそれぞれペアになっての模擬戦だ。組み合わせはこちらで決める。気術も魔法も好きに使え」

気術も魔法も、この世界に存在する技術である。

気術とは、気と呼ばれる生命エネルギーを用いた技術の総称。魔法もまた、魔力と呼ばれる精神エネルギーを用いた技術の総称だ。

どちらもアークミル大陸の各地に祭事や伝承等、様々な形で残され、伝えられてきた秘匿技術。

このアルカザムでは、バラバラだったそれらの技術を発掘、集積、編纂、さらには体系化しつつ、生徒達に教育という形で伝えている。

監督をしているカスケルの言葉に、二学年十階級の生徒達は、各々の模擬戦の相手を確認する。

一組一組、ペアが決まっていく中、ノゾムの相手に選ばれていたのは……。

「よう、最底辺。生憎だったな」

先の座学の前に絡んできたマルスだった。彼は学生服の上に革と金属を組み合わせた簡素な鎧と、上腕までを覆うガントレットを身に着けている。

ソルミナティ学園の学生服は元々戦闘を前提に頑丈に作られているが、マルスのように、その上に鎧等を纏って、守りを固める者もいる。

彼はこれ見よがしに背中の大剣を右手で引き抜くと、己の実力を誇示するようにブン！　と大きく振るった。生み出された風圧が、ノゾムの髪を揺らす。

マルスは粗暴な男だが、その戦闘能力はかなりのものである。

ノゾムは覚悟を決めるように、大きく息を吐くと、腰の模擬刀を抜いた。

彼の武器は、刀と呼ばれる、極東の島国特有の剣。

斬ること、突くことに特化したその刃は、達人が使えば鋼鉄さえ容易く斬り裂くという。

ただし、扱いに高い技量を必要とするうえ、刀自体の希少さも相まって、大陸には普及していない。

しかし、ある事情から身体能力や気、魔法による強化に頼ることが難しいノゾムにとっては一番適した武器であり、唯一、戦いの中で活路を見いだせるかもしれない得物だった。

「さっさと始めようぜ、最底辺の相手なんて時間の無駄だからな」

ノゾムの刀と比較しても肉厚な剣身は、木製とはいえ、相対する者に相当な威圧感を浴びせてくる。

「それでは、始めろ」

淡々としたカスケルの合図と共に、模擬戦が開始される。

大剣を構えたマルスが、一気にノゾムめがけて踏み込んできた。

「うおりゃあああああ！」

「はっ！」

気合と共にマルスが大剣を振り下ろす。

大振りの攻撃を、ノゾムは刀を沿わせて受け流そうとするが、二つの刃が激突した瞬間、圧しかかってきた強烈な力に、動きを止められる。

「ぐう……この！」

ノゾムは両足を踏ん張り、マルスの斬撃を横に流して、受け止めた大剣を地面に叩きつけた。

そのまま地に落とした肉厚の刃に模擬刀を滑らせながら踏み込み、マルスの胴を薙ぎ払おうとする。

「遅ぇよ！」

だが、マルスはノゾムが刃を打ち込むよりも速く、片手を大剣の柄から離して、ガントレットでノゾムの斬撃を弾いた。さらにマルスは一歩踏み込んで、ノゾムの顔面めがけて殴りかかってくる。

ノゾムは咄嗟に頭を下げて迫る拳打を避けるが、マルスは拳を躱されたことには構わず、残った片手で大剣を強引に振り抜いてきた。

間合いが詰まっていたこともあり、大剣には十分な勢いは乗らないが、マルスは持ち前の怪力で無理やりノゾムを押し離す。双方の間合いが開き、仕切り直しとなった。

「ぜえええい！」

「っ……はあ！」

大剣と模擬刀が、甲高い音を響かせながら、無数に交差する。

間合いの広さと腕力で叩き潰しにかかるマルスと、刀が届く距離まで滑り込もうとするノゾム。

しばらく、剣術と身体能力のみでの攻防が繰り広げられるが、薙ぎ払われた大剣に弾かれる形で、再び双方の間合いが開いた。

「いい加減、潰すか」

マルスが一言そう呟くと、彼の体からゆらりと気炎が立ち上り、発せられる威圧感が一気に膨れ上がった。

気術。

大陸東部発祥の技術で、本人の生命力を隆起させ、様々な現象を顕現する技術。

気炎を立ち昇らせたマルスが、ノゾム目がけて一気に踏み込んだ。

その速度は、今までとは比較にならない。

気術による身体強化の恩恵。マルスは一気にノゾムを刃圏に捉えると、大剣を振り下ろしてきた。

「っ！」

ノゾムも咄嗟に気術を使用し、横に跳んでマルスの大剣を避ける。

振り下ろされた刃は轟音と共に地面を捲り上げ、土砂をまき散らした。

「ちっ、躱したのかよ」

一撃で決められなかったことが不満だったのか、マルスが毒づく。

マルスは地面にめり込んだ大剣を引き抜くと、そのままノゾムに向かって再度斬りかかってきた。

向かってくるマルスを前に、ノゾムもまた己の気を全力で振り絞り、迎え撃つ。

上下左右から唸りを上げて迫ってくる大剣を、気術による身体強化を使って捌いていく。

だが、マルスの気術による身体強化は、ノゾムのそれを遥かに上回る効果を発揮していた。

マルスの大剣が打ち込まれる度に、ゴン！　ガン！　と、体の芯に響くほどの衝撃が走り、ノゾムの体は左右に流されてフラつきながら、後ろへ後ろへと追いやられていく。

それでもノゾムは、歯を食いしばり、何とか食いつく。

強化した身体能力でバランスが立て直し、不可能になる直前で何とか堪え、あえてすり足で後ろに下がりながら、衝撃を受け流し続ける。

「いいかげん潰れやがれ！」

すぐに潰せると思った相手が予想以上に抵抗したせいか、マルスの苛立ちは募り、彼はさらに気力を高めた。

マルスの斬撃が加速し、勢いを増した強烈な剣戟の嵐がノゾムに襲いかかる。そして、唸りを上げて薙ぎ払われたマルスの一撃が、ガィン！　という衝撃音と共にノゾムの体を大きく後ろに弾き飛ばした。

気術によって、ノゾムとマルスの差はさらに大きく開いてしまっている。

元々恵まれた体躯と気量を誇るマルス。一方のノゾムは、マルスと比較しても力では劣り、消費される気に対して、発揮される身体強化の効果も芳しくなかった。

それでもノゾムは、何とか食らいつかんと模擬刀を振るう。

苛立ちから単調になりつつあったマルスの剣筋を読み、斬線に模擬刀を沿わせ、何とか衝撃を受け流そうと試みる。

それはまさに、蟷螂の斧と呼ぶにふさわしい抵抗だった。

しかし、何とか捌けるだけで、反撃する余裕はノゾムにはない。

そして反撃できなければ、その先に訪れる結果は分かり切っている。

やがて限界が訪れた。マルスの剛撃を捌ききれず体勢が崩れ、その崩れた体勢を立て直す暇もなく、返す刃がノゾムを襲う。

「くたばれ！」

ノゾムは咄嗟に、自分の模擬刀をマルスの大剣と自分の体の間に入れるが、相手の強化された斬撃を止めることはできなかった。

バキン！　という音と共に模擬刀が粉砕され、マルスの大剣がノゾムの体を捉える。

強烈な衝撃が胸に走り、ノゾムの体は大きく吹き飛ばされて訓練場の壁に叩き付けられた。

胸に走った衝撃で息が詰まり、苦しさの中でノゾムの視界が真っ暗に染まっていく。

「ちっ、ウジ虫が。無駄な抵抗しやがって」

吐き捨てるようなマルスの言葉を聞きながら、ノゾムは意識を失った。

†

真っ暗な視界と、その中でぼんやりと漂う意識。

それを覚醒させたのは、身の内側から無数の針を刺すような、強烈な痛みだった。

「痛ッ！」

思わず全身を震わせ、身を縮こませる。

体を起こすと、ノゾムはようやく自分がどこにいるか理解した。学園内の保健室にある、病人用のベッドである。視界の端には白いシーツが映り、ベッドの傍（そば）にある小台には綺麗に畳まれたノゾムの上着と、彼の得物である刀が置かれていた。

「おや、気が付いたかい？」

涼やかな声に促されるように、ノゾムが顔を振ると、保健室の執務机の前で、椅子に腰かけた白衣の女性が目に映った。

細長い額縁の眼鏡を掛けた、若い女性。彼女の手には羽根ペンが握られ、何かを書いていたのか、机の手元にはインク瓶と紙が置かれている。

彼女はノルン・アルテイナ。

この学園の保健医で、知的な美女という言葉がピッタリな女性だ。

どうやらノゾムは模擬戦の授業で気絶した後、この保健室に運び込まれたらしい。

「よし、意識ははっきりしているな。どこか他に痛みを感じる場所はあるか？」

「……ちょっと背中と胸が痛みますし、少し頭がクラクラしますが、それ以外は特にはないです」

「分かった。背中と胸には既に薬を塗ってはあるけど、もしどこか他の場所に違和感を覚えたり、痛みが長引くならいつでも来なさい。我慢して悪化したら、なお悪いからね」

ノゾムは元々、生傷の絶えない学生生活を送っていることもあり、保健室にはかなり世話になっている常連だったりする。当然、ノルンとも見知った間柄だ。

「お世話をかけました」

「気にするな。生徒の怪我や病気を治すのが、私の務めだ。しかし、相変わらず君の態度は変わらないな。もう少し、砕けた態度でもいいんだぞ」

鋭利な美貌に微笑みを浮かべながら、ノルンはノゾムの肩に手を乗せた。

その微笑には、劣等生であるノゾムを蔑むような感情は微塵もない。

ノルンはカスケルとは違い、二学年最下位であるノゾムに対しても分け隔てなく接する数少ない人物の一人だった。

「いえ、その……」

砕けた態度のノルンと違い、ノゾムは迷ったように、視線を宙に漂わせる。

明らかに緊張の解けていないノゾムの様子に、ノルンは苦笑を浮かべた。この生徒が、このような隔意を漂わせるような態度を取ることは、いつものことだからだ。

その時、保健室の外からドタバタと大きな足音が響いてきた。

「ノルン〜、ノゾム君の様子はどう〜〜〜」

間延びした声と共に、誰かが保健室のドアを勢いよく開けて入ってくる。

緩やかなウェーブを描く茶色の長髪と柔和な瞳、端正な容貌を持つ二十代前半の女性教師だった。

茶髪の美女はぐるりと保健室の中を見渡してベッドにいるノゾムを確かめると、笑顔を浮かべながら駆け寄ってきた。

「アンリ。ここは学園だ。私相手でも、呼び名には敬称をつけなさい」

「え〜、ここなら誰もいないし、大丈夫よ〜〜〜」

「彼がいるだろう、彼が」

ノルンがノゾムを指差しながら、入ってくるなり名前を呼び捨てにする美人を窘(たしな)めるが、肝心の彼女は気にする素振りもない。

アンリ・ヴァール。

ソルミナティ学園で勤務している教師であり、現在は各クラス担任の補佐をしている。

アンリ・ヴァールは綺麗な顔立ちも相まって、生徒達からも人気の高い教師であるが、その最大の理由は、彼女の性格だった。

彼女は教師としては経験が浅いが、最下位である十階級の生徒に対しても、カスケルのように無駄だと切り捨てず、真摯に向き合う態度を崩さない優しい女性であったのだ。

アンリはまだ若く、職務はクラス担任の補佐だが、穏やかな口調とは裏腹の、一本筋の通った行動から、階級を問わず、生徒達から多大な信頼を受けていた。

敢(あ)えて彼女の欠点を述べるなら、頭のネジが少し抜けているような言葉遣いが目立つことくらい。

だが、僅か二十代でこの学園の教師として選ばれていることは、彼女の能力が決してその緩い言動に則したものではないことの証左だった。

「全く、アンリの態度には困ったものだ。まあ、昔からそうなんだが……」

ノルンが頭痛を訴えるように、額に手を当てて溜息を吐いている。

アンリとノルン。二人は共にこのソルミナティ学園出身であり、学生時代からの親友同士であった。

何でも、入学当初に意気投合し、その後ずっと交友関係が続いているらしい。

ノゾムも、その辺りの話は二人から聞いていた。そして、そんな関係の二人を羨ましくもあった。

友情と恋。形は違えど、確かな絆を繋いでいる二人の姿は、孤独に陥ったノゾムには眩しすぎた。

「ノゾム君、怪我は大丈夫～？」

「っ、は、はい、もう大丈夫です」

心配そうに顔を覗き込んでくるアンリに、ノゾムは胸に湧き上がりそうになった感情を押し殺し、誤魔化すように視線を逸らす。

ノゾムの視界一杯に、アンリの顔が迫ってきた。

大人の女性特有の果実を思わせる甘い香りと共に、彼女の潤んだ瞳がノゾムの心臓を大きく跳ねさせる。

「ちょ、先生近いです……。少し離れてください」

「でも、でも～」

ベッド上で思わず腰を引いたノゾムだが、ただノゾムの怪我を案じているだけのアンリは、ズイ、ズイと遠慮なく距離を詰めていく。

ノゾムはベッドの端に移動することで、迫りくるアンリから離れようとする。美女にいきなり迫られたこともあるが、先ほど抱いてしまった小さな嫉妬故の気まずさが、彼の腰を引けさせていた。

一方、生徒に迫る親友の様子に、ノルンは再び大きく溜息を吐く。

「はあ……。ノルン、彼は大丈夫だ。胸と背中の打撲と、軽い脳震盪を起こしていたが、すぐに痛みも引くよ」

ノゾムもノルンの言葉を肯定するように頷く。

「本当～？」

「ほ、本当ですよ……」

細められた目からは、ノゾムの体調を見透かそうとする意志と、それと同じくらい、彼の身を案じる不安の色があった。しばらくの間、ノゾムの様子を窺っていたアンリだが、最終的に親友の診断を信じたのか、スッとノゾムから離れる。

「……心配したんだよ。ノゾム君に、もしものことがあったら大変だもの」

「大丈夫だよ、アンリ。彼はこのくらいではリタイヤはしないよ」

「もう、ノルンは冷たいよ」

「ちゃんと彼の状態を把握しているから言っているんだ」

ノゾムは保健室の常連であるだけに、彼の容態についてノルンは十分把握している。

その上で問題ないと述べているだけなのだが、肝心のアンリはノルンの物言いが気に入らなかったのか、ぷくぷくと頬を膨らませている。

その時、終業を告げる鐘が鳴った。

「もう放課後か……」

ノゾムが保健室の窓から外を覗くと、一日の授業を終えた生徒達が次々と帰路についている。

どうやら、相当な時間、保健室で寝こけていたらしい。

ノゾムはベッドから降りると、上着を羽織り、自分の得物を腰に戻す。

「すみません、ノルン先生、アンリ先生、お世話になりました」

「あっ、ちょっと待ってノゾム君、確認したいんだけど、スパシムの森にはまだ入っているの？」

「え、ええ。一応……」

ノゾムの言葉に、アンリは難しい表情を浮かべた。

スパシムの森は、ソルミナティ学園を擁する街、アルカザムを囲むように存在する深い森のことだ。

この森には多種多様な動植物が生育しており、森に入って狩りや採集等で生計を立てる生徒や一般市民もいる。

また、ソルミナティ学園の設立理由を考えても、魔獣との実戦経験を積むには有用な森である。

だが、豊かな森というのは人々に恵みを与える反面、強力な魔獣達の住処（すみか）にもなっており、毎年何人もの死者や行方不明者が出ていた。

「ノゾム君も、この街に来てから二年近くになるから分かると思うけど～、スパシムの森は場所によってはとても危険よ～。特に森の奥には、ベテランの冒険者や騎士も手古摺（てこず）るような魔獣が跋扈（ばっこ）しているわ～」

「……はい、分かっています」

「だからこそ～私はパーティーを組むべきだと思うのよ～。ノゾム君が他の生徒とパーティーを組むのが難しいのは理解しているけど、でも……」

「アンリ先生、すみません。今のところ大丈夫ですし、急いでいるんで、それじゃあ……」

アンリの言葉を最後まで聞くことなく、ノゾムは逃げるように保健室から出ていってしまった。

のばされたアンリの手が、所在なさげに宙に揺らぐ。

「行っちゃったね」

「もう～、先生の話は最後まで聞きなさ～い！」

プリプリと憤慨しながら肩を怒らせるアンリに、ノルンは苦笑を浮かべる。

「しかし、アンリもノゾム君も変わらないな」

「もう、ノルンまで勝手なこと言う……」

「仕方ないさ。アンリが彼と出会ってから、一体何回繰り返されたやり取りだと思う？」

ノルンとノゾムとの出会いは、彼が二学年になった時からだが、アンリがノゾムと顔を合わせたのは、約半年前である。

模擬戦で痛めつけられ、保健室で包帯塗れになったノゾムを休憩中に訪ねてきたアンリが心配し、声を掛けたのが始まりだ。

「最初の方は、ノゾム君はアンリの話を全く聞かなかったっけ……」

「今でも聞いてくれないもん！　心配だからパーティー組んでって言ってるのに～～！」

当初、ノゾムは心配するアンリの呼びかけにも「大丈夫です」「慣れています」等、淡々とした返事しかしなかった。それは、今でもあまり変わっていない。

「しかし、アンリがノゾム君を心配なのも分かるが、彼の特性上、パーティーを組むのは難しいんじゃないか？」

一方、ノルンの声色には、どこか諦めの色があった。

ノゾムは過去に出回った噂や、学年最下位の成績から、完全に孤立している。

実力主義のこの学園において、そんな生徒とパーティーを組もうとする酔狂な生徒はいない。

そもそも、恋人との確執はともかく、ノゾムが学年最下位の成績に墜ちたのには他に理由があった。

それは、彼が一学年の時に発現した『アビリティ』によるもの。

アビリティとは、種族を問わず発現する能力の総称。

何故（なぜ）、種族問わずに発現するのか等、その根本的な原因は分かっていないが、発現すると本人はアビリティに応じて様々な恩恵を受けることができ、その種類は無数にあると言われている。

そして、ノゾムのアビリティは『能力抑圧』と呼ばれるもの。

発現すると本人の能力を抑圧し、一定以上成長しなくなる。

さらに、抑圧された能力はアイテムや魔法、気術による効果も、普通の人間に齎（もたら）される効果より明らかに劣るようになってしまう。

発現することが極めて稀（まれ）なアビリティではあるが、本人への恩恵は全くなく、むしろ足を引っ張るアビリティである。抑圧される能力は人によって変わるがノゾムの場合、身体能力、魔力量、気量と、三つもの能力を抑圧されており、実技において大きなハンデとなっていた。

この『能力抑圧』により、ただでさえ揮（ふる）わなかったノゾムの成績はさらに低迷し、実技においては同学年で最下位となってしまった。

ノゾムが二学年に進級できたのは、筆記試験の結果を上乗せしているからであるが、それでも進級試験の際、彼は二回追試を受けている。

このような足手纏いであり、かつ将来性のない人間とパーティーを組む生徒はいない。

「でも、でも〜〜」

一方、アンリは諦め切れていない様子で、不安そうに体を揺らしている。

心優しい彼女としては、何としてもノゾムにパーティーを組んで欲しいのだろう。

「それに、彼は今でも、他人を避けている」

「…………」

ノルンの指摘に、アンリも黙り込んでしまう。

保健医として赴任したのは約一年前だが、その時から、ノゾムの状態は酷かった。

肉体的な怪我も酷いことが多かったが、それ以上に心が死んでいた。

怪我の状態や痛みについては正確に答えるが、抱えている悩み等、心に関しては一切答えない。

簡単な世間話を振っても、無言が返ってくるだけだった。

「治療が終われば淡々と訓練に戻り、再び怪我をして保健室を訪れる。早朝から保健室を訪れることもあったから、何をしたのか聞いてみれば、スパシムの森に一人で入ったと言う。しかも、いつからやっていたと聞けば、一学年の時からほぼ毎日と答える始末……」

この行動にはさすがに危機感を覚え、ノルンは何度か面談して戒めたが、結果は芳しくない。

「アンリのおかげで、私達には多少話をしてくれるようになった。だが、それも十分ではないし、何より肝心の行動が全く変わらない」

ノゾムが少しとはいえ、普通に話をするようになったのは、アンリの尽力が大きかった。

パーソナルスペースなんて気にしないノルンの親友は、他人を拒絶していたノゾムとの距離を、持ち前の陽気さと優しさがで縮めていった。

そのおかげで、今では世間話くらいならしてくれるようになっている。

だが、それ以上の進展がない。悩みや不安などは一切語ろうとしないし、一人で森に入るのもやめないのだ。沈黙が、ノルンとアンリの間に流れる。

「でも、やってみたらきっと出来ると思うの～。ノゾム君は確かに酷い言われ方をしているけど、接してみれば決して噂で言われているような子じゃないと分かるわ～」

アンリのこの言葉には、ノルンも頷いた。

色々と酷い蔑称をつけられているノゾムだが、接してみれば、噂で言われているような酷薄な人間ではないことは直ぐに分かる。

「それに、生徒達だけじゃなくて、先生達もノゾム君には芽がないっていうけど、そんなことはないと思うの～」

「根拠はあるのか？」

「元々の気や魔力なんかはどうにもならないけど、技術は磨けるわ～。ノゾム君の刀の腕前、決して捨てたものじゃないと思うの～」

「確かに、剣術や槍術のような、単純な気や魔力に寄らない技術は磨けると思うが……」

教師達がノゾムに無関心なのは、『能力抑圧』があるからだ。

成長が見込めない生徒に指導し続けられるほど、この学園の教師たちは暇ではない。

無理ならさっさと辞めろ。

それが、この学園の大半の教師達が持つスタンスであり、アンリのような教師が稀なのだ。

とはいえ、全く成長の余地がないのかと言われると、決してそんなことはないとアンリは述べる。

剣術や槍術などの技術の習得はできるし、気や魔力の総量は増えずとも、それを扱う技術は問題ない。彼が抑圧されているのは能力の『上限』であり、技術ではない。

「ふむ、ノゾム君の刀術の腕はどうなんだ？」

「カスケル先生の授業中に見たことはあるわ～。刀術の専門家じゃないから、私もよく分からないところもあるけど……」

「けど？」

「ちょっと、怖いと思ったことはあるわ～。だって『気術や魔法で絶望的な能力差がある相手に、あと一歩で食いつける』ところまで迫っていたのよ～？」

たとえ十階級でも、この学園の生徒達は、そこら辺の国の正規兵よりも高い練度を誇っている。

三学年ともなれば、大抵の生徒がCランク、五階級以上の生徒はBランクに至っている者もいる。

Cランクは兵士としては熟練兵に相当する。冒険者でもそれなりに腕が立つ者のランクだ。

当然ながら、そんな者達が気術や魔法などで強化した身体能力は、常人の比ではない。

そんな存在に、ほぼ生身のまま食いつけるところまで至っているのが、ノルンには驚きだった。

「彼の体は良く鍛えられていると思ってはいたが、それほどということか……」

だが、同時に納得も出来た。ノルンは格闘術や刀の扱いは専門外だが、医師として、その手の戦士の体は何度も診察してきた経験がある。

そして、そんな彼女から見たノゾムの体の印象は「腕利きの鍛冶屋が不眠不休で鍛え上げた名剣」というものだった。

無駄な贅肉(ぜいにく)や脂肪のない、均整の取れた肉体。能力抑圧という重い枷を囚われているにもかかわらず、その枷を破らんと何度も何度も苦痛を乗り越えた身体。

天性の才によるものではなく、ちょうどノゾムの使う刀のように、気の遠くなるほど厳しい鍛練を行うことによって、彼の体は最大限、無駄なく鍛え上げられていた。

何より、彼女の目を奪ったのは、その肉体に刻まれた無数の傷跡だった。

裂傷、打撲だけでなく、ノルンの身に覚えのない真新しい縫合跡まで、ノゾムの体には数多く刻まれていた。

「だからこそ言うが、私は辞めることも考えるべきだと思う」

「ノルンもそんなこと言うの……」

「一つの意見として、言っておくだけだ。医師として、無駄に生傷を増やして欲しくないだけさ。分かるだろ？」

再び、二人の間に沈黙が流れる。

しばしの間、見つめ合ったノルンとアンリだが、ふとした拍子に、アンリの視線が、保健室の窓の外へと向けられた。

「それでも、報われて欲しいと思うのは、悪いこと？」

「……いや、私もそう思うよ」

アンリの視線に誘われて、ノルンもまた窓の外へと目を向けた。

そこには、駆け足で校舎から飛び出していくノゾムの姿がある。

「しかし、それだけの肉体と刀術、独学で身に付けられるものなのだろうか……」

正門の向こう側へと駆け出していくノゾムを眺めながら、ノルンの脳裏に、ふとした疑問が浮かんでいた。

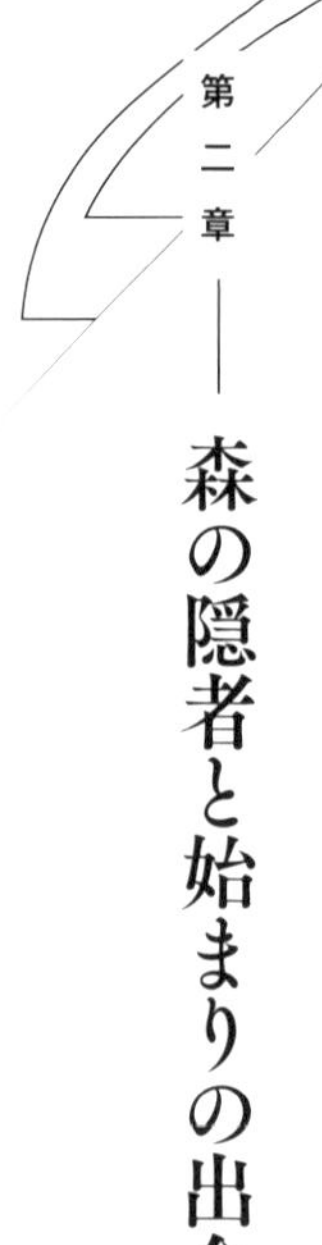

CHAPTER 2 第二章 森の隠者と始まりの出会い

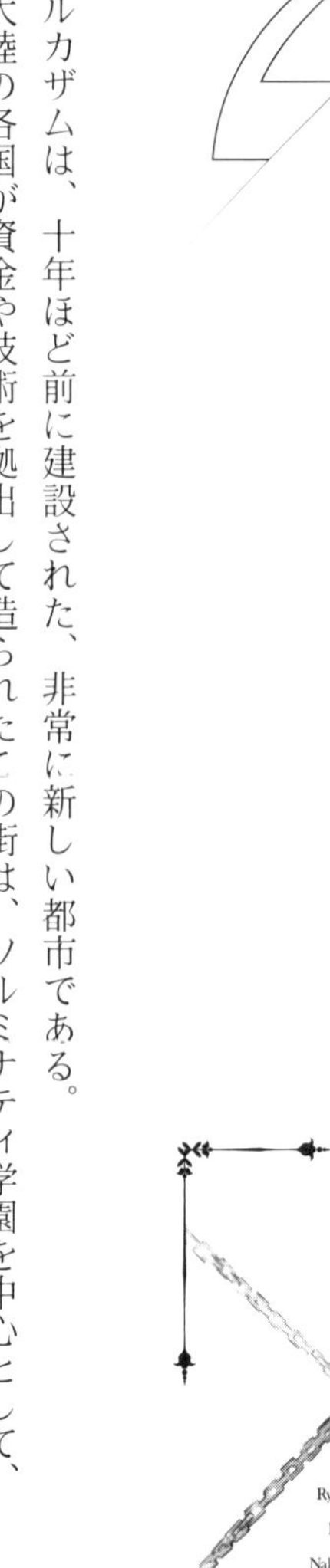

学園都市アルカザムは、十年ほど前に建設された、非常に新しい都市である。

アークミル大陸の各国が資金や技術を拠出して造られたこの街は、ソルミナティ学園を中心として、各地区がその周囲を囲むように建設されていた。

中央部にはソルミナティ学園とその付属組織、研究施設が建てられ、北部には都市の政治を司る行政庁を始めとした政治機関と、その政治機関を纏めている各国貴族などの富裕層が生活している。

都市東部は市民街で、学園に属する生徒達の寮や、一般市民が多く生活している区域だ。

南部は商業区で、各国から商人や物品が集まり、この都市の経済の中心を成している。

また、冒険者ギルドもあり、学生も有するランクによっては、仕事を受けることができる。

西部は多くの職人が集まる職人区で、鍛冶屋や細工職人、裁縫など各国の技術を生かした職人達が、日々鎬を削っていた。

都市の外は南部に大きな街道が走り、北と東、西には細い小道が続いている。

だが、街道以外は鬱蒼とした森が広がっており、人の進入を阻んでいた。

スパシムの森。

別名、空白の森と呼ばれているこの樹海は、元々クレマツォーネ帝国とフォルスィーナ王国と呼ばれる二つの大国の緩衝地帯だった。

　深い森の奥地には強力な魔獣も生息していることもあり、どの国も領有権を主張していない土地ではあったが、アルカザム建設のために、都市部と街道が切り開かれた経緯がある。

　この森には、一般人でも倒せる獣から、ベテラン冒険者が手古摺(てこず)る強力なものまで、様々な種類の魔獣が生息している。

　ただ、基本的に強力な魔獣は森の奥に生息しており、街や街道周辺には出現しない。

　そんな森の奥深く。巨人のように背の高い大樹に囲まれた森の一角に、人目を忍ぶように、一軒の小屋が建っていた。

　本来なら、木の葉が擦れる音と獣の嘶(いなな)き以外聞こえない、静寂に包まれているはずの場所。

　だが、今は硬い金属が激突する甲高い音が響いていた。

　音の元凶は、小屋の前で打ち合う二つの影。

　一人は学園の落ちこぼれ、ノゾム・バウンティス。

　もう一人は、ノゾムと同じように東方の刀をその手に携えた、一人の老婆だった。

　すっかり色の抜けた白髪、皺(しわ)の刻まれた容貌。

　明らかに高齢の域に達している女性の名を、シノという。

　同じ得物を携え、振るう両者。

　双方が振るうのは学園で使われていた模造刀ではなく、正真正銘、刃引きされていない真剣だった。

　互いに一歩間違えば相手に深手を負わせることは間違いない凶器を、躊躇(ためら)いなく振り抜く。

　ギィィン！　と火花を散らしながら刃(やいば)が激突し、衝撃でノゾムの体が後ろに流される。

「ぐぅ……」

「ふむ、足りんな……」

衝撃でたたらを踏んだノゾムに対し、老婆は素早く踏み込むと、がら空きのノゾムの頬に容赦なく拳を振り抜いた。

「ごっ……！」

殴られたノゾムの視界が頭ごと振られて暗転。続いて上体が横に流れる。

ノゾムは視界が暗転する中、反射的に腕を体に引きつけ、体を丸めて衝撃に備える。

半身が地面に叩き付けられて衝撃が走った瞬間、ノゾムは勢いを殺さずに地面を転がり、そのまま立ち上がろうとする。

だが、ノゾムが立ち上がりきる前に、老婆は追撃し、刀を躊躇なく振り下ろす。

「くっ」

ノゾムは体勢を立て直すことを断念。脚部に気を集中させ、一気に解き放つ。

気術・瞬脚。

足に集中させた気を解放し、瞬間的に強力な加速を得る気術の一つだ。

一瞬で加速したノゾムは、シノの脇を駆け抜け、離脱を試みる。

しかし、シノもまたすぐさまノゾムと同じように瞬脚を発動。ノゾムを遥かに上回る加速で回避先に回り込み、彼が気付いた時には、既に腰を落として抜き打ちの体勢を整えていた。

「遅いわい」

呆れを含んだ声と共に、腰だめに構えられたシノの刀の鯉口が、キン……という涼やかな音と共に切られた。強烈な悪寒がノゾムの首筋に走り、次の瞬間、シノの刃が抜き放たれる。

「っ！」

ノゾムが咄嗟に両足の力を抜いて、体を落とす。

放たれたシノの一閃が、髪を数本切り飛ばしながら、紙一重でノゾムの頭上を通過していった。

さらに、刃の軌跡に沿って気の斬撃が飛び、直線上にあった大木を数本纏めて切り倒す。

気術・幻無。

刀身に極圧縮した気を纏わせ、高速で振るった斬撃と共に放つ技。

原理としては単純な技だが、極圧縮された気は視認することは難しく、極めて高速で飛翔するため、十数メートル以内ならほぼ抜刀した瞬間に着弾する。

極圧縮された気は、見ての通り大木を纏めて切り倒すほどの切断力があり、人間がまともに食らえば、間違いなく致命傷となる殺傷力を持つ技だ。

ガラガラと斬り倒された木が崩れる中、シノは返す刀で、ノゾムの頭上から刀を振り下ろす。その刃は先程の幻無と同じく、極圧縮された気の輝きを放っていた。

振り下ろされる刃を前に、ノゾムもまた全力で自分の刀に気を叩き込み、脱力していた両足の筋肉を瞬間的に緊張させ、シノの唐竹割りを受け止める。

ギィン！　という耳障りな激突音が響き、ノゾムとシノは至近距離でギリリ……と鍔競り合う。

「師匠！　いきなり幻無とか、殺す気ですか！」

「殺す気なら逃げようとした瞬間に叩き込んどるわ。わざわざ回避先に回り込んだ上に、これ見よがしに鯉口を切ってやったのだから、避けれて当然じゃ」

明らかに過剰な威力の技を向けられたことに、ノゾムが激高する。

一方、シノは、殺すつもりならとっくに殺していると悪びれもなく言い切った。

この老婆はノゾムの刀術の師であり、アルカザム建設前にこの森に流れてきた流れ者である。

彼女の実力は桁外れであり、既に高齢にもかかわらず、その腕前はノゾムが知るどの人物よりも優れていた。

ノゾムはその老婆の指導の元、徹底的に彼女の刀術を叩き込まれた。文字通り、命懸けで。

結果、ノゾムはシノ曰く「刀術だけならそれなりに様になった」とは評価されるようになっていた。

だが、それでもシノとノゾムの実力差は明らかだった。

「むん！」

鍔迫り合いの最中、シノが瞬間的に腕に力を籠め、押し切ろうとする仕草を見せる。

一瞬増した圧力に力で抵抗することは無意味と判断したノゾムが、体を入れ替えて受け流そうとした瞬間、シノが逆に込めていた力を抜いて、ノゾムの懐に潜り込む。

「しま……がっ！」

フェイントに引っ掛かったノゾムが体勢を立て直す前に、シノは容赦なくノゾムの足を刈る。

「ぐっ……！」

地面に倒れ込んだノゾムを前に、シノが刃を振り上げる。

ノゾムもまた、地面に倒れつつも受け身を取り、素早く体勢を立て直す。

片膝を立てた状態から、素早く刀を引き戻し、突きの体勢を取って瞬脚を発動。

刀を振り上げてがら空きになったシノの腹部へ一直線に、突撃を試みる。

「む……」

弟子の突撃を前に、シノが一瞬、顔を歪める。

次の瞬間、ノゾムの視界からシノの体が消え、同時に強烈な重圧が両手にのしかかった。

岩が乗ったような重みに、彼が突き入れた刃は無理やり下に落とされ、地面に突き刺さる。

「なっ！」

「終わり、じゃな」

シノの声にノゾムが顔を上げれば、首元に刀の切っ先を突きつけてくる師匠の姿が映った。

己に繰り出される突きを察した彼女は、ノゾムが瞬脚で突撃してくるタイミングに合わせて体を横に流し、さらに振り上げた足で、迫りくる刃を踏みつけていたのだ。

「参りました……」

師匠の奇想天外な行動に動揺していたノゾムだが、首元に沿わされた刃に、素直に負けを認めた。

弟子の降参を確かめたシノは、ゆっくりと刀を腰に差した鞘に戻す。

「まだまだじゃな。相手の隙を察して即座に行動するのは良いが、少し性急すぎる」

「師匠が強すぎるんですよ。あんな至近距離で反応できるのは師匠くらいじゃ……」

ノゾムが体についた枯葉を叩き落としながら、ゆっくりと立ち上がる。

「何を言っておる。お主、最後の突撃は捨て身だったじゃろうが。全身からその気配が出ておった。あれでは先読みされて当然じゃ」

的を射たシノの指摘に、ノゾムは黙り込む。

実際、ノゾムも間に合うとは思っていなかったが、反射的な行動が、彼に突撃を選択させていた。

「ノゾム、そろそろ夕餉じゃ。走り込みがてら、ついでにおかずになりそうなものも取ってくるんじゃ」

指導はこれで終わり。そう言うように、シノが腰に手を当てつつ、クイクイと森を指差す。

ノゾムの一日の鍛練の最後は、体をほぐすために軽く走り込みを行うのが日課だった。

「見つかれば取ってきます。見つかればですけど……」

「何を適当なことを言っとるか。師が取ってこいと言っているのだ。必ず見つけてこい」

「そんな無茶な……」

狩猟採集で目的の食料が必ず見つかる保証などない。

だが、ノゾムを睨みつけるシノの目は本気だった。

おかずを取ってくることが出来なかった場合は相応の目に遭わせてやると、目を吊り上げ、不気味な笑みを浮かべながら無言の圧力を放っている。

そんな師匠の無茶ぶりにノゾムは溜息を吐きながら、森へと駆け出していく。

ノゾムの背中を見送ったシノは、吊り上げていた眉を、憂いに満ちた表情へと変えた。

「未だに引き摺ってはいるが、少しはマシになったかのう……」

既に見えなくなった弟子の背中を思い浮かべながら、シノは小さく呟く。

彼女の脳裏に、ノゾムと初めて出会った時の様子が思い出される。

ノゾムと出会ったのは、約一年半前。

シノが森を探索していた時に、遠くから剣を振るう音が流れてきたのが切っ掛けだった。

シノが居を構えている周辺はアルカザムに近い割に、比較的強力な魔獣が生息している領域で、一般人はほとんど来ることがない。

そんな場所に来たのは一体何者なのか確かめるために、音が聞こえてきた場所に向かったところ、そこで必死の形相で剣を振るうノゾムの姿を見つけたのだ。

人の寄りつかない森の中で、この若造は一体何をしているのか。

少し興味を覚えたシノはしばらく様子を見ていたが、その時のノゾムは、はっきり言って酷(ひど)い状態だった。

顔色には生気がなく、筋肉もやせ細り、頬はこけて餓鬼のように落ちくぼんでいた。

剣を握る手の皮も破れて剥(む)け、関節も炎症を起こしているのか、一振り剣を振るう度に体が流れ、足元が定まらない。

明らかに過剰な鍛錬が原因の、極度の疲労と栄養失調。

あまりにも酷い状態のため、シノは「それ以上やっても無駄じゃ」と口出ししたが、当の本人はシノの警告を無視し、一切鍛錬をやめる様子がなかった。

やせ細り、木乃伊(ミイラ)のようになった外見。ただ、瞳から放たれるドス黒い負の感情だけが、少年の体を突き動かしていた。

想(おも)い人に捨てられ、学園であからさまに避けられ、他人からも嘲笑される日々。

そして、故郷に帰れない現実と、能力抑圧の発現によって己の将来を完全に閉ざされたという現実。

度重なる複数の要因による極度のストレス環境が、彼に無意味な鍛錬を積み上げながら、自壊していくという、論理の破綻したやけっぱちな行動を取らせていた。

一方、濁り切ったその眼に、シノは故郷を飛び出して落ちぶれた自分の姿を見て、酷い不快感に襲われる。

そして、「ふん！」と吐き捨てると、すぐさまその場を後にした。

その後は無視を決め込み、彼の鍛錬場所には近づこうとしなかったのだが、時間が経ってても、不快感は消えるどころか更に増し、真綿で首を絞められているような焦燥感へと変わっていった。

考えないようにしても頭をよぎるノゾムの眼に業を煮やし、「ああ、もう！　あの小僧め！」とノゾムへの文句を漏らしながら様子を見に行くと、彼は魔獣に襲われていた。

ノゾムを襲っていたのは、ワイルドドックと呼ばれる獣型の魔獣。

犬型の獣の中で、人間に危害を加える者達に付けられる総称であり、大陸中に生息している魔獣である。

ワイルドドッグは魔獣としてのランクは低く、一匹なら一般人でも討伐できるが、大抵数匹から十数匹の群れで行動しているため、疲労が極限に達していた当時のノゾムには竜にも等しい脅威だった。

極限まで疲労を抱え、さらに体中に負った傷による出血で、ノゾムの動きは瞬く間に鈍っていく。

そして、動きの鈍った獲物を仕留めようと、ワイルドドッグ達はノゾムの四肢に食らいついた。

両手足の動きを止められ、地面に引き倒された上に、周りに助けてくれる人はいない絶望的な状況。

その中で、彼は獣達に己の身が引き裂かれることを受け入れようとしていた。

暗い諦観と絶望を、瞳に宿したまま。

その姿を見た瞬間、シノはワイルドドッグ達の狩場に踏み込み、ノゾムを襲っていた魔獣達の首を一匹残らず斬り飛ばしていた。

「はあ……まったく。こんな死にたがりを助けるとは、儂は何をトチ狂ったのやら」

不快な未熟者に心動かされた悔しさから、憎まれ口を叩きつつ、シノはノゾムと向き合う。

「さて、そこの未熟者。お主の剣、あまりに酷くて見るに堪えん。死にたいなら、もう少しマトモに剣を振れるようになってから死なせてやるが、どうする？」

まあ、マトモに振れるようになる前に死ぬ可能性もあるが……と一言付け足しながら、シノは挑発的な笑みを浮かべた。

そして一週間後、森の奥の手狭な小屋の前で、剣ではなく刀を振るう少年の姿があった。

死を求めていたその瞳に、僅かに生の輝きを取り戻して。

「あれから一年半ほど、手慰みのつもりで鍛えてみたが……とんでもない怪物になったものだ」

シノから見ても、ノゾムは強くなっていた。それこそ、彼女の予想を遥かに超えて。

「アイツは分かっておるのか？　儂の刃と正面から打ち合える意味が……」

先の模擬戦で、シノがノゾムと鍔競り合った際に彼女の刃に付されていたのは、幻無と同等の、超圧縮された気刃であった。

それこそ、触れるだけで鋼鉄も容易く斬り裂くほどの刃である。

『幻無・纏』

本来、気刃として放つ気の刃を刀身に留め、切れ味を持続させる気術。

武器に気を付す技術自体は気術としては基礎的な技だが、基礎であるが故に幾らでも上達の余地があり、シノほどの担い手ともなれば、そのレベルは別次元ともいえる領域に踏み込んでいる。

そんなシノの気刃と打ち合えるということは、ノゾムの気刃もまた、シノと同等クラスの切れ味と密度を誇っているということだ。

他の体術も、能力抑圧の影響を加味すれば、シノとそう変わらない領域まで達している。

僅か一年半という期間を考えれば異常だ。

確かに、元々ノゾムの体の癖は、大陸で使われている直剣より、曲刀を使うことに向いていた。

だが、彼を強くしたのは本人の努力と、何よりも目の前の課題に全てをかけて取り組み続けた集中力だと彼女は考えている。

「直ぐに音を上げるか、厳しい鍛錬の中で生きる気力を再び失うかもしれん。そう思っていたのだが、あの馬鹿弟子、儂の鍛錬をやり切りおった」

初めは単純な素振りのみを一日中させ続け、ひたすらに森を走らせた。

当然、魔獣に襲われもした。

さすがに手に余る魔獣は彼女が秘密裏に処理したが、襲ってくる大半の魔獣は自力でどうにかさせた。

基礎が終われば、次は実戦式の模擬戦である。

当然、シノは持てる技を全て、死なない程度のノゾムに打ち込んだ。

骨折、嘔吐、気絶は当たり前。それでもシノは決して訓練密度を下げることはなく、むしろより厳しい鍛錬を続けさせた。

並みの剣士なら、一週間も経たずに諦めるような訓練。だが、それをノゾムは耐えきった。

「もっとも、それで馬鹿弟子の心の問題が解決したわけではない。単純に目の前の鍛錬に全神経を集中し続けた故に、見ないようにすることが出来ただけだ」

己の問題全てに目を瞑り、死を求めたことすら忘れるほどの鍛練に没頭する日々。

それにより、ノゾムは刀術の腕も急速に上達した。

今ではシノとの打ち合いでも、骨折などの重傷は負うことがなくなっている。

だが、それほどまでの技量を身につけながらも、学園での成績が伸びないのは、やはり能力抑圧の影響が大きい。

身体能力、気量に制限を受け、魔力にいたってはほぼなく、初級魔法さえ使えない。

気術による強化もほとんど効果がなく、強化できても雀（すずめ）の涙程度。

これらのハンデを埋めるため、刀術や気の制御を磨いたが、使う技は必然的に一点集中型の高威力となり、殺傷能力が極めて高いので学園の模擬戦では簡単には使えない。

幸いというか、本人の運動神経は能力抑圧の影響を受けておらず、体捌（さば）きや足捌きを徹底的に鍛えることができた。

しかし、気術等の強化の効果が低いので、それでも目に見えるほどではないし、相手が魔法や気で己の能力を強化すれば、相手が完全に上回ってしまう。

「本当に、上手（うま）く行かないものだ。それに、問題は能力抑圧だけではない。何より心に問題がある」

もう一つ、シノが危惧している問題は、ノゾムが自身の『逃避』に気づいていない点である。

ひたすらに鍛錬だけを行い、身につけた技術を誰かに見せることも、誇示することもしない。

本当に向き合わなければならない問題に背を向け、思考の端へ追いやり、気づこうともしていないのだ。

それはある種の、現実逃避と呼べるもの。

「儂が教えた技も殺傷力が高いとはいえ、実力を示すだけなら如何様にも使い方はある。にもかかわらず、奴が燻っているのは、奴自身に問題があるということ……」

ただ刀を振るうだけならば別に問題ではないが、後回しにしたツケは、必ず払うことになる。

ノゾムもいずれ、己が抱えた問題に向き合わなければならない時が来るだろう。


『何のために生きて、強くなるのか』


言うならば『心の芯』が問われることになる。

『芯』がない力をつければ、いずれその力に振り回される。

そして、ノゾムの芯は既に一度折れており、今の彼は苛烈な鍛錬を繰り返すことで現実から逃避し、さらに逃避そのものからも目を背けている。

だからこそ、人との関わりに本能的な恐怖を抱き、学園でも孤立していることは、シノには想像に難くなかった。

「逃避が悪いとは言わん。だが、逃避しているという現実から目を背けていては、いずれ取り返しのつかないことになる……」

思わず口から出た言葉に、シノは胸の奥から苦々しい想いが漏れ出してくるのを感じた。

彼女が内に秘めた暗い過去。

この森に隠居することになった理由もまた、彼女が言う『逃避』から始まっているからだ。

「その点だけは、儂に弟子を叱る資格はない。だからこそ……」

シノは、己の胸に突き刺さった棘を思い出し、胸をかきむしりたくなる衝動を、拳を握り締めるこうに……」

とで堪える。

「儂が持つミカグラ流の全て。それだけは残そう。いつか儂の最後の弟子が、己の鎖を解き放てるように……」

もう戻らない過去を思い返しながら、シノはノゾムが駆けていった森の奥に目を向ける。

「さて。それでは、不肖の弟子の様子を見ておくか。途中で変な魔獣に絡まれていたら、後々面倒じゃからな。まったく、成長しても手間のかかる弟子じゃ……」

力のない悪態を漏らしながら、シノはその場から跳躍。森の木々に生える枝の上を跳びながら、ノゾムを追う。

弟子にも気づかれないように気配を消しながら駆けるその口元には、自嘲の笑みが浮かんでいた。

†

「師匠め、もうすぐ日没だぞ。今から晩飯の具材増やすって無理だろ？」

シノに命じられ、走り込みがてら森を探索していたノゾムだが、その首尾は芳しくなかった。

食用の木の実や草だけでなく、小動物の気配も感じられず、成果はゼロ。

このままでは手ぶらで帰ることになってしまうだろう。

「マズイな、何か具材を持っていけなかったら、師匠は間違いなく臍を曲げるぞ」

シノに師事してから二年近くの付き合いになるだけに、ノゾムは己の師の性格を理解していた。

ノゾムの師匠であるシノは、刀術の腕は古今無双といえるほどのものを持っているが、その性格は傍から見ても傲岸不遜であり、かなりの偏屈者である。それはアルカザム建設前から、未開の地だったこの森に、一人で居を構えていた事から見ても明らかだ。

同時に子供っぽく、一度臍を曲げると、機嫌を直すのに苦労することになる。

愚痴を捲し立てられるだけで済めばいいが、下手をするとタダでさえ苛烈な鍛錬が、数倍増しになる可能性がある。

そんな目に遭っては、ノゾムとしても堪らない。森の中を駆けながら、ノゾムは必死に周囲の様子に神経を研ぎ澄ませる。既に暗くなり始めている森の中を走ることは、非常に危険だ。木の根や岩、見えない地面の凹凸などで足を取られ、怪我をする可能性がある。

だが、森を走るノゾムの足取りには、一切淀みがなく、驚くほど静かだった。

シノがノゾムを鍛える過程で、彼は数えるのも馬鹿らしいほど、昼も夜もこの森の中を走らされていた。当然、魔獣に襲われたことも一度や二度ではない。

そのため、視界が碌に利かない状況で不整地を走破することや、人より優れた感覚を持つ魔獣相手に隠れることに、すっかり慣れてしまっていたのだ。

だが、ノゾムの願いとは裏腹に、夕食に華を添えてくれそうな食料は全く見つからなかった。

「これは、本格的にマズイ……。ネズミはおろか、食用のキノコすら見つからないぞ……」

いよいよもって焦り始めたノゾムだが、その時、薄暗い闇に包まれ始めた木々の奥から、森の静寂に似つかわしくない騒音が響いてきた。

「ん、一体なんだ?」

一体何事かと、ノゾムは気配を殺しながら、騒音のする方へと足を進めていく。

「これは、魔獣の嘶きと、魔法の炸裂(さくれつ)音？　こんな場所に人が来るなんて珍しいな……」

距離が近づくにつれて聞こえてきていたのは、グオオオオ！　という魔獣の咆哮(ほうこう)と、竹が破裂したような甲高い音が特徴的な、魔法特有の炸裂音だった。

魔法。

魔力と呼ばれる、精神を源とする力によって行使される力の総称。

気術とは対を為す技術体系であり、各国でも古くから研究されている技術である。

「咆哮の音程から察するに、相手をしているのは獣型の魔獣。それも、ワイルドドッグなんて比較にならないくらいの強力な魔獣か……」

今後に自分が襲われる可能性も考え、ノゾムは魔獣の種類だけでも確認しておこうと、さらに騒音の元へと近づく。

慎重に近くあった木の陰に隠れながら、そっと奥を覗き込み、そして思わず目を見開いた。

そこにいたのは熊型の魔獣、マッドベアー。

それが二頭、唸(うな)り声を上げながら、獲物と定めた人間を凝視している。

基本的に単独行動を好む熊型の魔獣が一緒に行動している辺り、この二頭は兄弟なのだろう。

マッドベアーは普通の熊と違い、血のように紅(あか)い毛皮が特徴的な魔獣だ。

脅威度を示すランクではＢ。

並の兵士では単独で戦っても勝ち目はないほどの魔獣であり、本来は四、五人でパーティーを組んで戦う相手である。

そんな魔獣と相対しているのは、なんとたった二人の学園生。それも女の子だった。

一人は銀に輝く細剣を構えた、長い黒髪が特徴的な少女。

もう一人は両手に杖（つえ）を持ち、萌黄色の髪を肩口で綺麗（きれい）に切り揃（そろ）えた少女。

二人とも並外れた容姿を持つ美少女であったが、ノゾムが驚いた理由は、そこで戦っていた二人が、学園でもあまりに有名な生徒だったから。

「グオオオオ！」

「ふっ！」

前衛を務めていた女子生徒の細剣が煌（きら）めく。

「グャウゥゥ！」

裂帛（れっぱく）の気合が跳びかかろうとしてきたマッドベアーの機先を制し、振るわれた一閃が正確にマッドベアーの両眼を裂く。

目をやられ、呻（うめ）き声を上げながら上体を仰（の）け反（ぞ）らせるマッドベアー。そのがら空きになった胸に、トドメの突きが放たれる。

疾風を思わせる刺突はマッドベアーの胸に突き刺さり、肋骨（ろっこつ）をすり抜け、正確に心臓を破壊した。

大型の魔獣一匹を容易く屠った前衛の少女は、腰まで届く艶のある長い黒髪を風になびかせながら、残った一匹に対して、その手に持つミスリルの細剣を油断なく構えている。

残ったマッドベアーも、兄弟が倒されたことに怒りを滲（にじ）ませた唸り声を上げながらも、同時に相手との力量差に怯（おび）えている様子を見せていた。

アイリスディーナ・フランシルト。

ノゾムと同じ二学年の中で最高位の階級である一階級のクラスに属し、学年総合成績でトップを走る女子生徒。『黒髪姫』の二つ名を持つ才媛である。

「風よ、逆巻け。嵐よ、唸れ……」

アイリスディーナの後ろで魔法の詠唱をしているのは、ティマ・ライム。

彼女もまた、学園の中でも特筆すべき存在の一人だ。

極めて強大な魔力を持ち、生徒達はおろか、教師達の中ですら比肩する者のいない素質を持つ少女。

そのあまりの突出した才故に、元々平民の身でありながら、幼少の頃にアルカザムに招かれた稀有(けう)な人物であった。

彼女もまた『四音階の紡ぎ手』という二つ名を持っており、アイリスディーナ・フランシルトと共に、二学年で最も有名な生徒のうちの一人だった。

そんな大層な二つ名を持つ彼女は、全身から膨大な魔力を立ち昇らせながら詠唱し、杖の先に魔力を集束させ、強大な風のうねりを生み出す。

「ティマ！」

「う、うん！」

そして、風の獣が放たれる。

螺旋(らせん)を描く風の獣は、二頭目のマッドベアーを飲み込み、その巨体を瞬く間に寸断していく。

マッドベアーは悲鳴を上げる暇もなく絶命し、バラバラの肉片へと変えられてしまった。

あまりの威力の攻撃魔法に、ノゾムは木の陰で息を飲む。

「あの巨体を一撃で粉砕って……。あの魔法、どれだけの量の魔力を込めたんだ？」

風洞の餓獣。

風を巻き込み、真空の渦で相手を切り裂きながら吹き飛ばす攻撃魔法。

中級に位置する攻撃魔法ではあるが、その威力は明らかに上級魔法に匹敵する威力があった。

魔法の威力は、魔法を構成している術式の規模、精度、そして込められる魔力によって変化する。

先ほど彼女が詠唱していた術式には特に手を加えられた形跡がないにもかかわらず、上級魔法に届く威力を発揮したのは、それだけティマの持つ魔力が強大であることの証左だった。

「保有魔力は歴代最強って話、本当みたいだな……って、マズイ！」

とんでもない威力の攻撃魔法を放ったティマが、大きく安堵の息を吐いたその時、茂みの奥から、巨大な影が飛び出してきた。

「オオオオオオオオ！」

「えっ？」

飛び出してきたのは、先ほど倒した魔獣とは別の、三頭目のマッドベアー。

先ほどのマッドベアーは二頭ではなく、三頭兄弟だったのだ。

ちょうど二人の側面を突く形で出現した熊型の魔獣は、安堵していたティマめがけて一直線に突進していく。

「くっ！」

ノゾムは反射的に隠れていた木の陰から飛び出し、二人の元へと駆ける。

同時に『瞬脚』を発動し、何とか二人と魔獣の間に割り込もうとした。

だが、明らかに間に合わない。能力抑圧の影響下にあるノゾムには、それだけの瞬発力がなかった。

「ふっ！」

だが、ノゾムの焦りは、刹那に放たれた五つの魔力弾によって吹き飛ばされた。詠唱も魔法陣の展開もなく、即座に形成された魔力弾は、突進してきたマッドベアーの鼻先と両眼、両前足に正確に着弾し、突進の勢いを大きく削ぐ。魔力弾が飛んできた方向には、細剣を掲げる黒髪の乙女がいた。

即時展開。

アイリスディーナ・フランシルトが持つアビリティであり、本来必要な詠唱や魔法陣を省略し、即座に魔法を発動する能力である。

ノゾムは間隙なく放たれた魔力弾に驚きながらも、腰の刀に己の気を注ぎ込み、一気に解き放つ。

「っ！　はああ！」

気術・幻無が放たれ、極圧縮された気刃が一瞬でマッドベアーの体を通過する。

「ガ、ガ……」

喉を詰まらせたような呻き声を上げた後、マッドベアーの体は肩口から綺麗に切断され、二つに分かたれた体躯（たいく）が血を吹き出しながら地面に転がった。

「なっ……」

「……え？」

アイリスディーナとティマが、驚きの声を漏らす。

ノゾムが幻無を放つのにかかった時間は半秒ほどでしかない。

それは、アイリスディーナが即時展開で魔力弾を放ったのとそう変わらない時間だが、その威力はまるで比較にならなかったからだ。

「はあ、はあ……」

一方、ノゾムは気の消費からくる倦怠感に、荒い息を漏らしていた。

気術・幻無はその威力に比べ、気の消費量はそれほどでもない。

しかし、能力抑圧の影響下にあるノゾムには、僅かな気の消費でも肉体に相当な影響が出てしまう。

シノとの模擬戦後であることも、全身を襲う疲労に拍車をかけていた。

「すまない、助かったよ。ありがとう」

ノゾムが膝に手を当てて荒れる呼吸を整えようとしている中、鈴を転がすような澄み渡る美声が、彼の耳に流れ込んできた。

ノゾムが顔を上げると、アイリスディーナが黒曜石を思わせる瞳で覗き込んできている。

そのあまりにも整った容貌に、ノゾムは思わず息を飲む。

「……ええっと、怪我とかは大丈夫、ですか？」

「ああ、私も彼女も無事だよ。君が助太刀してくれたおかげでね」

努めて平静を装いながら、ノゾムが怪我の有無を尋ねると、アイリスディーナはその凛々しい表情を花のよう綻ばせながら、微笑みかけてきた。

その笑みは彼女が自然と放つ凛としたオーラとは裏腹に、とても穏やかな雰囲気に満ちている。

「改めて、助けてくれてありがとう。私はアイリスディーナ・フランシルト。君と同じソルミナティ学園の二学年一階級の生徒だ」

ノゾムもまた、同年代から久しく受けていなかったお礼の言葉に、なんとも言えない気恥ずかしさを感じてしまう。

「ティマ・ライムです……」

一方、ティマの方は、自己紹介はしたものの、何故(なぜ)かノゾムを警戒するように肩をすぼめて、アイリスディーナの陰に隠れてしまっていた。

「すまない、彼女は私の親友だが、人見知りでね。特に男性が苦手なんだ。悪気はないんだよ」

「……いえ、気にしていないです」

気にはしていないとは言ったものの、ノゾムは先程まで高揚していた気分が沈んでいくのを感じた。

学園では様々な負の感情を含んだ視線に晒(さら)されてきたノゾムだが、こうもあからさまに警戒されると、気分はどうしても落ち込んでしまう。

「それで、君は？　見たところ、私達と同じソルミナティ学園の生徒のようだが……」

話を変えるように、アイリスディーナがノゾムに質問をしてきた。

ノゾムの心臓が、ドクンと大きく拍動する。彼の学園での評価や噂(うわさ)は、あまりにも酷いものである。名前を聞いた瞬間、手の平を返されるかもしれない。

しかし、相手が名乗ったのに、自分が名乗らないのはあまりにも失礼に当たる。

さらに言えば、アイリスディーナ・フランシルトは、アルカザム建設に関わった大国の一つ、フォルスィーナ王国の重鎮を父に持ち、大家に名を連ねる名門貴族の一員である。

ノゾムは一度唾を飲み込むと、意を決したように、ゆっくりと口を開いた。

「二学年十階級、ノゾム・バウンティス……です」

緊張感を帯びたノゾムの返答。学園に蔓延(まんえん)する己の悪評を知るが故に、彼は次に向けられる蔑みの言葉に身構える。

「そうか。十階級の生徒が探索するには、この場所は厳しいだろう。君のパーティーはどこに？」

だが、ノゾムの名前を聞いても、アイリスディィーナの態度は変わらない。侮蔑の言葉を吐くどころか、一人である彼の身を心配しつつ、キョロキョロと辺りを見渡し始めている。

そんな彼女の様子に拍子抜けしたノゾムは、ついポカンとした表情で硬直してしまう。

ノゾムが確かめるように、アイリスディィーナの後ろにいるティマに目を向ければ、ノゾムの名前を聞いた彼女は目を見開き、警戒の視線をより濃くしている。

どうやら彼女は、ノゾムの良くない噂を知っている様子だった。

一方、アイリスディィーナはノゾムの噂について本当に知らないのか、スラリとした顎に手を当てながら、反応の鈍いノゾムを、首を傾(かし)げて見つめてくる。

その視線には疑問の色はあれど、やはり警戒するような色はない。

ノゾムはアイリスディィーナの反応に少し驚きつつも、彼女の質問に答える。

「パーティーは組んでいません。俺一人ですよ」

「……え？」

「独り……なのか？」

単独だというノゾムの言葉に、アイリスディィーナとティマが驚きの声を漏らした。

アイリスディィーナとティマ。二人はランクに換算すると、Ａランクの実力者である。

ランクとはアークミル大陸の国々で採用されている、冒険者や軍人等の個人能力を段階的に評価したもので、魔獣の討伐、依頼や任務の達成、革新的な研究や画期的な発明などによって上下する。

Ａランクともなれば、一流の冒険者や近衛騎士、宮廷魔術師や政治、経済、軍事の中枢に関わるほどの人物に相当するランクである。

ちなみに、二学年でAランクに相当すると学園が認めたのは、僅か五人である。

そんな高位の実力者でも、万が一の時を考え、魔獣と相対する可能性がある場合はパーティーを組むのが普通なのだ。

「ええ、まあ。能力抑圧持ちの俺と組もうとする人はいませんから……」

自嘲に満ちた笑みを浮かべながら、ノゾムは吐き捨てる。

言いようのないドロドロとした感情が、胸の奥から込み上げてくるのを感じた。

「能力抑圧持ち、か。アビリティ自体発現するのは学園の生徒の中でも一部だが、その中でも極めて稀で、枷にしかならない能力。にもかかわらず、君は独りでこんな奥深くまできたのか？」

「ええ、ここなら誰にも憚らず鍛練できます。自分が強くなれる可能性がほとんどないのは知っていますが、それでもやらない訳にはいきません」

穿つような問いかけに、ノゾムも言葉を荒らげてしまう。強い口調の返答に、アイリスディーナもつい押し黙ってしまった。重苦しい空気が、二人の間に流れる。

「そう、か。すまない、変なことを聞いてしまったな」

「いえ、こちらこそ失礼な口調で返答してしまい、申し訳ありません。それで、アイリスディーナ様達は……」

「アイリスディーナでいいよ。ここでは私も君も、ただの学園生徒だ」

「ですが……」

「いいから、ホラホラ」

ノゾムを気遣ってか、生粋の貴族であるにもかかわらず、平民出身のノゾムに対するアイリスディーナの態度はあまりにも気安かった。

もっとも、元々ソルミナティ学園自体が、大陸各国の権力が及ばぬ地であることを考えれば、アイリスディーナの指摘は別に間違ってはいない。

「……分かりました。それで、アイリスディーナさんはこんな所で一体何を？　ソルミナティ学園の生徒がここに来るなんて珍しいですね」

「冒険者ギルドからちょっとした調査依頼を受けたんだよ」

「調査……コイツのことですか？」

ノゾムが、先程斬り倒したマッドベアーを指差すと、アイリスディーナは首を振って否定する。

「いや、違うよ。なんだか最近、森で妙な獣を見かけたって情報があってね」

「獣？」

「ああ。なんでも『龍』を見かけたって言うんだよ」

「龍って……」

龍。

この大陸において、龍とは伝説上の存在であり、最強の生物である。

精霊種の一種で絶大な力を誇り、太古の昔はこの大陸を支配していたと言われている。

また、かの存在を倒した者には絶大な力が与えられると言われているが、今ではその姿を見た者はほとんどなく、龍も、龍を殺した存在も、教科書や歴史書の中に記されるのみである。

「眉唾も眉唾。誰も本気にしない話さ。まあ、『龍』ではなく『竜』の可能性もあるし、だからこそ調査だけは必要、というわけさ」

龍と違い、竜は魔獣の一種である。力は龍に到底及ばず、知能も低いが、その巨躯と灼熱のブレスは人間には非常に大きな脅威である。魔獣のカテゴリーの中では間違いなく最上位の存在であり、生半可な実力者では全く勝ち目はない相手だ。

「そう、ですか……分かりました。気を付けます」

「それがいい。もし竜だった場合、私達も交戦は許可されていないからね」

ピッ、と指を立てながら、アイリスディーナは屈託のない笑みを浮かべる。

その表情には、先程のノゾムの態度に対する負の念はまるで感じられない。

アイリスディーナの笑顔に促され、強張っていたノゾムの表情から力が抜けていく。

ノゾムは彼女の気遣いに感謝しながらも、そのあまりに気安い態度に、「意外と茶目っ気がある人なのかも」という印象を抱いていた。

「それで、コイツらの素材、剥ぎ取って持っていきます？　一頭は体ごと真っ二つになっちゃったんで価値は落ちますけど、肉とか内臓はそれなりの値段で売れますよ」

ついでとばかりに、ノゾムは先程倒した三頭のマッドベアーの扱いについて相談する。

一頭はティマの魔法で粉微塵になってしまっているため価値は無いが、他の二頭は素材としてはまだ使い道はある。

魔獣の種類にもよるが、皮は服や防具の素材に、肉は食料に、内臓は錬金術などの材料になる。

街を拠点とする冒険者や遠い土地からアルカザムに来た学生達にとっては、貴重な収入源だった。

「いや、いいよ。私が受けたのは調査だけだ。恩人である君が持っていくといい」

「恩人って……ティマさんは？」

「い、要らない……です」

だが、アイリスディーナもティマも、特に必要とはしていない様子だった。

もっとも、アイリスディーナは貴族の令嬢、ティマもアルカザムが招いた特待生。どちらも金に困るような生活はしていないのだ。

「分かりました。それじゃあ、全部はちょっと持ちきれないので、肉を少しだけ貰うことにします」

ノゾムはとりあえず、腰に差していた雑用ナイフで適当に肉と皮を切り分けると、肉を剥いだ皮に今晩のおかず用の肉を包む。

「それじゃあ、私達は街に戻るよ。君はどうする？」

「俺もしばらくしたら街に戻りますよ。明日も授業がありますから」

「分かった。今回は本当にありがとう。助かったよ」

「いえ、それじゃあ、俺はこれで……」

改めて礼を言ってくるアイリスディーナに小さく頭を下げ、ノゾムはそそくさとその場を後にした。

✝

アイリスディーナは、立ち去っていくノゾムの姿が暗くなり始めている森の奥へと消えていくのを確かめると、おもむろに背中に隠れている親友に声をかけた。

「ティマ、君が男性を苦手としているのは知っているが、さっきの態度はないんじゃないか？」

窘（たしな）めるようなアイリスディーナの言葉に、ティマが気まずそうに視線を逸（そ）らす。

ティマは確かに男性が苦手で、一人で男子の前に立つと碌に喋ることも出来なくなるくらいに人見知りだが、それでも先程のノゾムに対する態度は過剰だった。

「ご、ごめんアイ。で、でも、あの人だよ。リサさんを弄んだって……」

リサ・ハウンズは二学年一階級に所属する女子生徒であり、実技においてはアイリスディーナと対等に渡り合う実力者だ。当然、アイリスディーナも一目置いている人物である。

「ああ、確かリサ君は幼馴染の男子生徒と付き合っていたが、裏切られたという話は聞いている。彼がその相手だったのか……」

怯えた様子のティマの言葉に、アイリスディーナは一学年の時に流れていた噂を思い出した。

彼女自身は気にしたことはなかったが、当時は学年中がその話でもちきりだった。

元々、不釣り合いなカップルだと心ない人間たちは揶揄していたので、ノゾムの悪評と共に、噂が広まるのも早かった記憶がある。

「ふむ。でも、そんな酷いことをするような人間には見えなかったが？」

直接現場を見たわけでもないし、ノゾムの噂はアイリスディーナにとっては、確証の持てない話。

だが、彼女はノゾム本人と出会ったことで、学園でのノゾムの評判とノゾム本人の気質が明らかに乖離していることに気づいていた。

表情を取り繕うのが自然な貴族社会の中で生きてきたアイリスディーナにとって、対人スキルが壊滅状態になっているノゾムの心理は分かりやすく、当人の気質も隠されていない。

何より、アイリスディーナから見ても、彼の剣閃は凄まじく、同時に素直で、澄んだ色をしていた。

同じ剣士として、思わず見惚れてしまうほど。

貴族として、そして剣士としての直感が、ノゾムの本質が学園で蔓延する噂とは違うものであると彼女に囁いていた。

「う、うん。でも、私、怖くて……」

ティマはしょんぼりと肩を落とし、縮こまってしまう。

彼女自身はとても優しい人物なのだが、男性を苦手としている上に、少し気が弱いところがある。

ティマ本人も件の噂を聞いていたので、ノゾムに対して過剰に反応してしまっていた自覚があった。

「まあ、今度会う機会があれば、その時に謝ればいいさ。あまり気にしすぎても良くないぞ」

「うん……」

アイリスディーナは落ち込む親友を慰めながら、街への帰路に就く。

彼女がチラリと後ろを見れば、ノゾムの姿は既に木々の影で見えなくなっていた。

✝

一方、マッドベアーの肉という予想外のおかずを手に入れたノゾムは、意気揚々とシノの親へと戻ったのだが……。

「ほう……随分と遅かったな。見目麗しい女鹿でも見つけたのか？」

「あ、あれ？　何で師匠、不機嫌なんですか？」

アイリスディーナ達との一部始終を覗いていたシノに睨まれ、冷や汗を流していた。

結局、その夜にはシノの機嫌は戻らず、ノゾムは翌朝の修練を二倍に増やされた。

†

アルカザムの北部にある行政区。

この街を運営する重鎮達が居を構えるその場所に、アイリスディーナの自宅は存在していた。

フランシルト邸。

白を基調とした大理石で造られた豪邸は、アイリスディーナと彼女の妹のための屋敷である。

その屋敷に設けられた自室で、アイリスディーナは制服のまま、ベッドに仰向けになっていた。

スラリとした肢体が投げ出され、スカートから伸びた艶めかしい足が絹のシーツをからめとるその様は、傍から見ればとても扇情的な光景だった。

お目付け役だったメイド長に見つかったら、はしたないと叱られること間違いない恰好。

だが、今のアイリスディーナは、着替えて湯あみをすることすら忘れ、今日、スパシムの森で起こった奇妙な出会いに思いを馳せていた。

「ノゾム・バウンティス……か」

脳裏に蘇るのは、親友に襲いかかる魔獣を一刀両断した男子生徒の姿。

「マッドベアーの体を一刀両断、か。あれだけの刃。私が作ろうとしたら、どれだけかかるか……」

アイリスディーナはおもむろに腰に差したままの細剣を抜く。

剣の銘は、宵星の銀翼。彼女がアルカザムに来る際に、彼女の父と剣の師から贈られたミスリル製の剣が、窓から差し込む月の光を受けて、妖しく輝いている。

ミスリルは魔法と親和性の高い金属であり、内側に魔力を溜め込む性質を持つ。

武具の素材としても他の素材より頭一つ抜けており、硬質さと柔軟性を併せ持つ理想的な金属だ。

ただ、ミスリルの鉱脈は大陸中を探しても希少で、常にその価格は金に迫る値段がついている。

そんなミスリルを使用し、アイリスディーナの癖を念頭に入れて作られたその細剣は、間違いなく武具としては一級品であり、彼女にとっても相棒とも呼べるもの。

だが、彼女は手にしたミスリルの細剣を鞘に戻してベッドに放ると、おもむろに立ち上がり、自室の壁の一画に足を進めた。

そこには、今の彼女が使うにはやや小ぶりな、子供向けの細剣が立てかけられている。

持ち手の部分が薄汚れたその剣を手に取ると、アイリスディーナは持った細剣に魔力を流し込み、強化魔法をかけ始めた。

頭に、今日目の当たりにした極限の刃を思い浮かべながら、幾重にも魔法をかけていく。

何度も、何度も、何度も。

やがて剣身は、闇夜を思わせる黒と、月の光を思わせる銀光を抱く刃へと姿を変える。

魔法剣・月食夜。

アイリスディーナが持つ魔法の中で、特に高い威力を誇る魔法剣であり、今日遭遇したマッドベアーだろうと一刀両断できる代物だった。

気も魔力も、源素と呼ばれる魂の力を素にしているため、発現する効果にそれほど差はない。

違いを上げるなら、発現する術の精度が、気は術者の感覚に依りやすく、魔法は術者の精神状態や術式に依りやすい。

また、同じ源素を素にする力でも、気や魔力という形を取った時点で、互いに反発する傾向がある。

アイリスディーナが生み出した魔法剣は、剣の素材と彼女自身の素養も相まって、おそらくは竜種の強固な鱗ですら斬り裂けるだろう。

しかし、自らが作り上げた魔法剣を前に、彼女は乾いた笑みを浮かべるだけだった。

「時間にして十秒。ふ、到底彼には及ばない、か」

十秒。それほどの魔法剣を作り上げる時間としては破格だが、これと同等の刃を半秒で作る者がいる事実を知った今、その表情には苦笑しか浮かばなかった。

「そういえば、彼が向かったのは街の方向ではなかったな……」

アイリスディーナはノゾムと別れた時を思い出す。

彼は、アイリスディーナ達とは逆方向へと歩いて行った。

夜は獣達の時間だ。

強力な魔獣が本格的に活動し始める森の中で、単独で残ろうとする者はほとんどいない。いるとしたら、単に森の危険を理解していない愚か者か、森の獣たちの動きを熟知したスカウトや隠密くらいだろう。

「ノゾム・バウンティス……か。一体、どんな人なのかな？」

魔獣が跋扈する夜の森の中に残ることを、一切躊躇わない事実。

そして、強力な魔獣も一刀両断する気術と、それを支える刀術。

奇妙な同級生に対する違和感が、アイリスディーナの中で興味へと変化し、徐々に膨れ上がり始めていた。

CHAPTER 3 第三章 痛む古傷

早朝からシノによる特別修練をやらされたノゾムは、疲労困憊のまま、何とか午前の授業を終えた。

「ああ……太陽が黄色く見える」

全身を覆う疲労感はいつものことだが、今日は一段と太陽が霞んで見えていた。

ボーっとする頭のまま、ノゾムは昼飯を買うために一度校舎を出る。

ソルミナティ学園はアルカザムの中心に建設されているが、その周囲を囲うように広い公園が設けられている。

この中央公園は街の人達の、そして生徒達の憩いの場であり、公園のあちこちには軽食を売る露店が軒を連ねている。

苦学生であるノゾムは基本的に自炊派だが、朝から普段の二倍の鍛練を課された今日は、さすがに寮に帰った早朝に昼食を用意する気力はなかった。

周囲を気にしながら公園を歩き、パンなどの簡単な軽食を売っていそうな露店を探す。

正直なところ、学園の生徒達が多い中央公園にはいたくないのだが、校舎内の購買などはもっと人が多い。

とはいえ、今は昼時。中央公園には学生だけでなく、街の一般市民達も昼食に訪れている。

Ryuusa no Ori
Kokoro no
Naka no Kokoro

ノゾムの目の前には、獣のような尻尾や耳を持つ種族や鳥のような羽を持つ種族等、多種多様な容姿を持つ人達が露店を覗き込んだり、公園の芝生に寝転んだりと、思い思いの時を過ごしていた。

アークミル大陸は元々、多種多様な人種が住まう土地である。

エルフやカーバンクルといった妖精種から、獣人を始めとした亜人種、さらには、それ以外の希少種等、様々な種族が存在する。

そんな大陸各地から人材を集めて造られたのが、このアルカザムなのだ。

それだけに、多くの人が集まる中央公園は、まさに人種の坩堝と呼ぶに相応しい状態になっている。

「やっぱり、人、多いな……」

多くの人が集まる喧騒は、人によってはワクワクするような光景なのかもしれないが、生憎とノゾムは学園で蔑まれていることもあり、他人が少々苦手である。

熱を帯びた喧騒に辟易しながら、人気の少ない寂れた露店で適当にパンを購入し、近くの林の中に入っていく。

中央公園はかなり広いが、基本的に外周には開けた芝生があり、内側に行くにつれて木々が生い茂るようになっている。

そして、大半の人達は机や椅子が設置された芝生エリアで過ごしているため、林の中は騒がしい芝生エリアとは違い、静寂な空気に満ちている。

ノゾムはとりあえず、木の多い林のエリアを歩き、適当な木の根元に腰を下ろした。

露店で購入したパンに口をつけ、パサパサのパン生地を咀嚼して嚥下する。

「うん、寂れていただけあって、美味いとは言えないな。まあ、安いからいいんだけど……ん？」

一口食べて、その味気なさに微妙な表情を浮かべたノゾムだが、ふと目に飛び込んできた奇妙な光景に、首を傾(かし)げた。

「誰だ、こんなところで……」

一人の少女が、一本の木を見上げてオロオロしている。

艶やかな黒髪を肩の辺りで綺麗(きれい)に切り揃(そろ)えた、妙に人の目を引く雰囲気を纏(まと)った十歳ほどの少女。

(何だろう、最近見た人によく似ているような……ああ、ダメだ。頭が働かない)

少女の容姿がノゾムの脳裏に引っかかるが、師匠の苛烈な早朝鍛練と空腹によって、ノゾムの頭は完全にストライキを起こしてしまっていた。

昼時には中央公園は人通りが多いのだが、生憎とノゾムと少女がいるのは、人気のない林の中。

当然、困っている少女に気付いてくれる他の人間がいるとは思えない。

「おまけに、あの制服、エクロスの生徒のものだよな……」

よく見ると、少女はノゾムの制服によく似た、白を基調とした制服を身に着けていた。

エクロスとは、ソルミナティ学園に併設されている付属学校であり、主に十歳前後の幼子達が通っている。

この学校の創立目的は、将来的に見込みのある子供達に早い段階から英才教育を施すことで、より高い能力を持つ人材を育成すること。

選ばれるのは各国重鎮の嫡子や、生まれつき希少な才能やアビリティを保有している子供である。

(エクロスに通っているにしては少し小さい子だな。まあ、あの学校の生徒なら、この公園にいてもおかしくないけど……)

ノゾムの目の前にいる少女は、エクロスに通っているにしてはやや背が小さいが、制服を身に着けている以上、あの学校の生徒で間違いはなさそうだった。

(何だか困っているみたいだし、放ってもおけない、かな……)

基本的に、他人とはあまり関わりたくないノゾムだが、こんな人気のないところで明らかに困っている少女を放置するわけにもいかない。

ノゾムはとりあえず脳裏に浮かんだ疑念と他人への忌避感を思考の外へと追いやり、思い切って少女に声をかけてみることにした。

「……どうか、したのか？」

「えっ？」

緊張感から引きつってしまったノゾムの声に、少女が勢いよく振り返る。少女の深い漆黒の瞳が、ノゾムを見上げてきた。吸い込まれるような瞳の色に、ノゾムは強烈な既視感を覚える。

「君、エクロスの生徒、だよね。こんな所で何しているの？」

「えっと、実はお昼休みにクロちゃんと遊んでいたんですけど……」

「……クロちゃん？」

少女はそう言って、目の前の木を見上げた。少女に促されるようにノゾムも視線を上げると、枝の上で一匹の黒猫が輪状の何かにじゃれつきながら寛(くつろ)いでいる。

「何だ、あれ。腕飾り？」

「私の腕飾りなんですけど、クロちゃん気に入っちゃって……。もうっ、クロちゃん返してよ～」

少女は困り顔で、木の上の黒猫に懇願しているが、『クロちゃん』と呼ばれた黒猫はよほど彼女の腕飾りが気に入ったのか、少女の声に見向きもしない。

(結構高い木だな。おまけに、木の肌もツルツルしている。大人でも登るのはちょっと難しそうだ)

「……仕方ない」

ノゾムは制服の袖をまくると、手を木の幹にかけ、スイスイと登り始める。

森では魔獣から逃げるために木に登ることも多かったため、木登りはお手のものだった。

一方、黒猫は木に登ってくるノゾムに気づいて、尾を立てて警戒してくる。

「大人しく観念して、その腕飾りを返せ」

黒猫のいる高さまで登ったノゾムが、猫を捕まえようと手を伸ばすが、件の黒猫は「フシャ――――！」と唸り声を上げながらノゾムを威嚇し、爪を振り回してきた。

「こら、暴れるな！」

「フギャ！」

体に触れようとしてきたノゾムに、黒猫は牙をむき出しにすると、ついには飛びかかってきた。

ノゾムは木の上では碌に動けず、黒猫に顔に張りつかれ、いいように引っ掻かれる。

「イタタタタ、このクソ猫！」

予想以上の抵抗をされたノゾムは、片手で黒猫の首の裏を掴んで無理やり引っぺがす。

一方、黒猫も負けてはいない。爪を振り上げ、掴んでいるノゾムの手の甲を器用に引っ掻く。

「いってえ！」

走った痛みでノゾムの握力が弱まった隙に、黒猫は体を柔らかく捻って拘束から抜けると、ノゾムの手を足場にしてトン……と跳躍。

枝の上に戻った黒猫は、『これは自分のものだ！』と主張するように、腕飾りに首を通して胸を張る。

とはいえ、黒猫に引っかかれたノゾムも退かない。

よく見れば、先ほど購入した昼食のパンが、地面に落ちて土塗(まみ)れになっている。

味気がなく、お世辞にも美味(うま)いとは言えない品だったが、それでも苦学生のノゾムにとっては貴重なエネルギー源。

大事な昼食をダメにされたことで意地になったノゾムが、再び枝の上の黒猫に手を伸ばす。

そして始まる、ノゾムと黒猫の大乱闘。跳びかかってきた黒猫を『大人しくしやがれ！』とノゾムが引っ掴み、黒猫が『放しやがれ！』と全力で引っ掻いて噛(か)みつく。

「ええっと、お兄さ～ん、クロちゃ～ん……」

心配そうに少女が見上げる中、一人と一匹の戦いは次第にヒートアップ。

それに伴って、戦場となっている木の枝もギシギシと軋(きし)み始める。

そして、乱闘の最中にノゾムが枝に手をかけて体重を乗せた瞬間、ついに限界が訪れた。

バキッ！　という音と共に枝が折れ、足場をなくした一人と一匹が空中に放り出される。

「うおっ！」

「ニャニャ！」

重力に引かれ、ノゾムと猫は真っ逆さまに地面に向かって落ちていく。

しかし、さすがは猫というべきだろうか。突然、空中に放り出されたにもかかわらず、黒猫は素早く身を翻すと、そのまま少女の腕の中にスポッと納まった。

一方、ノゾムは体勢を立て直せず、不恰好に背中から地面に激突。

ゴチン！　と後頭部をぶつけ、情けない呻き声を上げながら地面に蹲った。

「あ、あの……大丈夫ですか？」

「………うん」

目の奥から滲み出てくる涙を必死に堪えながら、ノゾムはどうにか立ち上がる。

心配そうに見つめてくる少女の視線に、ノゾムとしても情けないやら恥ずかしいやら、複雑な心境だった。

「それより、腕飾りは大丈夫？」

目的だった腕飾りについてノゾムは尋ねると、少女の腕の中に納まっている黒猫を覗き見た。

黒猫は少女の腕の中で、首に通した腕飾りにジャレついているが、腕飾り自体は壊れておらず、大丈夫のようだった。

「よかった。ありがとうございます」

少女は心から安堵し、華やかな笑みを浮かべる。

無垢で純粋なその笑顔に、ノゾムも自然と口元が緩む。

「あ、ごめんなさい。自己紹介していませんでしたね。私、ソミリアーナっていいます。友達はソミアって呼びます！」

「俺は、ノゾム・バウンティス。ノゾムでいいよ。ソミアちゃん……って呼べばいいの、かな？」

「はい！　よろしくお願いしますね、ノゾムさん！」

「えっと……こちらこそよろしく」

妙にテンションの高い黒髪の少女に押され気味のノゾムだが、声をかけた時の緊張感は、すっかり薄れていた。

引っかかれたり木から落ちたりと、結構痛い思いをしたが、ニコニコと満面の笑みを浮かべている少女の姿に、体の痛みもスッと引いていく。

思えば、誰かからお礼を言われたことなど、昨日を除いてほとんどなかった。

普段の学園生活の中では、笑顔を浮かべることも向けられることもないノゾムだが、気がつけば久方ぶりに、心からの笑みを浮かべていた。

カランカラン、カランカラン……。

その時、昼休みの終わりを告げる鐘が、林の中に響いた。

「「……あ」」

ノゾムとソミア。二人は示し合わせたように気の抜けた声を漏らす。

「い、いけない。教室に戻らないと！」

始業の鐘の音に、ソミアが慌て始めた。エクロスの校舎はソルミナティ学園に併設されているとはいえ、少女の足ではノゾムより時間がかかるだろう。

「早く行った方がいい。遅刻はまずいだろ」

「は、はい！　あの、改めてありがとうございました！」

もう一度深々と頭を下げたソミアは、小さな腕に猫を抱えたまま、タタタ！　と軽快な足取りでエクロスの校舎の方へと戻っていった。

その後ろ姿を眺めながら、ノゾムは満足げに息を吐く。

「昼飯、食い損ねたけど……まあ、いいか」

ノゾムが彼女にしてあげたことは、大したことではない。ただ悪戯猫と喧嘩をして、一緒に木から落ちただけだ。

それでも、誰かから贈られる感謝の言葉は、ノゾムに一時、空腹を忘れるほどの充実感を齎してくれていた。

†

久方ぶりに充実感を抱きながら学園に戻ってきたノゾムだが、午後からは再びカスケルの一方的な授業を受けなければならなかった。

しかも、今回は儀式魔法の実技授業であり、魔法が全く使えないノゾムにとっては、本当に苦手としている授業だった。

仕方なく、ノゾムは実技を行う訓練場の端で、クラスメート達の実技を見学していた。

「さて、先の授業でも言ったが、儀式魔法はもっとも古典的な魔法形態の一つだ。故に、手順をきちんと踏めば、よほど才がない限り、下級魔法程度の魔法は発動できる。よほど才がなければな……」

チラリとカスケルが訓練場の端に座っているノゾムに目配せすると、何人かのクラスメート達がクスクスと笑い始める。

「屑石ども、今は私の授業中だ。何度言っても貴様らの低能な頭では理解できないか……」

向けられる嘲りの感情にノゾムが顔をしかめていると、担任であるカスケルが憤りの声を漏らした。

「あ、あの、その……ひっ」

カスケルはノゾムを笑っていた女子生徒の一人の顎を引っ掴み、威圧するような視線で見下ろす。

「私は別に、最下層で燻るお前達などどうでもいい。やる気がないならさっさと出ていけ。ああ、退学させて欲しいのか？　ならばそう言え。直ぐにでもさせてやる」

「い、いいえ、そんなわけじゃ……」

「ならば、なぜ私の授業の邪魔をした。自分の行動が己にどのように帰ってくるかも理解できないのか？」

女子生徒はギョロついた眼で覗き込んでくるカスケルにすっかり飲まれ、涙を浮かべている。

女子生徒は助けを求めるように視線を彷徨わせるが、他の生徒達も今のカスケルに目をつけられたくないのか、皆一様に目を逸らしてしまっていた。

だがその時、孤立してしまった女子生徒とカスケルの間に、憮然とした様子の声が割り込んだ。

「おいカスケル、そんな雑魚放っておいて、早く始めろ。時間が惜しいんだよ」

声の主はマルスだった。

彼は不機嫌そうに腕を組んだまま、カスケルと女子生徒の両方を睨みつけている。

その様子に、泣きそうになっていた女子生徒を庇う気持ちなどない。

自分の授業を邪魔されることを嫌うカスケルを刺激するような行動を取ったのは、この女子生徒を初めとした者達であり、彼女達がこのような目に遭っているのも、完全に自業自得だからだ。

「……確かに、このような屑石に構っている時間などないな」

カスケルが、女子生徒の顎を掴んでいた手を離す。

そして、その場にへたり込んだ女子生徒を無視して、授業を再開した。

「先ほども言ったが、今回の授業は儀式魔法についてだ。行う魔法の効果や必要な道具と手順をこれから説明し、各々実践を行ってもらう」

カスケルは訓練場の端を指差す。

そこには奇怪な魔法陣が描かれ、中央に木組みの祭壇と蝋燭が置かれている。

「あれは古典的な儀式魔法を再現した祭壇だ。あの祭壇を各々で実際に再現し、儀式魔法を使ってもらう」

今回は儀式魔法の実技ということで、実際に祭壇を作ることからやるらしい。

「中央部で魔力を高めながら決められた手順で祝詞を唱えることで、魔法が発動する。ああ、安心しろ。発動する魔法は術者の素養に合わせて、灯火がつくとか、水が析出する程度のものだ」

説明を聞き終えると、各々必要な道具を揃えて訓練場に散らばり、作業を始める。

祭壇を作るための部材はあらかじめ決められた形に整えてあり、基本はそのまま組み上げるだけでいい。問題は魔法陣の作成で、これは少し難易度が高い。

魔法陣の正確さは、そのまま術の精度に直結する。また、術者の素養との相性も重要だ。

とはいえ、ここにいる生徒は、まがりなりにも大陸最高峰の学園で学ぶ者達。

てきぱきと祭壇と魔法陣を作成し、次々と儀式魔法を成功させていく。

「よし、終わりっと……」

「ふう、こんなものかな？」

「おい、マルスを見ろよ。なかなか凄いぜ」

そんな中で、最も秀でていたのは、意外にもマルスだった。

他の者達が祭壇の蝋燭の火を吹き消す程度の風や、手の平程度の炎を生み出す中、彼は用意した祭壇全体を包み込むほどの風の渦を作り上げている。

粗暴な言動からは想像できないが、マルスは魔法と気術をかなり高位のレベルで使いこなせる、稀有な人物である。

気と魔力の大本、生命力、精神力とも言われるそれらの力は、全て源素と呼ばれる魂の力が根幹にあるとされているが、肉体か精神か、どちらかに偏った時点で混じり合わず、反発してしまう。

そのため、人の素養は魔法か気術か、そのどちらかに偏る傾向が多い。

もちろん、中には例外的に、気術にも魔法にも高い適性を示す者もいるが、その割合は全体の一割にも満たない。

さらに、魔法と気術を同時に使える者となると、その数はさらに激減する。

「毎度毎度思うが、あいつが十階級にいるなんておかしいだろ？」

「まあ、学園に入る以前から、街の方で相当暴れていたみたいだし、入学してからもあっちこっちの奴に噛みついていたからな。無理もないだろ」

「おい馬鹿、声が大きい。目をつけられるぞ」

囁き合っていた男子生徒達は、ジロリとマルスに睨まれ、気まずそうに互いに距離を取る。

パタパタと渦巻く風に金色の髪をなびかせながら、マルスは憮然とした表情で自分が生み出した風を消すと、さっさと次の課題に取りかかっている。

一方、ノゾムは訓練場の端に腰を下ろし、同級生達の授業風景を、無表情で眺め続けていた。

誰も彼に声をかけず、気にも留めない。

能力抑圧により魔力の乏しい彼が、放置にも似た見学を言い渡されるのも一度や二度ではなく、一年の頃から魔法の実技授業のほぼ全てで、ずっとこのような状態だった。

お前には素養がない。意味がない。邪魔をするな。そんな言葉を言われながら、いない者として扱われてきたのだ。

今では出席日数を稼ぐため、評価を落とさないために授業に出ているに過ぎない。

(今さら、もう慣れたことだ、よな……)

諦観の声を心の中で漏らしながら、ノゾムは授業から逃げるように、隣の訓練場に目を向けた。

隣では、同じ二学年の別クラスが実技の授業を行っている。

相当高位のクラスの授業なのか、同じ訓練場の中に実技担任の教師の他に、複数の補佐役の教師の姿が見受けられた。

授業の内容は一対一の模擬戦のようだが、その授業風景はノゾム達と明らかに違う。

補佐役の教師達は、模擬戦を終えた生徒達のためにポーションを用意したり、時には自らが模擬戦の相手を務めるなど、ノゾム達のクラスでは行われない様々なことを行っている。

ソルミナティ学園は才のある生徒を、より良い環境で育成するため、階級毎に優遇措置が設けられている。

普段の授業でもその優遇措置は存在し、上位階級はこのように、教師からの指導機会を多く得られるようになっている。

また、街中にある冒険者ギルドや商店などでも、優先的に求める依頼や商品、サービスを受けられる。

自分とは違う授業風景を眺めていたノゾムだが、ふと視界に入ってきた特徴的な長い黒髪に、思わず目を見開いた。

「あれは、昨日スパシムの森にいた……。ってことは、隣にいるのは一階級だったのか……」

ノゾムの眼に飛び込んできたのは、つい昨日スパシムの森で出会った、アイリスディーナ・フランシルトだった。

彼女は担任の教師に促されるように訓練場の中央へと足を進める。

彼女の相手として前に立つのは、真紅の髪をポニーテールに束ねた女子生徒。

その人物を目にした瞬間、ノゾムの瞳が一際大きく見開かれた。

「リサ……」

アイリスディーナの相手は、かつてノゾムと将来を誓った元恋人だった。

久しぶりに見た彼女の姿に、ノゾムの心臓がドクンと大きく脈打つ。

二学年に進級してから、ノゾムとリサは全く顔を合わせることがなかった。

実力主義のソルミナティ学園では、各クラス間の隔意が大きく、休み時間でも他クラスを訪れる生徒はほとんどいない。

必然的に、ノゾムがリサの姿を見る機会も激減する。

ほぼ一年ぶりに見た彼女の姿は、一学年の時よりもずっと凛々(りり)しく、逞(たくま)しく映った。

遠目から見ても分かる、彼女の成長。

それを実感し、ノゾムはキシキシと痛んでいた胸に、さらなる痛みが走るのを感じた。

胸の痛みを誤魔化すように、ミシリと拳を握りしめる。

気が付けば、ノゾムは自分の授業のことはすっかり忘れていた。

訓練場の中央で相対したリサとアイリスディーナが、互いの得物を構える。

アイリスディーナは、細剣を模した模擬剣の切っ先を向けるように構え、リサはサーベルを思わせる長短二本の模造刀を手に、半身になりながら腰を落とす。

俊敏な猫を思わせるリサの構えと、オーケストラの指揮者を思わせる優雅なアイリスディーナの構え。互いに油断なく相手を見据えながら、呼吸を整えていく。

先に動いたのは、リサだった。

魔法を唱えて四肢を強化すると、一気にアイリスディーナめがけて踏み込む。

（っ、速い！）

遠くから見てようやく目で追えるほどの彼女の加速に、ノゾムは驚く。

一方、それほどの加速を見せられながらも、アイリスディーナは冷静にリサを迎撃する。

アビリティ『即時展開』で生み出した魔力弾を五つ、高速で突進してくるリサへ撃ち放つ。

「はあああ！」

リサもまた、双剣で五つの闇色の魔力弾を弾（はじ）き、叩（たた）き落としながらも、速度を全く落とさない。

間合いを詰めたリサが裂帛（れっぱく）の気合を響かせながら、右の長刀を薙（な）ぎ払う。

キィイイン！

アイリスディーナはアビリティの即時展開で己の体に身体強化を施し、突進の勢いを乗せたリサの強烈な薙ぎを、器用に受け流す。

さらに、受け止めた衝撃を逃がすようにくるりと体を回転させつつ、リサの側面へと回り込む。

優雅な舞を思わせる体捌きを披露しながら、アイリスディーナは反撃を繰り出した。

受け流した勢いと体の回転を加えた的確な刺突が、がら空きになったリサの左後方から襲いかかる。

「はあ！」

だが、今のリサもまた、学年最高峰の実力者。

左の短刀を迫りくる細剣の腹に叩きつけ、迫る刺突を大きく上に跳ね上げる。

ガキィイイン！　という強烈な金属音が響き、遠目から見ていたアイリスディーナの表情が僅かに曇る。

どうやら、身体強化の魔法は、リサに分があるらしい。

さらに、得物を跳ね上げられて隙を晒したアイリスディーナに、リサの追撃が繰り出された。

手数の優れる双剣と強力な身体強化魔法によって、まるで嵐のような斬撃の群れが、アイリスディーナに襲いかかる。

その斬撃の群れを、アイリスディーナは後退しながらも、的確に捌く。

(あの剣戟を、捌きされるのか……)

アイリスディーナの剣捌きに感嘆しつつも、戦いの流れはリサに彼女に傾いている。

このままでは、いくらアイリスディーナでも押し切られるかもしれない。

そんなことをノゾムが思った瞬間、驚くべきことが起こった。

「っ！」

唐突に、攻めていたリサが攻撃を中断し、その身を大きく仰け反らせる。

直後、彼女の眼前を、魔力弾が高速で駆け抜けていった。

よく見れば、アイリスディーナの周囲に二つの魔力弾が形成されている。

（あんなに攻められていた状態から、思考だけで術式を構築できるのかよ……）

先の一射に続いて、残っていた二つの魔力弾が、至近距離からリサに襲いかかる。

リサは双剣を掲げて撃ち出された魔力弾を防ぐが、前進の勢いを完全に殺されてしまう。

アイリスディーナの術式展開速度に、ノゾムは改めて寒気を覚えた。

「しっ！」

攻勢を寸断されたリサに、アイリスディーナが反撃に出る。

細剣を煌めかせながら舞うように斬りかかり、さらに剣戟に重ねるように、魔力弾を撃ち出す。

その上、振るう細剣に強化魔法を施して斬撃の威力を上げたり、黒色の鎖でリサの足を搦め捕ろうとしたり、闇の霧を生み出して視界を塞ぐなどのより多彩な魔法を立て続けに使用し始める。

（あれだけ激しく剣を振るいながらも、使える魔法は魔力弾だけじゃないのか……）

こうして改めて、学年総合一位の高みを見せられると、ノゾムとしては唖然とするしかない。

一方、リサもまた変幻自在なアイリスディーナの攻め手を凌ぎながら、一歩も退かずに撃ち合いを続けている。

死角から襲いかかってくる魔力弾を双剣で弾き飛ばし、巻きつこうとしてくる魔力の鎖を断ち切り、闇の霧を吹き飛ばす。

嵐を幻視させる双剣の乱舞と、清流を想像させる剣魔の連撃。

剣を斬り結ぶ音と魔法が弾け飛ぶ炸裂音が、滝のように絶え間なく訓練場に響き続ける。

だが、全く互角の攻防の中、唐突にリサが大きく後方に跳躍し、間合いを開けた。

攻め重視の戦いをしていた彼女が、急に距離を取ったことに、ノゾムは訝しむ。

だが、リサが携えていた双剣を重ねた瞬間、爆発的な魔力が立ち上った。

十字に重ねた刃に炎が巻きつき、蛇のようにのたうちながら、徐々に勢いを増していく。

模擬剣の刀身が赤熱化し、熱で荒れ狂う風が、彼女の髪を激しくなびかせる。

「すう……はあっ！」

そして、リサが重ねていた双剣を弾くように十字に振るった瞬間、蓄えられていた熱が、堰を切ったように一気に解放された。ズドン！　と、まるで火山が爆発したような轟音と共に、噴出した炎の奔流がアイリスディーナに襲いかかる。

迫りくる炎の奔流を前に、アイリスディーナは肩越しに剣を構え、瞑目する。

強化魔法によって淡い光を抱いていた刃が、いつの間にか遠目から見ても分かるほどの輝きを放ち始めていた。

闇色に輝く剣身。アイリスディーナが魔法をかけ続けているのか、新月の夜を思わせる魔力の刃は、鼓動するように明滅を繰り返し、徐々にその輝きを増していく。

魔法剣の輝きが増していくと共に、彼女の体から発せられる剣気も一層高まっていく。

そして、高まる魔力と剣気が臨界に達した瞬間、刃は振るわれた。

「はあああああ！」

地面を抉りながら突き進んでくる炎の奔流を薙ぐように振るわれた魔法剣。

流星を思わせる一太刀が炎を斬り裂き、消し飛ばす。

「おいおいおい、うわ！」

吹き飛ばされた炎が風と共に訓練場に飛び散り、ノゾムは思わず動揺の声を漏らした。

散った炎はすぐに消え、静寂が辺りを包み込む。

舞い上がった煙が徐々に晴れていき、互いに無傷の二人の姿が現れる。

だが、訓練場に刻まれた惨状に、ノゾムは絶句した。

熱で炙（あぶ）られ、黒く炭化した地面が、リサの足元から一列に続いている。

超高温の炎の奔流で焼かれた地面は、ブスブスと未（いま）だに煙を上げ、僅か数秒で与えられた熱量の凄（すさ）まじさを物語っていた。そして、地面に刻まれた黒い線はアイリスディーナの眼前で二列に割られ、まるで雫（しずく）を払ったように霧散している。

「あの業火を斬ったのか……」

リサが放った魔法は、高位の魔法使いでもそうそう放てる威力ではない。間違いなく、スパシムの森で見た、ティマ・ライムの『風洞の餓獣』に匹敵する威力があった。

そんなリサの炎を、正面から斬り伏せたアイリスディーナも凄まじい。

「あんなに……」

強いのか。強くなっているのか。

その言葉を、ノゾムは無意識に飲み込んでいた。

圧（お）し潰した言葉に気づかぬまま、水底に沈められたような息苦しさに襲われる。

自然と胸に手が伸び、拳が固く握りしめられ、噛み締められた奥歯がミシリと軋みを上げていた。

「…………」

無言のまま、痛みから逃げるようにノゾムは背を向ける。

その背中に向かって、手を振っていた人の視線に気づかぬまま。

†

舞い上がった煙が収まるのと同時に、リサとアイリスディーナは剣を下ろした。

アイリスディーナの模擬剣は幾重もの強化魔法と高熱に晒されたためか、白い煙を上げている。

元々、粗悪な金属で作られた剣である。彼女の愛剣と比べれば、あらゆる面で劣っていた。

ピシピシと剣身がひび割れる音が耳に流れる中、アイリスディーナは感嘆の声を漏らす。

「ふう、大したものだな……」

「一刀両断しておきながら、よく言うわ」

リサもまた、肩から力を抜くと、手にしていたサーベルを地面に放った。

彼女が使っていた模擬剣も、既にその用を成せない状態だった。

融解し、半ばから剣身を失った模擬剣が、カランと乾いた音を立てる。

「あの魔法剣、いつから準備していたの？」

「君と打ち合っている時からさ。もっとも、君の攻勢があまりにも激しすぎて、作るのに一分近くもかかってしまった。もし君が退かずに攻め続けていたら、押し切られていたかもしれないな」

「そう。一応、褒め言葉と受け取っておくわ」

背を向けて立ち去っていくリサを、アイリスディーナは静かに見送っていた。

（リサ・ハウンズ。彼のかつての恋人か。今は同じ故郷出身のケン・ノーティスと付き合っているという話だが……）

アイリスディーナの視線の先では、リサに歩み寄る金髪の同級生の姿があった。

ケン・ノーティス。穏やかな笑みを絶やさない彼は、リサの傍に来ると、柔和な笑みを一層綻ばせながら、手にしたポーションを彼女に渡している。

リサもまた、笑みを浮かべて差し出されたポーションを受け取ると、ゆっくりと中身を飲みながら、話をし始めていた。

時折、リサがケンを肘でつついたり、ケンが耳元で呟いてポーションを飲んでいたリサが咽たりと、かなり親密な仲であることは容易に見て取れる。

その光景は、アイリスディーナが彼女達と同じクラスになってから、何度も目にしてきた光景だ。

（ふむ。恋人同士、と言われてもまあ、分からなくはないが……）

アイリスディーナ自身、他人の恋路に好奇心から踏み込むような無粋な行為はしないし、考えたこともない。

彼女はフォルスィーナ王国の中でも特に高貴な家柄の次期当主であり、恋愛とはそもそも無縁。

その肩書に相応しい責務を全うする義務を負い、研鑽してきた人間だ。

だから、平民達が言う恋愛というのを聞いたことこそあれ、実感したことはない。

（それに、私は当時の彼らについて知らない。他人の噂や周囲の空気だけで判断することこそ愚行だ）

とりあえず、ノゾムとリサ達の関係については脇に置いておき、アイリスディーナは先ほどの模擬戦について反芻し始めた。

（もう少し、月食夜を早く展開できれば押し返せたのだろうが……私もまだまだ未熟だな）

自分が十秒以上かけて作り上げる魔法剣。それをノゾム・バウンティスのように半秒ほどで作るには、どのようにすればいいだろうか。

森で見た彼の気刃を脳裏に浮かべながら、アイリスディーナはさらに高みを目指すための思案を続ける。

「あ……」

ノゾムのことを思い浮かべていたためだろうか。ふと隣の訓練場に目を向ければ、そこには今一番気になっている同級生の姿があった。

スパシムの森での出会いを脳裏に思い返しながら、アイリスディーナは好奇心に促されるままに、ノゾムに向かって小さく手を振ってみる。

だが、ノゾムはフッ……っと背を向けて立ち去ってしまった。

「む……」

無視された。そんな思いが脳裏に浮かぶが、気づかなかっただけかと思い直す。

彼女は一瞬浮かべた不満げな表情をかき消すように大きく息を吐くと、自分もポーションを受け取ろうと、訓練場の端で待っている親友の元に歩き出す。

「アイ、はい」

「ああ、ありがとう」

親友が差し出してくれたポーションを飲み干し、消耗した体力と魔力を回復させる。

蘇る活力と共に、気持ちも引き締められていく。

訓練場では既に次の対戦が行われており、再び気合に満ちた声と戦闘音が響いている。

普段は同級生達の戦いぶりを見ながら、参考になりそうな動きを探っていくのが日課であった。

だが気がつけば、彼女の視線は自然と、隣の訓練場に流れていく。

「アイ、どうかした？」

「い、いや、何でもない」

ティマに声をかけられ、アイリスディーナは目の前の模擬戦に集中しようとする。

だが、思考の端には、常にノゾムの姿がチラついていた。

彼の噂については、アイリスディーナはティマに指摘されるまで忘れていたし、元々小耳に挟んだ程度で、詳しい内容を聞いたことはなかった。

「ティマ、少し聞きたいことがあるんだが……」

「え、何？」

「彼……ノゾム・バウンティスの噂についてだ」

予想外の質問に、ティマが目を見開く。

この日、思考の端に浮かぶ彼の姿に、アイリスディーナは珍しく集中できないまま、午後の授業を終えることになった。

†

放課後、学園の正門を抜けていくノゾムの足取りは重い。

いつも通りの授業だったのに、まるで鉛を引きずっているような感覚が全身に圧(の)しかかっている。

隣で行なわれていた一階級の授業風景が、彼の気持ちを落ち込ませていた。

今の自分と彼女達の差を、これ以上ない形で突きつけられていたからだ。

胸を抉られるような現実を前に、様々な感情がノゾムの脳裏を過(よぎ)る。

どうして、自分は彼女に捨てられたのだろう。

どうして、自分はここで燻(くすぶ)っているのだろう。

どうして、自分は強くなれないのだろう。

どうして、自分はこんなにも苦しい思いをしているのだろう。

それは、今まで何度もノゾムの脳裏に浮かんだ思考。そして同時に、彼を答えの出ない迷路に迷い込ませていたもの。

リサに何故(なぜ)振られたのか、彼は全く理由が思いつかない。

能力抑圧という鎖もまた、常に彼を縛りつけ、前に進むことを阻んできた。

そして、父親の反対を押し切ってアルカザムに来た彼は、故郷にも帰れない。

閉塞感に包まれた現実は、ノゾムを無意識のうちに思考停止へと導く。

先ほど目の当たりにした現実と心の痛みに封をして、甘い思考停止の霧に耽溺(たんでき)しながら、彼の足をスパシムの森へと進ませる。

それは、彼が一年以上行ってきた習慣であり、人間ならごく有り触れた防衛行動だった。

もちろん、彼も最初からこのような状態だったわけではない。

能力抑圧が発現してからしばらくは、それでも何とかなると信じて努力を続けたし、リサに振られた当初は、どうしてなのか彼女に問い詰めた。

しかし、彼の努力に反して能力も成績も伸びず、リサも冷たい視線を返すだけで、ノゾムの問いかけに答える事はなかった。

その頃から答えの出ない自問を繰り返し、変えられない現実を突きつけられていくうちに、彼の心は完全に折れてしまったのだ。

（師匠に、もっと厳しい鍛練を……）

そして、折れた自分の心すら取り繕おうと、彼はさらに厳しい鍛練に身を晒そうとする。

だが、ノゾムが陰鬱な気持ちで中央公園を通り抜けようとしたその時、横合いから切羽詰まったような女の子の声が響いてきた。

「待って待って～～！」

「ん？　うおおおお！」

突如として脇の草むらから飛び出してきた小さな影。

続いて後を追うように出てきた一回り大きな影が、先に出てきた小さな影を捕まえる。

「捕まえ……。　きゃああああ！」

小さな影を捕まえた大きな影が、ノゾムの目の前でバランスを崩し、地面に倒れ込みそうになる。

咄嗟（とっさ）にノゾムは手を伸ばして、倒れそうになっていた影を支えた。

「ノゾムさん？」

「ソミアちゃん？」

飛び出してきた影は、今日の昼休みに出会ったソミアだった。

互いに相手を確かめ、驚きの表情を浮かべる。

「えっと、一体どうしたの？　慌てて草むらから出てきたみたいだけど……」

「その、またクロちゃんが……」

よく見れば、支えた彼女の腕の中に、黒猫がすっぽりと収まっている。

黒猫は首にソミアの腕飾りをつけており、またこの黒猫が悪さをしたことが窺えた。

「はい……。午後の実技授業の時に教室に置いていったら、開いていた窓の隙間から入ってきたみたいで……」

「はあ、本当にしょうがない悪戯猫だな」

ノゾムは肩を落としながら、ゆっくりとソミアを地面に降ろした。

ソミアがクロの首にはまっている腕飾りを外し、自分の手につけ直す。

クロはまだ腕飾りに未練があるのか、カリカリと前足でソミアの手首に戻った腕飾りを引っ掻いていた。

「それじゃあ、俺はこれで……」

「あ、ノゾムさん。ちょっと待ってください」

腕飾りを取り戻した様子を見て、もう大丈夫と判断したノゾムは、そのまま立ち去ろうとする。

だが、そんなノゾムの背中に、ソミアが待ったをかけた。

「ん？　他に何か用でもあるの？」

「えっと、その……明日、また会えませんか？」

「……え、会うって、どうして？」

「一度ならず二度までもお世話になりましたし、私、ノゾムさんともっとお話ししてみたいんです」

じっと見上げてくるソミアの視線に、ノゾムは悩む。

子供なりの純粋さと好奇心からなのだろうが、正直なところ、彼の学園での扱いは相当悪い。

特に、一部のクラスメート達からの苛めと暴力が酷く、自分の傍にいれば、この子にも危害が及ぶかもしれない。

それに、放課後は鍛錬のためにシノの元へと行かなければならない。

「ダメ、ですか？」

断ろうとしたノゾムの雰囲気を察したのか、彼が返事をする前に、ソミアが懇願するような視線で見上げてきた。

さすがにここまでお願いされると、ノゾムとしては断り辛い。

「……いいよ。だけど、放課後は無理だから、昼休みに少し話すくらいしかできな……」

「本当ですか、よかったです！　それじゃあまた明日！」

「え？　いや、ちょっ……」

ノゾムが了承すると、ソミアはパッと花が咲くような笑顔を浮かべ、猫を腕に抱えたまま、タタタッと軽快な足取りであっという間に去っていく。

置き去りにされたノゾムは、遠くの街影に消えていく彼女を、しばしの間呆然としながら見送っていたが、やがて苦笑を浮かべる。

「何というか、凄い勢いのある女の子だよな……」

ニパッとこれ以上ないほど嬉しそうな笑顔を浮かべていたソミア。

小柄ながらも、年相応以上に元気一杯な彼女の姿に、先の授業での陰鬱な気持ちは、いつの間にか薄れていた。

✝

暗闇に包まれた庭園の一角で、十歳ほどの少女が手をかざして佇んでいた。

派手さは控えめの、ゆったりとした服装。

足元には明かりの燭台が置かれ、傍には魔導書と思われる本が開かれた状態で置かれている。

「大地を照らす太陽の輝きを我が手に……」

闇夜に溶けそうな漆黒の髪を持つ少女は、玉のような汗を額に浮かべながら、静かに詠唱を紡ぐ。

すると少女の手に、小さな光の球体が出現した。

少女が使ったのは『明光』という、小さな光球で周囲を照らす魔法だった。

だが、少女が生み出した光球は親指の先ほどの小さいもので光量も安定せず、まるでホタルの光のようにユラユラと揺れている。

「う〜ん、う〜ん……あっ！」

魔法の発動から十秒ほどで、光球は消えてしまった。

「う〜ん、姉様みたいに上手く行かないな。どこが悪いんだろう……」

首を傾げながら、黒髪の幼子は足元に広げた魔導書を見返し始める。

彼女は、今日ノゾムが中央公園で出会ったエクロスの学生、ソミアだった。

ソミアが燭台の小さな光を頼りに魔導書に書かれている内容を確認していると、凜とした声が彼女の背中にかけられる。

「ソミア、精が出るな」

声をかけてきたのは、この屋敷の主であるアイリスディーナだった。

名を呼んできたアイリスディーナの姿を確かめると、ソミアは笑みを浮かべて姉の元に駆け寄る。

ソミアの本当の名前は、ソミリアーナ・フランシルト。

フランシルト家現当主の次女であり、そしてアイリスディーナの妹だった。

アイリスディーナもソミアと同じく、今は室内用の普段着に着替えており、学園での超然とした雰囲気は鳴りを潜め、リラックスした様子を見せている。

「どうした？　上手くできない魔法があるのか？」

「はい、これなんですけど……」

アイリスディーナは、ソミアが差し出してきた本に目を通す。

「ああ、明光の魔法か。魔力の込め方に少しコツがあるんだ」

明光は光属性の魔法だ。

現在確認されている魔法は地水火風の四属性と、光と闇の二属性の、合計六属性に分類されている。

各属性魔法の習得速度や精度などは本人の資質にもよるが、基本的に難易度が低くなればなるほど、個人の資質に依る側面は小さくなっていく。

アイリスディーナが得意とする属性は闇属性だが、『明光』程度の魔法であるなら、使うことはそれほど問題ではない。

妹の参考になればと思いながら、アイリスディーナは右の手の平を掲げ、素早く詠唱を完成させて光球を生み出す。生み出された光球は眩い光を放ち、光量も安定していた。

自分とは全く違う完成度の高い『明光』の魔法に、ソミアが感嘆の声を漏らす。

「ふわああ……」

「詠唱のテンポもそうだが、この魔法は発動する時に強く魔力を込めてから、徐々に減らしていくといい。適していると思える光量になったら、送り込む魔力量を維持するんだ」

「はい！」

ハツラツとした返事をしながら、ソミアは再び自主練習へと戻る。

先ほどと同じように手の平を掲げて、意識を集中し、詠唱を紡ぐ。そうして幾度か『明光』の魔法を展開していると、姉に見守られながら魔法の練習をしていたソミアが、唐突に笑みを浮かべた。

「えへへへ……」

「嬉しそうだなソミア。何かいいことでもあったのか？」

「あ、はい。私、新しい友達ができたんです」

友達ができた。そんなソミアの言葉に、アイリスディーナは少し驚いた表情を浮かべる。

ソミアはアイリスディーナと同じように高位の貴族に名を連ねているが、その出生や育ってきた環境故に、悪意に対して人一倍敏感だった。

明るく、朗らかな性格をしているソミアだが、自分や周りの人達に悪意を抱く相手には、絶対に近づかない。

そのため、幼くとも眼識確かな妹の友達になったという人物に、アイリスディーナは興味を覚えた。

「ほう、どんな人なんだ？」

姉に促され、ソミアはノゾムと出会った時のことを思い出す。

ソミアがノゾムを見た時の最初の印象は、寂しそうな人、というものだった。

そして、どこか余所余所しい空気を纏っていて、人と関わりたくないと思っている人。

だが同時に、とても優しい人だという直感があった。

（そうじゃなきゃ、あんな場所で困っていた私を助けたりしないもん……）

自分の腕に戻ってきた腕飾りを撫でながら、ソミアは心の中で独り言ちた。

「ちょっと寂しそうな空気を纏っている人ですけど、とても優しい人です。姉様からもらったこの腕飾りをクロちゃんに持っていかれた時に、木に登って取り返してくれたんですよ」

「ほう……」

一方、アイリスディーナは、嬉しそうに取り返してもらった腕飾りを掲げるソミアを、感心した様子で眺めていた。

「姉様こそ、学園の方はどうなんですか？」

「そうだな、私も少し興味深い人物と知り合いになったよ」

「どんな人なんです？」

互いに同じ人物について考えているとは露知らず、アイリスディーナもまたノゾムのことを思い出す。

彼女が一番に思い浮かべるのは、スパシムの森での出会いだ。

目にもとまらぬ極細の気刃。半秒にも満たぬ僅かな間に極限の刃を生み出すその精密さを見て、アイリスディーナは彼に興味を覚えた。

二番目は、今日の実技授業の際に隣の訓練場にいた彼の姿。

授業で行った模擬戦を見ていた様子から、アイリスディーナは彼に向かって手を振ってみたが、生憎と彼は気づくことはなかった。

(リサ君がいたからだろうか。今思えば、遠目から見た彼は、どこか落ち込んでいるように見えたが……)

「性格は……正直なところ、よく分からない。ほとんど会話をしたことがないからな」

「姉様があまり話したことのない方に興味を持つなんて、珍しい……」

「そうだな。私としても、ちょっと驚いている。まあ、出会った時のインパクトが大きかったからな」

そしてアイリスディーナは、おもむろにスパシムでの森のことについて語り始めた。

冒険者ギルドからの依頼で調査をしていたら、魔獣に不意を突かれ、そこを一人の男子学生に助けられたと。

「奇襲してきたマッドベアーを、その男子学生は半秒足らずで練り上げた刃で一刀両断した。気術の精度は、おそらく私が知るどの人物よりも優れているだろう。魔法と気術の違いこそあれ、今の私では彼ほどの刃を作ることはできないだろうな……」

落ちこぼれと言われている者が見せた、至高とも思える、太刀。

そのギャップに、アイリスディーナは自分自身が思う以上に魅了されていることに気づく。

「そんな凄い人がいるんですか！」

姉の極めて珍しい様子に、ソミアもまたその人物への興味を掻き立てられていた。

もっとも、姉の言う人物が、今日出会った『優しいお兄さん』であることには気づいていない。

「ああ、私も知らなかったよ。さて、夜も更けてきた。鍛練もほどほどにして、今日は寝なさい」

「え〜〜！　姉様、その人のお話、もっと聞いてみたいです」

「ダメだ。もう寝る時間は過ぎているんだ。大きくなるためにも、しっかり寝なさい」

「むう〜〜。姉様がまた私を子供扱いする」

不満を漏らす妹に、アイリスディーナは微笑む。

色々と背伸びしたがる年頃ではあるが、そんな妹の年相応の姿が、彼女の何よりの癒しであり、喜びだった。

「それに、私もまだよく知らない人なんだ。そうだな、今度彼と話をする機会があったら、ソミアにもまた話そう」

「む〜〜。分かりました……」

姉の言葉に促され、ソミアが渋々といった様子で自室へと戻っていく。

そんな妹の背中を、アイリスディーナは感慨深く見つめていた。

（やはり、まだ小さいんだな）

実際のところ、ソミアは同じ年頃の子達と比べても小柄だった。

それは、ソミアが未熟児として生まれてきたことが大きく影響している。

（母様……）

幼き頃に亡くなった母の姿が、アイリスディーナの脳裏に蘇る。

アイリスディーナの母親は元々病弱な女性だったが、ソミアを産んだ際に亡くなっていた。

それは、アイリスディーナが六歳になったばかりの頃の話。

未熟児として生まれたソミアも長くは生きられないと言われ、悲嘆に暮れた時もあった。

だが奇跡的に、ソミアは生き延びた。

小さな小さな体で精一杯、死に抗(あらが)い、一日一日を乗り越えていったのだ。

その姿が、アイリスディーナを奮起させた。

生きようとする妹の姿に、亡くなった母の命を感じたのだ。

それから、アイリスディーナは妹を守ると決意し、フランシルト家の当主を継ぐことを決め、血の滲むような努力を重ねていった。

貴族の令嬢が振るわない剣を取り、帝王学を学び、己を律してきた。

確かに、才はあった。そして、この学園で少しずつ実績を積み上げ始めてもいる。

現に、彼女は剣も魔法も十全にこなし、ソルミナティ学園で総合成績学年首位を保っている。

大陸でも最高峰の学園での首位。それは、同年代で大陸最高位に極めて近いということだ。

幼い頃から努力を積み重ねてきたからこそ、今の自分があるのだと彼女は自覚している。

「だから、知りたいと思ってしまうんだろうな……」

歳(とし)不相応な努力を続けてきた経験があるからこそ、彼女はノゾム・バウンティスが気になる。

彼が生み出す刃に、彼が積み上げてきた努力の片鱗(へんりん)をこれ以上ないほど強烈に察せられるからだ。

「必死に支えてくれた幼馴染(おさななじみ)を裏切った卑劣漢、か。そんな人物には見えなかったが……」

ティマから聞いた彼の噂は、そのほとんどが伝聞の形で、実際に彼と他の女性が一緒にいる姿を見た者についての話は聞けなかった。

だが、実際に仲睦まじかった二人が突如として疎遠になり、リサ・ハウンズが一方的に彼を遠ざけ、冷淡な態度を取るようになったことは、多くの人が目撃しているらしい。

「状況証拠だけを見れば、噂は正しいということになるが……」

ティマの話だけでは、結論は出ない。

アイリスディーナは答えの出ない思考を一旦切る。

「あの刃を生み出せるようになるまで、彼はどのような努力を積み重ねてきたのだろうか……」

継続した努力は、同じような体験をした者に、大きな共感と共鳴を産む。そして、共感は見知らぬ両者の距離を急速に縮める大きな力となる。

自らの興味の根源を自覚し、己が積み上げてきた努力とノゾム・バウンティスが積み重ねた努力に共感を覚えた今、アイリスディーナの『彼を知りたい』という思いは、急激に加速し始める。

そして、その機会は思った以上に早く訪れることになった。

✝

ノゾムとソミアが出会ってから数日。

二人は中央公園の芝生エリアにほど近い林エリアの木陰で、隣り合って座っていた。

「しかし、良かったのかい？　せっかくの昼休みに、俺と一緒で……」

「はい、友達にはちゃんと話をしていますし、分かってくれていますから大丈夫です。それより、お話ししましょう！」

「まあ、ソミアちゃんがそう言うならいいけど……」

初めて出会ってからしばらくの後、二人はこうして昼休みに中央公園で話をするようになっていた。

とはいえ、ノゾムは話が苦手というのもあり、喋るのは大抵ソミアで、彼は聞き役が多い。

ちなみに、地面に座ったソミアの太ももの上には、二人が出会うきっかけになった黒猫が寝っ転がっている。

「それで姉様にお願いしたんですよ。もうちょっとお話ししたいって」

「そしたら何て？」

「もう遅いし、大きくなるためにも早く寝なさいって言われました。もう、子供じゃないのに〜〜！」

太ももに寝転んだ悪戯猫の喉を撫でているソミアを眺めながら、ノゾムは彼女の話に耳を傾ける。

彼女の話は、ほとんどが六歳の離れた姉の話だった。

なんでも、彼女は実姉を目標にしているらしい。元々笑顔の絶えない少女であるが、件の『姉様』について話す時は、普段の五割増しの笑顔で嬉しそうに語るのだ。

「姉様は強い」「姉様はかっこいい」「姉様は優しい」

どうやら彼女の姉は人格的にも能力的にも優れた人物のようで、顔を綻ばせて喋る様子からも、ソミアがその『姉様』を心から慕い、憧れているのがよく見て取れた。

だが同時に、姉妹二人でこのアルカザムに来たためか、時折母親のように行きすぎるくらい心配する時があるらしい。数日前にも夜遅くまで起きていたら、早く寝るように言い含められたとか。

「いや、ソミアちゃん十歳でしょ。年齢的にはまだ子供じゃ……」

「むう、ノゾムさんもそんなこと言うんですか～！」

「いや、事実……」

アークミル大陸の人間社会では、成人とみなされるのは十五歳からである。

実際、ソミアは体格が同年代と比べても小さく、年齢的にも、ノゾムは彼女が子供扱いされるのは仕方ないと考えてしまう。

ノゾムの内心を察してか、ソミアはぷくぷくとフグのように頬を膨らませていた。

ご機嫌斜めな少女の様子にノゾムは苦笑を浮かべつつ、とりあえずフォローに走る。

「別にお姉さんも、ソミアちゃんを困らせたいと思ってはいないと思うよ？」

「はい、分かっていますよ。ただ言ってみたかっただけです」

先ほどまでの不満顔が一変し、にぱっとした笑顔に変わる。

「ソミアちゃん、本当にお姉さんのことが好きなんだな」

「はい！　私の憧れで、目標ですから！」

ハキハキとまっすぐに、自分の夢と憧憬を口にするソミア。

口では何だかんだ言っていても、一番大本の気持ちは全く変わらない様子だった。

そんな彼女の姿は、万年落ちこぼれで最底辺を漂っているノゾムには、少し眩しい。

「そういえば、ソミアちゃんってお姉さんのことよく話をするけど、お姉さんもソルミナティ学園の生徒なんだっけ？」

「あっ、はい！　そうです。今は二年生になります。ノゾムさんも学園生ですよね。ソルミナティ学園での生活ってどんな感じなんですか？」

「ああ、うん。えっと……」

ソミアの質問に、腹の奥底に鉛が溜まっていくような感覚を覚え、ノゾムは言葉に詰まった。

鎖に縛られて水底に引きずり込まれるような息苦しさに、今一度大きく息を吐く。

「……まあ、上手く行っているとは言い難いかな。ソミアちゃんには悪いけど、俺の階級って、最底辺の十階級なんだ」

ノゾムは自嘲を漂わせた薄い笑みを浮かべながら、自分の名前が書かれた名札をソミアに見せる。

黒一色に染められた簡素な名札は、学年の中でも最下位級の証だ。

何も知らない外様の人間ならともかく、学園関係者達からは良い印象を抱かれることはない。

「そうなんですか。じゃあ私と同じですね。私も姉様と違って、まだまだですもん！」

だが、ノゾムの予想とは裏腹に、ソミアは屈託のない笑顔を浮かべ、舌をペロッと出しながら恥ずかしそうに答えた。その表情には、ワザと話に合わせているような不自然さは微塵もない。

彼女は本当に心から、自分の未熟さを理解し、同時にそんな自分をしっかりと受け入れていた。

自嘲に満ちていたノゾムの顔が、驚きに染まる。

そして、陽だまりのようなソミアの笑顔に、ノゾムの胸を蝕んでいた毒が、静かに掻き消えていく。

（この娘、とても強い子だな……）

二次性徴を迎えていないとしても、ノゾムの腰ほどしかない、小柄な体躯。

だが、その小さな体が、ノゾムにはとても大きく見えた。

その時、ソミアの太ももに寝っ転がっていたクロがコロンと仰向(あおむ)けになって、彼女の腕にじゃれつき始める。

クロがじゃれつくソミアの右手首には、二度もこの黒猫に盗まれた腕飾りが嵌められていた。

「今日はその腕飾り、盗られていないんだね」

「はい、さすがに教室まで入られたので、できるだけ身につけるようにしているんです」

カリカリと前足で腕飾りを引っ掻くクロを、ノゾムは横目で覗き込む。

よく見ると腕飾りには繊細な装飾が施され、見たこともない文字が彫られた小さな鐘のような装飾がついている。

使われている材質はよく分からなかったが、かなり価値があることが素人目でも察せられた。

「この腕飾り、かなり貴重なものに見えるけど、一体何なの？」

「あ、この腕飾り、家に代々伝わるものらしいんです。何でも家族の絆(きずな)を繋(つな)ぐものみたいで、これを持っているとたとえ離れ離れになってもいつか必ず再会できるっていわれています」

「へえ、ずいぶんと嬉しくなる言い伝えだね」

「はい！　元々家の倉庫で眠っていたものなんですけど、姉様が去年の誕生日にプレゼントしてくれたんです！　どんな辛いことがあっても大丈夫。絆はちゃんと結ばれていますって」

ソミアは本当に嬉しそうに腕飾りの話をする。

彼女にとっては言い伝えもそうだが、何より家族の繋がりが、実際の物として手元にあることが嬉しいのかもしれない。

「そういえば、その腕飾りは去年の誕生日に貰ったって言っていたけど、ソミアちゃんの誕生日っていつなの？」

「もうすぐです。父様はこの街にいませんから参加できませんけど、今年も姉様がパーティーをしてくれるそうなので、凄く楽しみなんです！」

「……そっか、よかったね」

「はい！」

満面の笑みを浮かべるソミアに釣られて、ノゾムの頬にも笑顔が浮かぶ。

だが、彼が浮かべた笑顔は、どこか陰のあるものになっていた。

ノゾムも昔は誕生日を祝っていくれる人がいたが、今は一人もいない。

心を内側から苛む孤独が、無意識に彼の笑顔を曇らせていた。

ノゾムの笑顔を曇らせる陰に気づいたソミアが、思わず押し黙る。

「ん？　どうかした？」

「い、いえ、何でもありません。そ、それよりクロちゃん、まだ気になるの？　もういいでしょ！」

ノゾムが抱えている孤独の片鱗を察したソミアは思わず取り繕おうとして、未だに腕飾りにじゃれついているクロをダシに使ってしまった。

やや芝居がかった動きで腕を上げて、腕飾りをクロから遠ざけるようにしながら、ノゾムの様子を覗き見る。

黒猫はまだ遊び足りないのか、今度は後ろ足で立ち上がり、『返せ、返せ』と玩具を取り上げられた赤ん坊のように前足をバタつかせ始めていた。

一方、肝心のノゾムは、ソミアの様子には気づかず、腕飾りを諦めない黒猫の姿に嘆息している。

「それにしてもずいぶんな腕白な雄猫だな」

「えっ？」

「だって勝手に飼い主の持ち物取り上げて、散々遊んだ上、まだ遊び足りないなんてなあ……」

「えっと……」

ソミアは何か言い辛そうに視線を宙に泳がせていた。

言い淀むソミアの様子にノゾムが首を傾げると、彼女はバツが悪そうな表情を浮かべながら口を開く。

「あのう、ノゾムさん。クロちゃん、女の子です……」

「……え？」

「だから、女の子です」

女の子という言葉に、ノゾムは思わず押し黙る。なんとこの黒猫、雌らしい。

腕白具合といい、ノゾムと繰り広げた乱闘といい、どう見ても雄としか考えられなかった。

「えっと、なんで名前、クロなの？　普通、雄につける名前だよね？」

「えっ、クロって名前、可愛いじゃないですか。なんかこう、フィーリング的に」

身も蓋もないソミアの言葉にノゾムはそれ以上何も言えなくなる。

どうやら彼女のネーミングセンスは、世間とは少しズレているらしい。

「それにクロちゃんの飼い主さん、私じゃありませんし、多分この子は野良だと思います」

彼女の話ではエクロスの校舎の周りで時々見かけるようになって、それから一緒に遊んだりするようになったらしい。

よく見ると、この猫は首輪もしていない。

「へえ、こいつ野良なのか。ずいぶん懐いているみたいだし、毛並みも綺麗だから、てっきりソミアちゃんが飼っているのかと……」

実際、クロは野良猫にしては、綺麗な毛並みだった。

そんなことを考えながら、ついノゾムが手を伸ばすと……。

「シャー！」

容赦ない爪の一撃が振るわれる。

さすがにノゾムも慣れたのか、振り回される爪を素早く躱していたが、尾の毛を逆立てて牙をむき出しにしているところを見ると、どうやらノゾムはこの猫に完全に嫌われてしまったようだ。

「だいじょうぶですか？　クロちゃん気難しくて、懐いてくれない人には本当に懐かないんです」

「……そうなの？」

「はい、クラスの男子は全員ダメでした。女子は大丈夫なんですけど………」

（それって単純に男はダメってだけなんじゃ……）

どうやらこの黒猫、女の子にしか懐かないらしい。

ノゾムに対しては牙を剥き出しにして威嚇してきた一方、ソミアの腕の中では大人しい。

ノゾムがじっとクロを見つめていると、黒猫はちらりとノゾムを一瞥するが、直ぐにそっぽを向いて、ソミアの腕の内で寛ぎ始める。

それどころか、前足を伸ばし、ソミアの腕飾りに再びじゃれつこうとする始末。

「ああもう、ダメだよクロちゃん！」

ソミアの注意も意に介さず、ペチペチと前足で腕飾りを弄ぶ。ある意味とても猫らしい態度である。

「そういえばソミアちゃん、昼食は？」

「あ、今日は姉様と一緒に食べることになっているんですよ。もう少ししたら来てくれると思います」

「じゃあ、俺はそろそろお暇しようかな……」

「え？　一緒に食べましょうよ」

「いや、お姉さんは俺のこと知らないだろ。姉妹の団欒にいきなり知らない人間が混じるのは……」

「大丈夫ですよ。ノゾムさんは私の友達ですから、姉様もちゃんと分かってくれます」

「そう言うけど……やっぱり俺は遠慮して……」

少し逡巡しつつも、ノゾムが改めて断ろうとした時、凛とした涼やかな声が二人の間に流れた。

「ソミア、こんなところにいたのか」

響いてきた声に最初に反応したのは、ソミアだった。声の主を確かめた彼女の表情が、パッと笑顔に染まる。

「あっ、姉様！」

「ああ、お姉さんが来たんだ……って、え？」

「君は……」

立ち上がり、タタタ、とノゾムの脇を駆け抜けたソミアの先にノゾムが視線を流すと、そこには先日スパシムの森で出会ったアイリスディーナ・フランシルトが立っていた。

アイリスディーナの手には二つのランチバッグが下げられている。

予想外の人物の登場に驚くノゾムだが、アイリスディーナもまた、駆け寄ってきた妹を受け止めながら、驚きの表情を浮かべていた。

「驚いたな。ソミアが話していた新しい友達が君だったとは……」

「ええっと、お姉さんって……」

「あ、私の苗字（みょうじ）、フランシルトっていうんです！」

「……マジ？」

ノゾムの懸念を肯定するように、ソミアが無邪気な返事をしてきた。

フランシルト。アイリスディーナと同じ、フォルスィーナ王国の超名門貴族の名前である。

よくよく考えてみれば、綺麗な装飾が施された腕飾りは相当価値の高いもので、平民がそうそう買えるものではない。

艶やかな黒髪も二人の特徴と一致するし、さらに言えば、ソミアと六歳差という事は、彼女の姉の年齢は十六歳前後。ノゾムと同じ歳頃であり、アイリスディーナの年代と一致する。

(気づけよ俺――――！)

実際、ソミアと出会った当初、ノゾムは彼女の姿にアイリスディーナを重ねかけたが、シノの苛烈な鍛練による疲労から頭が機能停止し、二人が姉妹であることに思い至らなかった。

以降、ノゾムはすっかりそのことを忘れ、今に至るというわけである。

叫びたくなる衝動を押し殺しながら、大貴族の血族相手に気安い会話をしていたことを思い出し、ノゾムは強烈な眩暈を覚えていた。

「あれ？　姉様とノゾムさんって、お知り合いだったんですか？」

「あ、ああ、うん。知り合いというか、一方的に知っているというか……」

こめかみを揉みほぐしながら、ノゾムは何とか現状を受け入れようと努力する。

「ノゾム君も昼食かい？」

「え、ええ。アイリスディーナ様もですか？」

「先日も言ったが、様付けは必要ないよ。アルカザムでは故国の地位は、さほど意味はないからな」

「は、はあ……」

アルカザムは元々各国の融資で造られたとはいえ、その設立目的から、学内では生まれ故郷の地位は考慮されない。

アイリスディーナは軽い調子で手を振ると、持っていたランチバッグの一つをソミアに手渡す。

「ほらソミア、昼食だ」

「ありがとうございます、姉様」

「ノゾム君も一緒にどうだい？」

唐突なアイリスディーナの言葉に、ノゾムは思わず目を見開く。

ソミアはああ言っていたが、まさか黒髪姫も誘ってくるとは想像していなかったのだ。

アイリスディーナは容姿や実力もそうだが、面倒見がよく、頼りになる性格から、男女ともに人気がある生徒。当然ながら、食事のお誘いなど無数に受けているはずであり、ノゾムのような劣等生など歯牙にもかけないはずである。

偶然出会った縁があるとはいえ、突然のお誘いに、ノゾムは思わず腰が引けてしまっていた。

それに、今ノゾム達がいるのは林エリアのため、他人の視線は木々で遮られるが、もしも人通りの多い芝生エリアに移動すれば、あっという間に噂になってしまうだろう。

学園では色々な意味で目をつけられているノゾムとしては、目立つようなことは避けたかった。

「ええっと、俺は遠慮して……」

「ノゾムさんも一緒に食べましょう。ホラホラ！」

咄嗟に誘いを固辞しようとしたノゾムだが、彼が言葉を発する前に、ソミアが彼の腕をつかみ、言葉を被（かぶ）せて封殺してしまった。

ノゾムはわけも分からぬまま、ソミアに林エリアから連れ出されそうになる。

「ふむ、ノゾム君は騒がしいのは苦手かい？」

「ええっと、申し訳ないんですけど、芝生エリアは人が多いのでちょっと……」

「なら、ここで食べよう。私も静かなのは嫌いじゃないからね。ソミアもいいかい？」

「友達のノゾムさんと一緒ならどこでもいいです！」

腰を半ばまで上げた状態だったノゾムは、先ほど腕を引いていたソミアに肩を押さえられ、そのまま座らせられた。

困惑したままのノゾムを前に、姉妹が自然な仕草でちょこんと腰を落ち着ける。

「ノゾム君、昼食は？」

「い、一応、買ってあります」

そう言ってノゾムは、足元に置いてあった紙袋を掲げた。黒パンに適当な野菜と乾燥させた腸詰めを挟んだものを三つほど。露店の中でも特に安い品物である。

「ノゾムさん、それでいいんですか？」

「ああ、懐にそんなに余裕があるわけじゃないから。そういえば、アイリスディーナさん。ティマさんは……」

「午前の授業の後、ジハード先生に呼び出されてね。先に昼食を取ってくれと言われたから、ソミアを探しにここまで来たのさ」

ジハード先生とは、このソルミナティ学園の教師長を務めている人物である。

ジハード・ラウンデル。二十年前に起こった魔獣の大移動による災厄の中で活躍した、大陸最強の剣士の一人。

二十年前にアークミル大陸で起こった魔獣の大移動は、大陸北東部で発生し、後に『大侵攻』と呼ばれる厄災へと波及した。

この『大侵攻』では数十万人が犠牲となり、数多(あまた)の難民が周辺各国に押し寄せる事態に発展。

事態を重く見た大陸各国が協力し、軍を派遣して討伐を行った結果、侵攻してきた魔獣は何とか退けられた。

だが、この災厄による傷跡はあまりにも深く、複数の国が崩壊。

数えきれないほどの犠牲者と、疲弊して崩壊した国々から逃げてきた難民により、無事だった国々の治安は急速に悪化。大陸中の国が天文学的な被害を受ける結果となった。

そして、この大侵攻で失われた人材を育成するために作られたのがソルミナティ学園であり、同時にそれまで各国が独自に行ってきた気術や魔法等の技術研究をさらに推し進め、統合するために作られたのが、アルカザムである。

「まあ、ティマのことは気にする必要はないよ。とにかく、食べようか」

アイリスディーナに促され、三人はおもむろに食事を開始した。

アイリスディーナとソミアのランチバッグに入っていたのは綺麗で新鮮なハムや卵、色とりどりの野菜を、きめ細かな白パンに挟んだサンドイッチ。

料理自体は決して派手ではないが、サンドイッチの一つ一つをナプキンで包み、ソースなどで手が汚れたりしないようにしているなど、作り手の細やかな気配りが感じられる昼食だった。

そんな中で、特にノゾムの目を引いたのは、アイリスディーナのランチバッグに施された刺繍（ししゅう）。

高級感あふれる生地に縫いつけられた妙に可愛い子犬の刺繍が、ニコニコと笑いかけてくる。

凛として、どこか超然とした雰囲気を醸し出すアイリスディーナの意外な持ち物に、ノゾムは驚きを隠せなかった。

「ん？　どうかしたのかい？」

「いえ、その、少し意外なものが見えたので……」

「フフフ、姉様、犬が大好きなんですよ。私は猫ちゃんの方が可愛いと思うんですけど」

意外なことに、アイリスディーナは犬好きらしい。妹が猫好きだったことから、ノゾムとしては姉も猫好きかと思っていたが、姉妹で好みは違うようだ。

一方、妹に意外な事実を暴露された姉は、サンドイッチをパクつきながら、少し不満げな様子で眉を顰（ひそ）めている。

「ソミア、君が猫好きなのは理解しているが、犬も決して劣るものではないぞ。特に子犬の愛らしさは、この世に比肩するものがない至宝だ」

「……え、不満なのはそっち？」

ノゾムとしては、犬好きであることを暴露されたことが不満なのかと思っていたが、意外なことに、アイリスディーナとしては犬が猫に可愛さで劣ると言われた方が不満だったらしい。

「姉様の犬好きはもちろん分かっていますけど、やっぱり猫ちゃんが最高だと思います！　ね～クロちゃん」

一方のソミアは、子犬の可愛さは認めつつも、猫好きとして一番は譲る気がないらしい。

膝に乗せたクロの喉を撫でながら、鼻息荒く、挑戦的な笑みを浮かべて胸を張る。

「そんなことはない。尻尾を振りながら健気についてくる姿とか、思わず抱きしめたくなるくらいの可愛さだろ！」

「姉様こそ、このクロちゃんの可愛さを見てください！　喉を撫でた時にゴロゴロ鳴く姿とか、最高に可愛いじゃないですか！」

そうして始まる犬猫談義。真に可愛いのは犬か猫か。アイリスディーナもソミアも全く譲らず、様々な理論を展開して相手を論破しようと試みる。

ソミアが猫の柔らかさが齎す癒し効果について述べれば、アイリスディーナが社会性動物である犬の共感能力が齎す癒し効果で反論する。

アイリスディーナが犬と人間の歴史を語って、人の最も頼れるパートナーであり、常に寄り添ってくれる姿が可愛いのだと言えば、ソミアは猫は人に依存しないからこそ、甘えてきてくれた時が最高に可愛いのだと反論する。

二人とも多彩な切り口で議論を展開しているが、そもそも最終的な論理の締めが可愛さという、極めて主観的な感覚に行きついているため、明確な結論が出るはずもない。

そして当然、互いに自分の意見を譲るはずもなかった。

「あ、あの……」

終わらない姉妹の議論に完全に置いていかれたノゾムの口から、つい『待った』の声が出た。

犬と猫の可愛さについて語るのはいいが、午後の授業が始まる時間も迫っている。

「ああ、すまない、つい熱中してしまった。ソミア、この話はまた今度だ」

「はい、都合三百五十七回目の猫犬会議ですけど、決着は次回に持ち越しですね」

「違うぞソミア、犬猫会議だ」

白熱していたソミアとアイリスディーナの議論は一旦お開きとなり、三人は食事を再開した。

三百五十七回もこんな議論をやっている事実に、ノゾムは思わず溜息が漏れそうになる。

「それで、ノゾムさんと姉様って、何がきっかけで出会ったんですか？」

犬猫議論が一旦終了したソミアの興味は、次にノゾムと姉の出会いに移った。

深い黒の瞳をキラキラさせながら、ノゾムと姉の出会いに興味津々といった様子で尋ねてくる。

「ええっと、それは偶然で……」

「ソミアには少し話したと思うけど、森で魔獣に不意を突かれたところを助けてくれたのさ。秒にも満たない間に練り上げた気刃で、マッドベアーを一刀両断したのが彼だよ」

ノゾムがどう答えていいか分からず、しどろもどろしている間に、アイリスディーナがサラッと簡潔にソミアの質問に答えていた。

ソミアは最近姉が話していた『敬愛する姉が凄いと絶賛する人物』がノゾムと分かり、興奮を隠しきれないのか、身を乗り出すように、姉に顔を近づけている。

「え？　姉様が言っていた凄い人って、ノゾムさんのことだったんですか！」

「ああ、そうだ。ティマが襲われそうだったんだが、彼のおかげで事なきを得たんだよ」

その時の光景を語るアイリスディーナの声は、淡々としながらも、隠し切れない賞賛と高揚の色が混じっていた。

そんな姉の言葉に感化され、ノゾムを見るソミアの瞳に、強い憧れの色が宿り始める。

「そんなことないですよ。実際、俺は能力抑圧持ちで、学園の成績は最下位ですから……」

一方ノゾムは、そんなアイリスディーナとソミアからの賞賛に耐えかねたのか、フッと二人から視線を逸らした。

謙遜……というには、いささか強い負の感情の気配に、アイリスディーナは考え込むように口元に手を当てる。

「ふむ、妙な話だ。あれだけの気刃を作れて、最下位ということはないだろう？」

「殺傷力が強すぎて、学園では使ったことがないんです。能力抑圧のせいで身体能力の強化がほとんど効力を発揮しませんし、気量も少なくて、あの気刃を打てるのは片手で数えられる程度ですよ」

それも、他の気術を全く使わないことが前提だと、ノゾムは付け加える。

「つまり、身体強化を使ったら、あの気刃を撃てるのは一撃か二撃程度ということか。なら尚のこと、パーティーを組むべきじゃないのか？」

「俺と組みたがる人なんていませんよ」

吐き捨てるようにつぶやいたノゾムの言葉に、アイリスディーナが眉を顰めた。

向けられる鋭い視線を前に、ノゾムは何とも言えない居心地の悪さを感じる。

「能力抑圧が理由で？」

「……ええ」

少し間の空いた返答が、ノゾムとアイリスディーナの間に深い沈黙を呼ぶ。

だがその空白が、ノゾムが誰とも組めない理由の全てではないことを物語っていた。

「こう言っては何だが、戦いの場で必要なのは必ずしも腕っぷしだけ、というわけではないだろう？　君はスパシムの森には詳しいのだから、その知識を欲しがる人は多いのではないか？」

「……何でそう思うんですか？」

「君は私と別れた後、森の奥に向かって行っただろう？　つまり、あの日の夜を森で過ごしたということだ。スパシムの森は魔獣が跋扈（ばっこ）する森だ。あの森についての十分な知識と、実力の伴わない者が滞在できる場所ではない」

実際の所、ノゾムが滞在したのはシノの小屋であり、あの周辺は魔獣が近寄ることはほぼない。何せ、竜クラスの危険人物が居を構えている場所なのだ。

とはいえ、アイリスディーナの言う通り、ノゾムはスパシムの森で夜を過ごした経験自体は数えきれないほどあったりする。

それは師匠から『鍛錬じゃ！』の一言で、夜の森に放り出されたのが理由だったりするのだが。

「パーティーを組まないのは、リサ君との破局が理由かい？　それとも、同級生達から心ない言葉か？　それとも他に理由が？」

核心を突くアイリスディーナの質問が、ノゾムの胸に深々と突き刺さる。

鈍い痛みと、苦虫を噛み潰したような感触が口の中一杯に広がり、ノゾムは押し黙った。

同時に、冷たい瞳で見下ろしてくるリサと、心ない罵声を浴びせてくる同級生達の姿、そして彼女達の前で膝を抱えているだけの自分自身の現状が、脳裏に蘇る。

視界が歪み、周囲の音が遠くなっていく。

「勘違いしないで欲しいのだが、私はあの噂の真偽については分からない。そして分からないことを推測で断定する気は……」

「……失礼します」

アイリスディーナが言い終わる前に、ノゾムは彼女の言葉を制して席を立つ。

既に癖になってしまった無意識の現実逃避が、それ以上アイリスディーナの言葉を聞くことを拒否してしまっていた。

「ごめんソミアちゃん、先に帰るよ」

「あっ……」

立ち去っていくノゾムの後ろ姿を呆然と眺めていたソミアだが、やがて姉に助けを求めるような視線を向けた。ソミアには何故ノゾムが突然席を立ったのか理解できなかったが、姉が何らかの理由を知っているのではと思ったのだ。

「姉様……」

「ソミアは知らなかっただろうが、彼は学園の生徒達からは、あまりよく思われていないらしくてな。それに、成績も振るわないこともあってか、学園ではいない者として扱われているらしい」

「そんな……」

ノゾムの現状を知ったソミアが、悲しげな表情を浮かべる。

（ソミアにはああ言ったが、その程度で済んではいないだろうな……）

貴族社会の中で、それなりに人の悪意に触れてきた経験のあるアイリスディーナには、ノゾムがただ無視されているだけとは思えなかった。

明らかに他人に対する不信感と不安感が垣間(かいま)見える態度。実際に悪意を向けられ、心を折られた人間の特徴が見受けられた。

（私も彼の境遇について、考えが足りなかった。いけないな、これでは……）

同時に、そんな人間に対して距離を詰めるには、アイリスディーナの行動はやや性急すぎたともいえる。

「少し、踏み込みすぎた。悪いことをしたかもな……」

アイリスディーナがバツの悪い表情を浮かべる。

彼女としては、少し彼のことが知りたかっただけだった。

森で親友を助けてくれた時の気刃や、どのようにそれほどの技量を身につけたのか。

あわよくば、学園に蔓延(まんえん)している彼の噂についても、話を聞いてみたかった。

ノゾム本人からはいい顔はされないかもしれないが、噂だけを鵜呑(うの)みにする気はないというつもりもあったし、実際彼女はそう言おうとしていた。

だが、ノゾムの拒絶反応は、彼女の予想以上だった。

「姉様、誤解を解いておいた方が……」

「分かっている。今度会えた時に、ちゃんと話をしておくよ……」

妹の提言に頷(うなず)きながら、アイリスディーナは残っていたサンドイッチを口に運ぶ。

普段は美味しいはずの昼食は妙に味気なく、まるで、砂を噛んでいるようだった。

†

アイリスディーナ達の元を離れたノゾムは、しかめっ面で、学園を目指していた。

厳しい鍛練の中で忘れていた痛みがぶり返している。

気管が詰まったような息苦しさと、激しく拍動する心臓。

アイリスディーナの本意をきちんと確かめろと戻るように促す彼と、痛みを忘れろというように、思考に蓋をしようとする彼。

胸の奥で二人のノゾムがぶつかり合う。

ノゾムとしてもその場を立つ気などなかったが、切り開かれた古傷の痛みに、気がつけばその場を後にしていた。

あの噂が流れた時、彼を見限ったのはリサだけではない。

かつてはノゾムの友人だった者も、皆一様に彼を拒絶し、打ち捨てた。

口の中に苦々しい想いが溢れ、耐えるように奥歯を噛み締める。

その時、思わぬ人物たちがノゾムの視線の先に入ってきた。

木陰で昼食を楽しむ三人の男女。

一人はノゾムの親友、ケン・ノーティス。

もう一人はカミラ・ヴェックノーズという、鳶色の髪を肩口でざっくばらんに切りそろえている女子生徒。

この学園にリサが入った時に交友を持った女子生徒であり、一学年の時はノゾムの友人の一人でもあった。

「それで、学年末試験の準備はどう？」

「問題ないと思うわ。特に気負う必要もないと思うし……」

そして、もう一人、真紅の髪を後ろで纏めた、目を惹く容姿の女子生徒。

彼女の姿を見た瞬間、ノゾムの胸が一際大きな拍動を叩いた。

勝気な瞳に、自信に満ちた気配を漂わせる彼女は、ノゾムが今までの人生で最も心惹かれた女性、リサ・ハウンズ。

今までなら、このような通りで姿を見た瞬間に、ノゾムは背を向けていた。

だが、アイリスディーナの言葉で心乱れていた彼は、彼女達に気づくのが遅れてしまう。

「あ……」

リサの目が、佇むノゾムの姿を捉えた、勝気な瞳が見開かれ、続いて憤りと怒り満ちた色に染まる。

突然表情を変えたリサに、ケンとカミラも彼女の視線を追い、そしてノゾムに気づいた。

カミラの目がリサと同じく怒りに染まり、ケンもまた驚いたように目を見開いていた。

「……久しぶりだね、ノゾム」

最初に声をかけてきたのは、ケンだった。

彼は口元に笑みを浮かべながらも、どこか緊張を含んだ様子を見せている。

ノゾムもまた、かつての親友を前に思わず押し黙ってしまう。

リサが自分と別れた後、付き合い始めたと言われているのが、彼だからだ。

ノゾムは努めて平静を保とうとするが、バクバクと鳴り響く心臓の鼓動は、一向に収まらない。

「あ、ああ、久しぶり、他の二人も……」

「気安く話しかけないで。というか、アンタまだこの学園に残ってたの?」

一方、カミラは嫌悪感に満ちた視線をノゾムに向けながら、侮蔑の言葉を吐いてくる。

彼女はノゾムの噂が蔓延した際、一番激しくノゾムを拒絶した人物の一人である。

敵意むき出しの彼女に気圧(けお)されながらも、ノゾムは最も気がかりな女性に視線を向ける。

「何か用……」

リサの冷たい、色のない瞳が、ノゾムを睨みつけてくる。

胸の奥が軋みを上げる。まるで喉を鎖で締めつけられているような息苦しさがノゾムを襲い、声が出せなくなる。

ノゾムは噂が広まった当初、何度も彼女に自分の無実を訴えようとした。

しかし、彼女や周囲に拒絶される日々の中で心は凍りつき、いつの間にか、声を上げることすらできなくなっていった。

そして、リサの誤解を解きたいという願いは、諦めと、痛みへの忌避感という鎖で縛りつけられ、彼の心の奥底に沈められることになった。

だが、アイリスディーナからの指摘が、偶然にもその鎖に僅かな緩みを作った。

自分が無意識にしてきた心の蓋を開けられそうになり、生じた拒絶反応。

痛みと動揺に揺れる心は、一時的に普段とは逆方向に振れる。

それは、強い力をかけられたバネが、戻ろうとする様によく似ていた。

もう一度、リサにきちんと話を……。

「用っていうか、その……」

ノゾムの心の奥から僅かに顔を覗かせた直訴の意志。

だが、緊張でひりつく喉からようやく絞り出せたのは、ノゾムが言おうとした言葉とは全く違うものだった。

水面に顔を覗かせた意思もすぐに委縮し、鎖で重りに繋がれた流木のように、胸の奥にぽっかりと空いた暗闇に沈んでいく。

そんなノゾムの様子に、リサは無表情のまま言い放つ。

「近づいてこないで。顔も見たくないんだから、さっさと消えて」

鋭利な槍を思わせるリサの言葉が、グサリとノゾムの胸に突き刺さる。

全身が委縮し、思考が止まる。頭と体が切り離されてしまった感覚。

一時的に誤解を解きたいという思いが込み上げてきたからこそ、それを潰された時の痛みは普段よりも遥かに大きい。

硬直したノゾムを前に、リサはスッと顔を逸らして立ち上がる。

「あなたが消えないなら、私が別の場所に行くわ」

そのまま、リサは踵を返して立ち去っていった。

ノゾムが彼女の背中を茫然と眺めていると、突然胸に強烈な衝撃が走る。

「ぐっ！」

突き飛ばされたノゾムは思わず尻餅をつく。見上げると、カミラが憤怒の形相で見下ろしていた。

「今更、リサがアンタの話なんて聞くわけないでしょ、この裏切り者！」

カミラは吐き捨てるような言葉をノゾムに浴びせると、足早にリサの後を追っていった。

ケンは倒れ込むノゾムの姿に、どこか複雑な表情を浮かべながらも、何も語らずに踵を返す。

残されたノゾムは一人、立ち上がることもできず、うな垂れることしかできなかった。

CHAPTER 4

第四章

逃避の自覚、最初の一歩

午後の授業が終わり、シノの小屋での鍛錬を終えた後、ノゾムはひたすらに森の中を駆けていた。

道なき道を走りながらも、ノゾムの脳裏には、昼間の出来事が頭から離れない。

現に、鍛錬中も集中できず、シノから数えきれないほどのお小言をもらっていた。

こうして体を動かしていながらも、ノゾムの心はザワザワと喚き立ち、追われるような焦燥感と恐怖感に苛まれている。

そして、胸に走る痛みを忘れたいがために、こうして今も、ただただ闇雲に走り続ける。

彼自身が望んだこととはいえ、忙しなく次から次へと刀術の技や戦い方を叩き込まれる日々は、ノゾムの生活を、鍛錬と刀術一色に塗りつぶしてしまっていた。

何より、ノゾム自身が、どれだけ自分の無実を訴えても否定され続ける日々に耐えられなくなっていた。

それが、彼自身が無意識に目を背けている逃避へと繋がる。

今のノゾムは、幼馴染の夢を支えるという目標を見失い、命を削るような鍛錬を繰り返すことで、見たくない現実から逃げている状態なのだ。

自暴自棄による自死願望こそなくなったが、逃避しているという事実はそのままである。

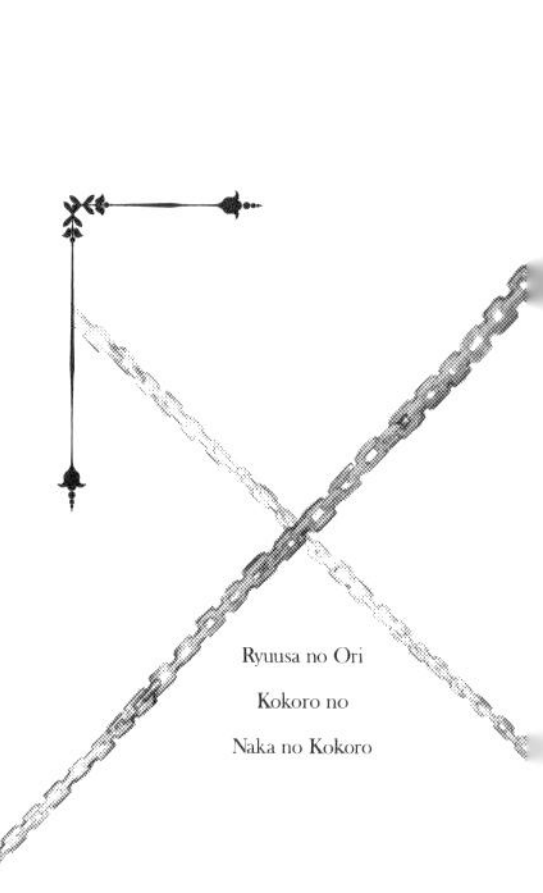

中央公園でのアイリスディーナの一言やリサとの邂逅は、彼が目を背けていた事実を容赦なく突きつけていた。

「はあ、はあ、はあ……。ここは……」

そうして、過去を振り切るように走り続けていたノゾムだが、いつの間にか森の奥深くまで来てしまっていた。

さらに都合の悪いことに、霧も出始め、徐々にその濃度を増していた。

森の中で濃霧に出くわすのはかなり危険だ。方向感覚や位置を見失う可能性が高まる。

ノゾムは直ぐにシノの小屋に戻ることを決意するが、霧はあっという間に数メートル先も見えないほど、酷いものになってしまった。

「まずいな、これは……」

ノゾムは思わずそう呟きながら、常備しているコンパスを取り出す。

彼は森に入る時は、常に方角を見失わないようにコンパスを携帯している。

だが、普段は森の中でも問題なく北を指すはずの針が、クルクル回り、一定の方角を指さない。

「どういうことだ、これは……」

この森は確かに多くの魔獣がいるが、コンパスを狂わせるようなことは今まで一度もなかった。

ノゾムは不慮の事態に焦る気持ちを落ち着けようと、何度か深呼吸を繰り返す。

周囲をもう一度確認しながら、魔獣の気配や痕跡がないか、感覚を研ぎ澄ませる。

魔獣の中には、視覚以外の嗅覚や聴覚で獲物を探すものも多い。

今、彼がいる場所は木々が生い茂り、一応身を隠すことはできるが、安全地帯とは言い難い。

「とりあえず、シェルターを作るか、木に登って方角を確かめながら進むしかないか……ん？」

霧が晴れるのを待つか、方角を確かめながら進むか悩んでいたノゾムだが、木々の隙間から、一際明るい光が漏れているのに気づいた。

一体何があるのか。

しばらく思案した後、光源を確かめることに決めたノゾムは、ゆっくりと木々の隙間を縫いながら、光が漏れる方へと足を進めていく。

だが次の瞬間、木漏れ日のようにキラキラと輝いていた光が大きく弾け、ノゾムの視界は閃光に塗り潰された。

「うわ！」

強烈な光にノゾムは思わず手を翳し、目を細める。そして、閃光が収まり、白に塗りつぶされた視界が戻ると、そこにはノゾムの予想していなかった光景が広がっていた。

「えっ？」

彼の視界に跳び込んできたのは、見渡す限りの不毛の地。

周囲を荒涼とした岩山が囲み、先ほどまでいたはずの森の中とは違い、生き物の気配が全くない。

「一体、何が……。ここ、どう見てもアルカザム周辺じゃないぞ」

そして、理解不能な事象に見舞われて混乱している彼を、巨大な影が覆った。

ノゾムは何かと思い、上を見上げ、絶句する。

巨大な黒い生物が、空からノゾムを睥睨していた。

漆黒の鱗に包まれた巨躯。鱗は一枚一枚がまるでタワーシールドのような大きさと厚さを誇り、その重厚さはそれの生きてきた無限とも思える年月を象徴しているように見える。

背中からは、紅（あか）、碧（みどり）、蒼（あお）、黄土色の翼が一枚ずつ、そして胴体と同じ漆黒の翼一対を広げ、力強く羽ばたかせている。

瞳はまるでブラックダイヤモンドのような深淵（しんえん）を抱き、その瞳の奥に秘めた闇は見る者全てを威圧し、魂の奥から本能的な恐怖を呼び起こそうとする。

「龍……」

圧倒的な存在感を振り撒（ま）く、絶対的な力の顕現。

自らの想像を超えた存在を前に、ノゾムの口は自然とその名を呟いていた。

龍とは、歴史と伝説の中に消えていったはずの、幻の存在。

ノゾムは呆然（ぼうぜん）とした表情で佇（たたず）んでいた。今の自分の状況が理解できないのだ。

普通に考えても、いくら魔獣が出る森の中だったとはいえ、自分の生活する街のすぐ目と鼻の先で伝説の龍に遭遇するなどありえない。

そして、ノゾムが茫然（ぼうぜん）自失に陥っている間に、巨龍の瞳は彼を完全に捉えてしまっていた。

ノゾムを見下ろす龍の眼に、久しぶりの獲物を見つけたことによる純粋な歓喜と愉悦の色が浮かぶ。

次の瞬間、漆黒の龍は翼を畳むと、一直線にノゾムに向かって降下してきた。

「っ！」

ノゾムは咄嗟（とっさ）に全身に気を張り巡らせ、地面を蹴ってその場から離れる。

直後、轟音（ごうおん）を響かせながら巨龍が降り立った。

龍の自重と降下時の衝撃で地面がめくれ上がり、弾け飛ぶように周囲に撒き散らされる。

ノゾムは衝撃波に巻き込まれ、もみくちゃにされながら吹き飛ばされて地面に叩きつけられた。

「ぐう……」

反射的に体を丸めて受け身を取り、衝撃を逃がす。

幸い、動きを妨げるような大怪我は負わなかったが、飛び散った石や岩の破片が制服のあちこちを切り裂き、裂けた切り口から血が滲み始める。

ノゾムは即座に撤退を決めた。

腰のポーチに手を伸ばし、手の平に収まるほどの大きさの灰色の球状の塊を幾つも取り出すと、その全てを地面に叩きつけた。

直後に、パン！　という炸裂音と共に、夥しい量の煙が周囲に撒き散らされる。

煙幕玉と呼ばれるこの灰色の塊は、見ての通り、煙幕を発生させて相手の目をくらませる道具であり、森の中で魔獣から逃げることも多い彼が常備している道具であった。

ノゾムは発生した煙幕に紛れながら、ひたすらに駆ける。目指すは、自分がこの地に迷い込んだ際に見えた光。

目を凝らせば、煙幕の隙間から、霧の中で見た白い光が零れていた。

そこまでたどり着ければ、スパシムの森に戻れるかもしれない。

だが、考えが甘かった。

「ガアアアアアアアアアアアアアアアアアアアア!!」

ノゾムが煙幕に紛れて走っていると、背後から耳をつんざくような咆哮と共に強烈な衝撃波が襲いかかってきた。

天まで響くのではと思える咆哮は、ノゾムが焚いた煙幕だけでなく、彼の体も木の葉のように吹き飛ばす。

「うわあああ！」

単純な咆哮だけで人を吹き飛ばす龍の力にノゾムが驚愕している中、巨龍はその口を大きく開き、巨炎を集束させ始めた。

その炎は様々な色が混じった、混沌の黒。

ノゾムは本能が鳴らす最大の警報に従い、地面に着地したと同時に、瞬脚でその場を離脱する。

「オオオオオオオオオ！」

ノゾムが瞬脚を発動させた直後、巨龍の口腔から巨炎が吐き出される。

巨炎は彼の横を通過し、はるか遠くの丘に着弾。次の瞬間、世界から音が消失した。

「…………え」

ノゾムは気がつくと空を舞っていた。

人生初体験の空中遊泳、そんな自分の状況を他人事のように感じていたが、数秒後、地面に叩きつけられ、彼の意識は無理やり現実に引き戻された。

落下の衝撃で痛む体に鞭を打ち、ポーチからポーションを取り出して飲み干す。

回復薬が体を急速に癒していくのを感じながら森のあった方を見て絶句した。

「嘘、だろ……」

巨龍のブレスが着弾した丘は消滅し、ソルミナティ学園が入ってしまうのではと思えるほどのクレーターが穿たれていた。

クレーターの中は超高温で溶けた岩石で真っ赤に染められ、濛々（もうもう）とどす黒い煙を巻き上げている。黒煙を吐く巨大な穴の端には溶けた岩が張りつき、一部はガラス化して、まるで剣山のような様相を見せている。

ノゾムが呆然とした表情で振り返ると、漆黒の龍が五色六翼の翼を広げた。

そこに、五色に彩られた無数の光球が出現する。

『精霊魔法』

世界の眷属（けんぞく）と呼ばれる精霊種たちが使用する魔法。

精霊種以外が使用する他の魔法と違い、詠唱等の外界に干渉するプロセスを必要としない魔法は、精霊がその魔法を使うと決めた瞬間に発動し、他の魔法に比べ圧倒的な速攻が可能となる。

ノゾムは再び本能が鳴らした警鐘に従い、気の身体強化を全力でかける。

無数の光球が光の尾を引きながら襲いかかってくる。その量は桁外れで、彼の視界の大半を埋め尽くすほどだった。

ノゾムは全力で退避しながら刀で光球を斬り払い、致命傷を避けようと全力で抵抗したが、あまりの数に捌（さば）き切れず、あっという間に光弾の群れに飲み込まれる。

そして光の雨が止んだ時、その場には体中を貫かれたノゾムが襤褸布（ぼろぬの）のように横たわっていた。

ノゾムは、僅かに動く片腕を必死に動かして、ポーチからポーションを取り出そうとする。

しかし、ポーションを入れた瓶は全て割れており、グッショリと濡（ぬ）れた感触が手に返ってくるだけだった。

「ぐうぅぅ！」

仕方なく、ポーチを外し、布地にしみ込んだ薬液を片手で絞り出して嚥下する。

無理やり体が治されていく感覚に呻きながら視線を上げると、巨龍が悠々と近づいてくる姿が目に映った。

「ハア、ハア、ハア…………」

震える手で体を起こして足を引きずりながら、ノゾムは巨龍から離れようとするが、逃げ切れるはずもない。

「グルルル……」

「がっ……！」

巨龍は足掻くノゾムの姿を面白がっているのか、喉を鳴らしながら、ワザと速度を落としてノゾムを追いかける。

そしてさらに時折、戯れとばかりに、前足でノゾムの体を軽く突く。

巨龍が前足で軽く突くだけで、ノゾムの体はボールのように跳ね、転がっていく。

その様子を眺めながら、巨龍はさらに楽しそうに喉声をうわずらせていた。

龍は、目の前の小さな生き物で遊び続ける。

子供が戯れに蟻の足を捥ぐように、猫が仕留めたネズミを弄ぶように。

それは、ノゾムにとっては絶望でしかなかった。

手持ちの技や道具の中に、巨龍に対抗できるようなものはない。

気も尽きかけ、体は既に内側も外側もボロボロだった。

そして、ついに限界が訪れる。

吹き飛ばされ、地面に叩きつけられた衝撃が頭部に走り、意識が混濁していく。

逃げようのない死を前にして、ノゾムの霞(かす)む視界に、今までのことが走馬灯のように思い返される。

生まれた故郷の風景と、両親の笑顔。

穏やかな村の中でリサと出会い、互いに惹(ひ)かれて恋をした。

リサの夢を支えたい。その誓いを胸に、想(おも)いだけでソルミナティ学園の扉を叩いた。

ノゾムの両親は、彼がアルカザムに行くことには反対し、結局は喧嘩(けんか)別れになってしまったが、それでも当時は後悔していなかった。

知らない土地に行く不安はあったが、それ以上にリサの夢を支えたい気持ちが上回っていた。

しかし、現実は非情だった。

思うように伸びない実力と成績。自分を置いて進んでいく、想い人と親友達。

焦りが募り、足掻いたものの、能力抑圧の発現でその道を閉ざされた。

そして、突然リサから別れを言い渡され、わけが分からないまま、彼の恋は崩壊。学園からも完全に孤立した。

（リサの夢を支えたい。そう願ったけど……今でもそうだけど…………）

何が悪かったのか、どうしてこうなってしまったのか。

考えるだけで、ノゾムの胸の奥には痛みが走り、心がキシキシと悲鳴を上げる。

まるで、錆(さ)びついた鎖の輪が擦れ合うように。

そんな絶望の中で、シノと出会った。

二人の出会いは、双方が無視と嫌悪から始まるという、決して良いものではなかったが、結果として、ノゾムは学園で孤立する中で、師という存在を得ることができた。

（師匠に出会えてよかった。破天荒な人だけど、間違いなくいい人だもんな）

散々振り回され、地獄のような鍛練の日々を送ることになったが、彼女は間違いなくノゾムの身を案じてくれた。

初めは無視する気だったのに、ワイルドドッグに襲われた彼を、文句を言いつつ助けてくれたのだから。

今思えば、ノゾムはシノの前では以前の自分に戻れていた。素直に笑い、素直に怒っていた頃の彼自身に。

そして、最近では、よく彼に話しかけてくる人が現れた。

アンリ・ヴァールとノルン・アルテイナ。

学園では完全にいない存在として扱われていた彼を、最初に気に掛けた教師達。

そして、アイリスディーナとソミア。

学園中の誰もが知るはずのノゾムの噂（うわさ）をまるで気にせず、話しかけてきた人達。

大貴族のお嬢様にもかかわらず、人目を気にせず犬猫談義に没頭したりする、変わった姉妹。

白熱した姉妹の議論に置いていかれたものの、完全に無視されるか、蔑まれることしかなかったノゾムにとって、久しぶりに同年代と過ごす、普通の時間だった。

だが、ノゾムは彼女が「噂だけで人を判断しない」と言おうとしてくれたのに、背を向けてしまった。

そのことが、後悔となって心に圧（の）しかかる。

そして、ほぼ一年ぶりとなるリサとの会話。

もう一度誤解を解こうとしたけど、彼女を前にしたら、肝心なことは何一つ言葉にできなかった。

（いつもそうだ。俺は肝心な時、何もできない……）

込み上げる自己否定の言葉。ノゾムの心に絡みついた鎖はいつも彼の目を逸らさせ、一歩踏み出すことを阻み続けてきた。

巨龍が、塔のように巨大な前足を振り上げる。

あの足が振り下ろされた瞬間、ノゾムは潰されて死ぬだろう。

自分の死を前に、諦観の念に囚われている自分に気づかぬまま、ノゾムは目を閉じる。

そして、巨龍の前足が振り下ろされた。

✝

巨龍の前足がノゾムに迫る中、突如として横合いから飛び出してきた影が、彼の体を引っ掴み、一瞬でその場から離脱した。

直後に、巨龍の前足が地面に叩き込まれ、轟音と衝撃波が走る。

「何をやっている、この馬鹿弟子！」

「し、師匠……」

衝撃波で舞い散る土煙の中でノゾムの目に飛び込んできたのは、小屋で待っているはずの師だった。

シノはノゾムが走り込みをしている間、いつも遠目から彼を見守っているのだが、突如として霧が発生した直後にノゾムが姿を消したため、慌てて探し回っていた。

そして、霧の中ではありえない、妙な光に飛び込んでみたところ、目の前の化け物に弟子が弄ばれている光景を目にしたというわけだった。

「突然、霧の中でお主を見失って探してみれば、とんでもない事態になっておるようじゃな」

額に刻まれた皺をよせながらシノは目の前の巨龍を見上げる。

「五色の翼、漆黒の体躯。間違いなく伝説の滅龍王か。やれやれ、この歳になってこんな神話レベルの怪物を相手にする羽目になるとは……」

「滅龍王……」

「そうじゃ、名をティアマット。五千年前に同族を食らい、同族に封印されたはずの黒龍じゃ」

『滅龍王ティアマット』

同族すら食らい、恐れられた異端中の異端。五千年以上前に封印され、地上から消えたはずの伝説の龍である。

「弟子諸共神隠しに遭った挙句、こんな化け物と相対するとは……つくづく運のないことよ」

「師匠……ごほごほ！」

ノゾムが咽ると、吐いた咳に交じって紅い血が舞い散った。

内臓を傷つけている可能性が高い。予想以上に悪い弟子の状態に、シノは歯噛みする。

「ノゾム、よく聞け。儂がこいつの気を逸らすから、その間に逃げるんじゃ」

「で、でも、師匠は……」

「どの道、二人固まったままでは、逃げ切れるものも逃げ切れ……くっ！」

問答する師弟を無視したティアマットの前足が、二人のすぐ脇の地面に叩きつけられる。

シノは咄嗟にノゾムの体を引っ張りながら跳躍。同時に腰の刃(やいば)を引き抜きながら一閃し、襲いかかってくる衝撃波と瓦礫(がれき)を斬り払う。

「くっ、いいな！　振り返らずに逃げるのじゃぞ！」

「師匠、あぐっ！」

着地と同時にノゾムを遠くに放り投げ、シノはそのままティアマットに向かって踏み込んだ。

無拍子で発動した瞬脚が、一気にシノの体を加速させる。

刹那の間に距離を詰めたシノは、迷うことなく己の全力で気を刀に込めて抜き放つが、放たれた幻無は重厚な鱗に阻まれ、パァン！　という炸裂音と共に霧散した。

「ち、分かっていたが、傷一つつかんか！」

無傷のティアマットを前にシノが思わず毒づく。

一方、シノの抵抗を前にして、ティアマットの視線がノゾムから彼女に移った。どうやら、活きのいい玩具(おもちゃ)の方に興味が向いたらしい。

「グルルル……」

愉快そうに喉を鳴らしながら、ティアマットが翼を広げて無数の光弾を展開し、シノめがけて一斉発射してくる。

展開された光弾は、まるで魚の群れのように有機的に動き、獲物であるシノの四方八方から殺到してくる。その数およそ百以上。

「むううう！」

刃に気を注ぎ込み、シノは襲いかかってくる光弾の群れを捌き続ける。

その刀捌きは、まさしく練達と呼ぶにふさわしく、老婆の痩躯からは考えられない嵐のような連撃が繰り出された。

一閃で五を超える光弾を斬り裂き、炸裂させた気刃で十の光弾を粉砕し、さらには破砕した光弾の余波で二十を超える光弾を連鎖爆発させる。それでも手が足りぬと、鞘までをも剣のように振るい、迫りくる百を超える光弾の群れを瞬く間に叩き落とし続ける。

「グオオ……」

しかし、光弾の群れは止まらない。

巨龍は第一波が斬り捨てられたら第二波を、第二波を粉砕されたら第三波をと、無尽蔵の力に任せて、光弾を撃ち続ける。

ティアマットは明らかに遊んでいた。人類最上位の剣士ですら、さして完全に脅威としていない。口元は暗い笑みを浮かべるように歪み、眼前の玩具がどれだけ耐えられるのか、無邪気な悪意を振り撒いている。

「おおおおおおお！」

ティアマットの終わらない波状攻撃を前にしても、シノは迫りくる光弾を斬り裂き、叩き伏せ、破砕し続ける。

だが、撃ち出される光弾自体の威力も、徐々に上がっていた。

一撃で五を超える光弾を斬り裂けていたのが、四つ、三つ、二つと、少しずつ減っていく。

ついには、シノの全力でも一つ斬り裂くのがようやくといった状況まで追い込まれていた。

「斬り払うのがやっとか、化け物め！」

増していく光弾の圧力に、シノは肉体の限界を意図的に外してまで迎撃を続けるが、急激な気の消耗による影響がシノの体に出始めていた。

両腕の筋肉が攣り始め、体幹の制御がままならなくなってくる。

（昔の儂なら……無理じゃな。全盛期の儂でも勝てる未来が全く見えん）

踏ん張っていた足に力が入らなくなり始め、まるで全身の血が抜かれたかのような強烈な倦怠感が襲いかかる。

思うように動かなくなりつつある体に、シノは唇を噛み締めた。錆鉄の味が口の中に広がる。

「クソ、こんな山奥で萎えていたツケか！　これでは儂は、不出来な弟子にすら劣る、役立たずではないか！」

重度の倦怠感は、やがて感覚の喪失へと繋がっていく。

まず初めに、味覚と嗅覚が消えた。口の中に広がっていた錆鉄の味がしなくなり、光弾の余波が撒き散らす焦げた臭いも喪失。

続いて、聴覚と触覚がなくなった。麻痺したように肌や刀を握る手の感覚があやふやになり、至近距離で炸裂する光弾の爆音が消える。

最後に、視界が徐々に暗くなっていく。

それでも、シノは刀を振るい続ける。自らが殺されれば、次はノゾムが標的になるからだ。

「これは死んだな……。だが、これで馬鹿弟子は逃げられたか……」

自らの死を受け入れながらも、シノは不思議と自分の心が凪いでいることに気づいた。

（ああ、なるほど。儂自身、自分が思った以上に、あの馬鹿弟子との生活を楽しんでおったのか……）

はじめは陰鬱なノゾムの姿に、過去の自分を見ているようで嫌悪感を覚えたが、いつの間にか、彼はシノにとって大きな存在になっていた。

そんな彼を守れたのなら、まあいいか。

彼女が自らの死を受け入れようとしたその時、彼女の願いを押しつぶすような声が、聞こえなくなったはずの耳に鮮明に響いてきた。

「師匠！」

突如として飛び込んできた弟子の叫び声に、血の気を失ったシノの顔がさらに蒼白になる。

シノが思わず声のする方向に目を向ければ、逃げるように言い含めて遠くに放り投げたはずの弟子は彼女の願いとは裏腹に、その場に留まったままだった。

「バカ、さっさと逃げんか！」

「グルル……」

シノの懇願空しく、ティアマットの視線が再びノゾムに向けられ、無数の光弾が彼に向けて殺到した。

「くっ！」

今のノゾムは満身創痍だ。

ただでさえ致命的なハンデをかけられている彼に、ティアマットの攻撃に抗う術はない。

シノは己の持つ全ての気を右拳に集約させる。そして、彼女は膨大な気が極限まで圧縮され、煌々と輝く右腕を、全力で地面に叩きつけた。

気術・滅光衝。

地面に打ち込んだ気を敵の足元で解放して相手を空中に打ち上げ、気の奔流で滅する気術。

シノが持つ気術の中で、最大の効果範囲と威力を持つ、殲滅(せんめつ)特化型の気術だ。

彼女が放った滅光衝はノゾムと光弾の間に巨大な光の壁を作り上げ、光弾の群れを正面から受け止める。

だが、ティアマットの光弾はシノの滅光衝を瞬く間に食い破っていく。

シノは、もはや残りカスとなった気さえも注ぎ込み、文字通り命すらも燃やしながら、必死に光弾を押し止めようと足掻く。

しかし、現実は非情だった。

気の急激な枯渇で僅かに緩んだ気の奔流の隙間を突き、数発の光弾が滅光衝を貫通した。

光の尾を引きながら、貪欲な獣がノゾムに向かって牙をむく。

「やめ……」

シノの顔が絶望に染まる中、光弾は動けないノゾムに直撃し、彼の体を木の葉のように吹き飛ばした。

✝

光弾の直撃を受け、宙に放り出されたノゾムの体は数秒の滞空の後、地面に叩きつけられた。

「ググ、アグッェ……」

あまりの激痛に悲鳴すら出すことができず、ノゾムは苦悶の声を漏らしながらのたうち回った。

直撃した光弾はノゾムの体を貫き、傷口から止めどなく血が流れ続けている。

体から急速に熱が失われ、代わりに濃密な死の気配が、彼の全身を包み込む。

ワイルドドックに襲われた時も感じた死の気配だが、今回のそれは比較にならないほど濃い。

大量の出血はノゾムの脳機能を著しく低下させ、走馬灯を思い浮かべる思考力すら奪い取っていた。

(死ぬ……)

ノゾムの脳裏に浮かぶのは、これから確実に自らの身に降りかかる現実。

今まで味わってきたものとは比較にならない強烈な死の確信。

(嫌だ……)

最初に鎌首をもたげたのは、突きつけられた現実への拒絶。

強烈な死の気配と、それに対する拒絶心は普段は隠されている本能をむき出しにし、幼馴染との確執や冷遇によって停滞していた心の氷を瞬く間に破砕する。

(死にたくない)

ままならない現実に対する言い訳、逃避を一切消し飛ばせば、次に湧き上がるのは、狂おしいほどの生への渇望。

強烈な生への衝動とエネルギーは、まるで活火山のように荒れ狂い、彼の中の最後の命を燃やす。

(諦めたくない!)

灯滅せんとして光を増す。

「アアアアアアアアアアアアアアアアアアアアアアアア！」

強烈な生きる意志が、閃光のように発露した。

人とは思えない叫び声を上げながらノゾムは立ち上がり、自分達の命を弄ぶ巨龍に吶喊する。

「グル、グルル……」

ティアマットの目に宿る嗜虐的な光が、一層強まる。これがノゾムにできる最後の抵抗だと察し、その抵抗を全力で叩き潰す姿を想像して悦楽に浸っているのだ。

巨龍の口腔に五色の炎が灯った。巨大なクレーターを生み出した極炎のブレスを吐こうとしている。

ティアマットに向かって駆け出していたノゾムだが、巨龍まで距離を十分の一も詰め寄れない中で、極炎のブレスが放たれた。

（遅い……）

迫りくる極炎を前に、ノゾムの集中力は極限まで高まり、彼の体感時間を何倍にも引き延ばす。

停滞する時間の中で、彼は自分の動きの遅さに苛立っていた。

（どうして俺はこんなに遅い！）

いつだって、そうだった。この鈍さ、まるで鎖で全身を縛られているような重みは、常にノゾムが先に進もうとするのを拒絶してきた。

そして今も、こうしてノゾムの全身を縛り、阻んでいる。

これでは、目の前に迫る死の巨炎を避けられない。

ノゾムが焦りの中で自分の体に目を落とすと、全身に見たこともない鎖が絡みついていた。

淡い光を抱く、不可視の鎖。見た目では重さを感じさせない鎖だが、まるで罪人を逃がさんとするかのように、がっちりとノゾムの体を縛りつけている。

(こいつの所為か!)

この鎖が自分の枷であると本能的に確信したノゾムは、全身を縛る鎖を引き千切ろうと手をかける。

普通に考えれば、鎖を手で千切るなど簡単にできるはずがない。まして、光る鎖が突然現れるなど、幻覚の類であると断じるだろう。

だが、今の彼には何故か、その鎖は間違いなく存在し、そして引き千切れるという確信があった。

(邪魔……すんなあああああああああああああ!)

ノゾムが力任せに鎖を引くと、崩れるような音を立てて、鎖の輪が弾け飛んだ。

千切れた不可視の鎖が宙を舞い、粉雪のように消えていく。

次の瞬間、彼は一瞬で加速し、迫りくるティアマットのブレスの下を潜り抜けていた。

止まらない全身の出血に反し、ノゾムの身体には今までにないほど気力が満ち、即座に彼の思考に反応を示す。

あまりの加速にティアマットが一瞬ノゾムの姿を見失う。その千載一遇の機会に、彼は全力をかけた。

ノゾムは極炎の下を駆け抜けながら、刀を鞘へ納める。そして納めた刀に全力で気を送り込み、極圧縮。裂帛の気合と共に抜き放つ。

気術・幻無。

髪の毛よりも細く、鋭く圧縮された気は、抜刀と同じ速度で飛翔し、ティアマットの左目に着弾した。

「グオオオオオ！」

考えてすらいなかった反撃に、ティアマットが咆哮を上げ、反射的に首を持ち上げた。

ティアマットの左目に着弾したノゾムの幻無だが、残念なことに眼球の角膜すら斬り裂けていなかった。伝説の滅龍王は、それほどまでに存在規模が違いすぎる相手なのだ。

しかし、眼球への攻撃は、ティアマットの動揺を誘った。

龍は精霊種の一種であるが、源素の塊とはいえ物理的な肉体を持ち、生物としての側面を併せ持っている。

故に、強い刺激を受けた感覚器官を庇うなどの、人間や他の動物が行う反射的な防衛行動も取ってしまう。

「オオオオオオ！」

目という繊細な感覚器官に予想外の反撃を受けたティアマットは、前足を持ち上げ癇癪を起こしながら地団太を踏む。

巨大な前足が何度も何度も地面を叩き、その度に、局所的な地震が起こる。

強烈な衝撃波が幾度となく四方八方へ撒き散らされ、ノゾムは慌ててティアマットの間合いから離脱するが、あまりの震動に足を取られてしまう。

このままでは身動きが取れない。

だが次の瞬間、地面が陥没し、その穴にティアマットの巨体が入り込んだ。

「グウウオゥ！」

どうやら、地下に存在していた空洞を踏み抜いてしまったようだ。

ティアマットは穴から抜け出そうともがくが、その巨体が災いして動きが鈍る。

前足の連打が止まったことで、ノゾムは再び距離を詰めんと踏み込む。

「グウウゥウゥ！」

それでも巨龍の壁は厚い。

ティアマットの右目がノゾムの姿を捉えた瞬間、秒にも満たない速度で光弾の群れが形成される。

その数およそ千以上。精霊魔法という超常の力を行使する精霊の王は、ノゾムが三歩踏み込む間に、生み出した眷属に不埒（ふらち）な人間の討伐を命じる。

撃ち出される千の光群。避ける隙間も、迎撃する暇もない。

たった一人の人間に向けられるには過剰な力が、一斉にノゾムの体を引き裂かんと殺到する。

「させんわ！」

だが、その軍勢の突撃は、予想外の人物に制された。

ノゾムの師であるシノが、気を込めた右腕を再び地面に叩きつける。

気術・滅光衝。

再び地面から噴き出した気の奔流が、ノゾムに殺到していた光群の先頭を消し飛ばし、後続を次々と破砕していく。

さらに、シノの滅光衝は、ノゾムの疾走に合わせて噴出場所を柔軟に変え、的確に光弾の群れを穿ち、ノゾムとティアアットの間に、一筋の道を作り出す。

「はあああああ！」

その道を、ノゾムが疾駆する。

能力抑圧という枷を自ら外したノゾムの疾走は、師であるシノすら上回る速度を叩き出していた。

「グガアアアァァ！」

しかし、それでもティアマットには届かない。

光弾の群れの中を駆け抜けたノゾムの目の前に、口腔に巨炎を生み出したティアマットの姿が飛び込んでくる。

龍のブレスも、その本質は精霊魔法だ。精霊が願うだけで、詠唱も魔法陣も必要なく、事象として顕現する。

そして、矮小な人間の抵抗に対する苛立ちから、ティアマットのタガは完全に外れていた。

自らが封じられた世界そのものを吹き飛ばさんとばかりに、生み出した五色に輝く巨炎に力を注ぎ込む。

それが、巨龍の敗因となった。

ティアマットの巨炎が一際強い輝きを放った瞬間、ドクン！　と世界全体が鼓動するように震えた。

「な、なんじゃ？」

次の瞬間、荒涼とした大地が白く輝き始め、天を覆いつくさんばかりの巨大な魔法陣が描かれる。

シノが動揺している中、空に描かれた魔法陣は、拍動するように白い光を放ち、その中心から一筋の光が地上めがけて放たれた。

天から落ちる光柱の先にいたのは、五色六翼を持つ巨龍、ティアマット。

「グ、ウウウウゥ！」

押し殺すような苦悶の声が、ティアマットの口から漏れる。続いて、口腔に生み出していた巨炎が、瞬く間に力を失って小さくなっていく。

全身から溢れていた威圧感も萎え、重厚な鱗もその艶と力を失っていった。

「まさか、この世界そのものが奴の力を封じているのか！」

シノの叫びを肯定するように、光の柱が拍動する度にティアマットの力が著しく失われていく。

ここはティアマットを封印するための世界。巨龍が暴れた際に、その力を抑え込む機能があるのは当然だった。

この時、封印機能によって弱体化したティアマットは、人間のランクにしてSランクにまで、力を削がれていた。

「行け、馬鹿弟子！」

「はあああああああ！」

千載一遇の好機にノゾムが駆ける。

もう一度刀を納め、気を送り込んで極圧縮。間合いを詰め切ったところで抜刀し、一閃。

放たれた気術・幻無が、弱体化したティアマットの喉元の鱗を斬り裂き、圧縮した気が内部で炸裂。

弾けた気は漆黒の鱗を内側から吹き飛ばし、柔らかい皮膚を露出させる。

「おおおおお！」

ノゾムの追撃が放たれる。

先ほどの抜き打ちの軌道を逆になぞるように、返しの一閃が露出した肌に牙をむく。

ティアマットの首が深々と斬り裂かれ、大量の血が湯水の如く噴き出す。

「ガアアアアアアア」

喉に深手を負い、激痛から、ティアマットが悲鳴を上げる。

しかし、並の魔獣なら致命傷となるような傷も、漆黒の龍を倒すには足りない。

ノゾムは返しの一撃の勢いを利用し、体を一回転。跳躍の勢いを合わせて、今しがた斬り裂いた首の傷口に突貫する。

突き入れた刀は巨龍の首に深々と突き刺さり、刃が完全に肉に埋もれる。

だが、あまりに勢いよく突撃したために、彼は突き入れた刀を支えに宙ぶらりんの体勢になってしまった。

「グガアアアアアアアアアアアアアア！」

それでも龍は倒れない。

大地を揺るがすほどの咆哮を響かせ、ノゾムを振り落とそうと大暴れする。

刀は肉に埋もれ、押すことも引くこともできない。このままでは振り落とされ、大地に血みどろの赤い花を咲かせることになる。

ノゾムは最後の力を振り絞って、がっちり食い込んだ刀の柄と両足で体を固定すると、右腕に残った気を全て集約させた。

「終わりだ！」

振り上げた右の拳を刀の柄頭に叩き込み、集束していた気を開放する。

次の瞬間、気術・滅光衝が発動。

眩い光と共に巨大な気の爆発が奔る。上位魔法に匹敵する気の炸裂は突き入れた刃の刀身を通り、ティアマットの首の肉ごと神経の束を吹き飛ばした。

「グウゥゥ……」

龍の巨体が地面に倒れ込み、衝撃でノゾムの体が投げ出される。

ティアマットの体は、首から大量の血を流しながらも僅かに動いているが、その眼にはもはや生命の輝きはない。

やがて龍の巨体が崩れ落ち、光の粒子となって津波のように舞い上がる。

天に舞い上がる光の粒子を、ノゾムは茫然とした表情で見上げている。

大量の出血をしたのはノゾムも同じ。彼の体も、もう指の一本も動かない。

満身創痍。四肢は幸いにも体についてはいるが、無事なところは一つもない。

光の粒子は天へと吹き上がり、ノゾムの上空で集まると、怒涛（どとう）の勢いで彼めがけて落ちてきた。

全身に傷を追い限界を超え、動くことができない彼は、迫りくる光の激流に飲まれる。

「おい、馬鹿弟子！」

遠くで師が呼ぶ声を耳にしながら、限界を超えていたノゾムはついに意識を失い、暗い闇の中へと落ちていった。

†

夢を見ている。ノゾムにはそこがどこだか分からなかったが、少なくとも夢であることは察していた。

先の見えない、真っ暗な空間。その中にただ一人、自分だけが立ち尽くしているという状況。

地面の感触はなく、両足から立つ波紋が、ノゾムに自らが水面の上に立っているという珍妙な状態を理解させていた。

視界を埋める暗闇はどこまでも続き、風すらも吹いていない。

広がる波紋以外は何もなく、只々無音の世界が広がっている。

ふと、ノゾムが自分の体を確かめると、全身に不可視の鎖が絡みついているのに気づいた。

封印世界でティアマットと相対した際に、引き千切った鎖。

よく見ると、鎖はその一端が水面の下へと潜っている。

足元に目を凝らして水面下に延びる鎖の先を覗くと、暗い湖の底に蹲る、巨大な影が見えた。

漆黒の巨躯と五色六翼の翼。それは間違いなく、滅竜王ティアマットであった。

己を見下ろしてくるノゾムに気がついた巨龍は、水面を見上げながら、彼を凝視している。

その巨躯にはノゾムの体から延びた不可視の鎖が絡みつき、全身を拘束していた。

見上げるティアマットの視線が、ノゾムの視線とぶつかり、巨龍の瞳が強い怨嗟の色に染まる。

ティアマットは何も言わない。

代わりに、繋がった鎖を介して、ノゾムの全身に凍りつくような寒気が走る。

まるで、解れた縄一本で断崖絶壁を上っているような感覚。体を介して、ティアマットを拘束している鎖。それこそが、解れた命綱だと、否応なしに確信させられる。

ノゾムとティアマットが無言で見つめ合っていると、徐々に周囲が明るくなってきた。

目覚めの時が近い。

ノゾムはまだ自分が生きていることに少し安堵しながら、再び龍に視線を移す。

龍は未だにノゾムを見つめているが、やはり瞳には濃い怨嗟の光を宿している。

やがて、暗闇の湖畔に一際強い白光が差し、一人と一匹を柔らかい光で包み込んでいく。

ノゾムは同じ鎖で繋がれたティアマットに一抹の不安を抱えながら、白い光に包まれ、夢から覚めていった。

†

「おや、起きたのかい」

目を覚ましたノゾムの目に一番に飛び込んできたのは、皺くちゃな老婆の顔のドアップ。

至近距離から落ちくぼんだギョロつく瞳で覗き込まれたノゾムは、思わず大声を上げて布団を跳ね飛ばす。

「うおあ、化け物！」

「誰が化け物じゃ！」

次の瞬間、ノゾムの顔面に強烈な拳打がめり込んだ。衝撃で吹っ飛ばされ、壁に叩きつけられる。

全身に激痛が走り、ノゾムはその場で声も出せずにのたうち回った。

「し、師匠酷いです……」

「酷いのはどっちじゃ！　せっかく人が森から連れ帰って三日間も看病してやったというのに！」

三日という言葉を聞き、ノゾムは思わず目を見開いた。夢を見ていた感覚では十分にも満たなかったのに、現実では相当な時間が経っていることを聞かされたからだ。

驚き、そして自分の周りを見渡してみる。木を組んで建てられた掘っ立て小屋。最低限の生活設備しかない、簡素な内装。そこは間違いなく、シノの小屋の中だった。

ノゾムが体に目を落としてみれば、全身には包帯が巻かれ、強い薬の香りが漂っている。

「すみません師匠。手当て、ありがとうございます」

「ふん、まったくじゃ！　余計な心配させおってからに……」

未だに不満そうに頬を膨らませているシノだが、その口元はノゾムが無事だったことへの安堵で緩んでいる。

師の不器用な笑顔に、ノゾムもほんのりと、自分の胸が温かくなるのを感じた。

同時に、ノゾムはシノの体調が気にかかった。彼女もまた巨龍と戦い、相当な消耗をしているはずだし、もしかしたら知らないところで怪我を負っているかもしれないと思ったのだ。

「師匠は、怪我とかは大丈夫なんですか？」

「まあ、少し気を使いすぎたが、大丈夫じゃろ」

プラプラと軽い調子で手を振るシノの様子からは、大きな怪我をしている様子はない。ノゾムは小さく、安堵の息を漏らす。

「さて、三日間も徹夜で治療したんじゃ。今のお主の状態について、色々と話しておかなければならんなぁ……？」

シノの纏う雰囲気が、ガラリと変わる。

極致に達した達人の雰囲気に呑まれ、ノゾムは自然と背筋を伸ばした。

「……分かりました」

「それじゃあ、まずは事の顛末について。お主はあの封印世界で、ティアマットを倒した」

「封印世界？」

「滅龍王を封じるために、龍族が作り上げた世界じゃ。ティアマットの存在自体、既に伝説の中にしかないものである上、封印世界についても眉唾物じゃったがのう……」

「どうして俺達は、そんな場所に入り込んじゃったんでしょうか？」

「さあな。同じ龍族なら分かるのかもしれんが、精霊ならぬ人の身には分からぬ話じゃよ」

そう言いながら、シノは肩をすくめる。

「話を戻そう、お主はティアマットを倒し、その力を取り込んだ。そして、龍殺しとなった。ここ数百年現れていない、本物の龍殺しにな」

「龍殺し……。俺が……」

シノの言葉に、ノゾムは困惑の渦に飲まれる。

当然だろう。龍殺しは伝説上の存在。一番新しい龍殺しでも生きていたのは数百年前の話だ。明確に歴史の中に刻まれているのは、三百年前にクレマツォーネ帝国建国時に登場したのが最後であり、今現在は存在していない。

最強の継承者。絶大な力の体現者。既存の魔法では説明できないような魔法を使う者や異能に目覚めた者もいる。そんなおとぎ話の中でしか出てこないような存在なのだ。

「あと一つ確かめることは……ほれ」

ポン、と放り投げられたのは、ノゾムが愛用している刀。

元々はシノが持っていた刀の一振りであるが、弟子入りして以来愛用している品だ。

「俺の刀？　って、ちょ！」

ノゾムが放り投げられた刀を受け取った瞬間、突如としてシノが刀を抜いて斬りかかってきた。

振り下ろされた刃を、ノゾムは鞘から半ばまで抜いた刀で受け止めようとする。

「痛っ！」

だが刀を鞘から抜こうとした瞬間、怪我をしていたノゾムの両腕に痛みが走り、反応が遅れる。

師の刃が頭上に迫る中、ノゾムは一瞬固まった両腕に、明らかに間に合わないと察する。

ところが次の瞬間、ノゾムの予想に反し、甲高い金属音と共に、彼はシノの斬撃を受け止めていた。

「えっ？」

「やはりのう」

ノゾムが気の抜けた声を漏らす一方、シノは納得した表情で、抜いた刀を鞘に戻す。

「ど、どういうことですか師匠」

ノゾムの困惑の声が、小さな小屋の中に響く。能力抑圧によって制限された能力は、咄嗟の行動にも大きく影響する。ノゾムの場合、筋肉の瞬発力が不足し、気量も制限されているので、単純な動きでは不意打ちを受けた際に防ぎ切れないことが多い。

「龍殺しとなったことで、お主の身体能力が上がっているのじゃよ」

本来なら間に合わず、斬り伏せられるはずが、何故か防ぐことができた。その理由は単純に、本来上がるはずのない能力が上がったことによるものだった。

「で、でも俺は」

「確かに能力抑圧のせいで、お主の身体能力は上がらん。仕方なく、今までは歩法や呼吸法で誤魔化していたが、龍殺しは龍の力を継承し、さらに強くなるという。それがお主に起こるのは、十分に考えられることじゃ」

シノの言葉に、ノゾムは自分の手を見つめ、何かを確かめるように握ったり開いたりしている。

本来上がるはずのない能力が上がった。その現実に、ノゾムは自分が龍殺しとなったという事実を、少しずつ実感し始めていた。

「といっても大して強化はされていないようだが…………」

「……えっ？」

だが、ノゾムの高揚は、続けて言い放たれた師匠の一言に冷水をかけられた。

伝説を否定しかねないシノの発言に、ノゾムはさらに困惑の表情を浮かべる。

「やはり能力抑圧の影響が大きいのじゃろう。上がった能力も、しっかりと抑圧されているようじゃ」

シノの話ではせっかく上がったノゾムの能力も、彼の能力抑圧に抑え込まれている状態らしい。

そのため、身体能力の上昇も思ったほどではないそうだ。

「そういえばお主、ティアマットとの戦いの時能力抑圧を解除したようじゃが、今もできるのか？」

師匠の言葉に、ノゾムの脳裏にティアマットとの戦いの時のことが思い返される。

確かにあの時、ノゾムは自らを縛る鎖を認識し、それを引き千切った。

鋼鉄の楔を解き放ち、どこまでも行けるのではないかと思えるほどの解放感。

その時のことを思い出しながら、ノゾムは己を縛る鎖をイメージした。すると、彼の視界に、体に巻きつけられた鎖が浮かび上がる。

「あっ」

ハッキリと目に見えた不可視の鎖に、ノゾムは思わず声を上げる。

「どうやら、できそうじゃのう。能力抑圧の解放など、聞いたこともない話じゃが……」

ノゾムが能力抑圧を解放できることを確信し、シノは小さく頷いた。

「それで、お主、はこれからどうするのじゃ」

「どうするって……」

唐突な質問に、ノゾムは答えに窮する。

「その力、桁外れに強大じゃ。強い力は様々なものを引きつける。地位、名誉、権力、嫉妬、そして、悪鬼羅刹の類。挙げればキリがない。……改めて聞くぞ、お主これからどうしたいのじゃ」

重苦しいシノの圧力に、ノゾムは押し黙ってしまう。

今までこれからのことなど考えなかった。今しか考えなかった。

いや、『現在』すらも見えていない。彼は未だ、彼女に、過去に囚われているのだから。

肉体の鎖を解き放てたからと言って、心の鎖を解き放てたわけではない。

押し黙る弟子を前に、シノはずっと心の奥底で抑えていた言葉を、ここぞとばかりにぶつける。

「前々から思っとった。お主にはこれ以上強くなる理由がない」

「そ、そんなことは…………」

「恋人のためか？　かの女子はすでにお主の恋人ではなかろう。お主が支えたいと思ってもその女子はそう思っておらんじゃろう。お主が強くなる理由はない。分かっていたことのはずじゃ」

言い淀み、逃げ道を探そうとするノゾムに、シノは厳格な態度と表情で断じた。

「さらに言えばお主、儂が教えた技を学園では使っておらぬじゃろう」

「それは……」

殺傷力が強すぎるから使えない。ノゾムがそう言い繕う前に、シノが言葉をかぶせる。

「別に人相手に使う必要もない。木偶人形を目標に幻無あたりを使えば、どんな奴でもお主が油断ならぬ武器を持っていることは理解できる。それに、儂が教えた刀術は、この大陸では非常に珍しい。その使い手ともなれば、少なくとも最底辺に墜ちることはなかったじゃろう」

学園の教師達がノゾムを最下位としていたのは、能力抑圧もあるが、ノゾムが自らの刀術の技量を示すような積極的な行動を、一切取らなかったことが原因だ。

「お主が最底辺に墜ちた理由はただ一つ。お主が現実と向き合うことから逃げ、諦めたからじゃ」

その根幹の理由は、逃避。

シノは容赦のない、まっすぐな言葉で、ノゾムが今まで蓋をして無意識に考えようとしなかったことを無理やり直視させる。

ノゾムは言い返せず、ただ俯くしかできなかった。彼自身も無意識の中で理解していたことだったからだ。

初めは確かに、ノゾムも否定してくる周囲に抗おうとした。

だが、孤立無援の環境は、いつの間にか彼の強くなる理由を歪めていった。

そしてついには、自らの誓いを自ら破り、逃避の理由にすり替えた。

リサのためと言って学園に残りながらも、刀の鍛錬だけを行い、事の中心にいるはずの当の本人に会おうとしなかったことが、その証左だった。

「まあ、いきなり先のことを決めろというのも無理じゃろう。今は傷を治すことに集中することじゃ。いずれ選択を迫られるじゃろうが……」

シノは最後にそう言って釘（くぎ）を刺すと立ち上がり、ノゾムに背を向ける。

「さすがに、その怪我で街に帰るのは無理じゃろ。今日もこの小屋に泊まっていくがいい」

腰の刀を外して、小屋の端に置かれている刀掛けに戻しているシノを横目で眺めながらも、ノゾムは沈黙し続ける。自己矛盾を突きつけられたその表情は、どんよりと曇ったままだった。

「そうじゃ、まだ言っとらんかった」

ちょっと忘れ物をした。そんな軽い調子の言葉が、重苦しい空気の中に響く。

これ以上、一体何を言われるのだろうか。そんな気配を全身から醸し出しながらノゾムが顔を上げると、突然グイッと、体が引かれるのを感じた。

「……え？」

唐突に体にかかった力、続いて、トン……と柔らかい感触が、ノゾムの頬に当たる。

ノゾムが顔を上げてみれば、目の前には微笑（ほほえ）むシノの顔があった。

「……おかえり。頑張ったのう」

ノゾムの体を抱きしめたシノの手が、ゆっくりとノゾムの背中をさする。

彼女は嬉（うれ）しそうに、本当に嬉しそう顔を綻ばせていた。心からの安堵の光を、瞳に浮かべて。

数日にわたる徹夜の治療で、碌（ろく）に寝ていないのだろう。目はくっきりと隈が浮かび、僅かに乱れている呼吸には、隠しきれない疲労の色が見えていた。

彼の身を案じ、ずっとつきっきりで看病してくれたのだ。

彼女の深い愛情は、凍りついた彼の心を優しく溶かす。

久しぶりに感じた心からの愛情に、ノゾムの視界が歪む。

「た…………だい……ま」

声は擦れ、やがてすすり泣きとなり、誰もいない森に木霊する。

嗚咽を漏らしながら、声を殺して泣き続ける彼を、シノはただ優しく抱きしめ続けていた。

†

目の前ですすり泣くノゾムの背中をさすりながら、シノは彼をあやし続ける。

腕の中で震える姿はまるで小さな子供のようで、とても数百年ぶりに現れた龍殺しとは思えないほど弱々しいものだった。

胸元に当たる呼吸が、徐々に穏やかに、規則正しいものになっていく。

「眠ったか。無理もない。体も心も、休息を欲しておるじゃろうからな……」

穏やかな寝顔を浮かべるノゾムの目元に残る涙の跡。きらりと光る粒をそっと拭いながら、シノは安らかな寝息を立てる弟子を想う。

どれだけ心を締めつけられ、疲弊させせられながら足掻いてきたのだろうかと。

シノは元々、アークミル大陸に属する国の人間ではなく、東の果てにある島国の人間だ。

彼女の生家であるミカグラは、極東の国でも特に名のある刀術の宗家であり、シノはその家の次女として生まれた。

故に、彼女はすぐに刀術にのめり込んだ。

女だてらに剣を振るうことを揶揄する者達もいたが、彼女の父はシノの望むように鍛錬を施してくれたし、姉や母も賛成してくれた。

特に姉はシノを可愛がり、常に味方をしてくれた。

ミカグラ流宗家という最上の環境で、刀術を幼い頃から学ぶことができたシノは、瞬く間にその才を発揮した。

十を超える頃には彼女に勝てる者はいなくなり、成人する頃には極東で随一の剣士となっていた。

数多の戦いを経験し、その全てで勝利を収め、その輝かしい戦歴を誰もが称賛し、国で最も高貴な方からも直々にお褒めの言葉と褒美を頂いた。

またこの時、シノは敬愛する姉が弟子として紹介してきた青年と、湧き立つような恋も経験した。

そして、互いの想いを確かめ合った結果、二人は結ばれることになる。

名家としての地位と、古今無双の実力と名誉。さらには恋も経験し、その相手とも結ばれる良き縁談にも恵まれた。

まさに、幸せの絶頂だった。

しかし、その幸せは、最も華やかな時となるはずだった婚姻の場で、脆くも崩れ去った。

新郎と婚姻の盃を交わす場で、シノは謂れのない不義密通を叫ばれ、祝言の場は大混乱。

さらに、偽の証拠により、縁談はご破算となった。

当然、シノは無実を訴えた。しかし、誰も彼女の話を聞こうとはしなかった。

そして一年後、シノは自分を陥れた真犯人を知ることになる。

シノを陥れたのは、彼女が敬愛していた姉だった。

姉はシノと恋仲だった男性に一方ならぬ想いを寄せており、嫉妬から妹を陥れたのだ。

呆然とするシノの髪を掴み上げながら、彼女の姉は怨嗟の言葉を妹の耳元で呟く。

「貴方と彼の婚姻を聞いて、私は決めたの。絶対に許さないって！　貴方の全てを奪ってやるって！　地位、名誉、貴方の持つ何もかも貶めて、人として二度と幸せを掴めないようにしてやるって！」

さらに姉は重ねる。もう貴方の居場所はこの家にはない。誰も貴方を庇わないし、助けないと。

さらに、ボロボロになった妹を畳に打ち捨てた彼女は、嗤いながら絶望の言葉を叩きつける。

「じゃあねシノ。安心していいわよ、私が彼と生涯添い遂げるから」

ちぎれて指に絡まった妹の髪を、心底鬱陶しいという表情で払い飛ばすと、姉は踵を返し、床に倒れ伏したシノを振り返ることなく、部屋を出ていった。

全てを失い、一年という時間の中で心も体も憔悴したシノは、どうすることもできず、ただ泣くことしかできなかった。

そして三日後、シノは誰に言うこともなく、ミカグラ家を出ていった。

祝言での話は国中に知れ渡っていたため、彼女はどこに居つくこともなく、流れ続けていった。

街を出て、国を出て、海を越えて、このスパシムの森に辿り着いた。

人の手が及ばぬ、異国の地。そこで居を構え、誰とも交わることなく暮らし続けたのだ。

「お主と儂、驚くほど似ておるのう」

眠る弟子の背をさすりながら、シノは感慨深い表情で、そう独り言ちた。

同じように見捨てられ、打ち捨てられた者同士。初めこそ、弟子の姿に過去の自分を見て嫌悪していたが、今ではかけがえのない、唯一無二の存在になっていた。

眠り込んだ弟子の表情は穏やかで、失っていた居場所を見いだせたような、安堵に満ちている。

そんな弟子の表情に、シノも思わず顔が綻ぶが……。

「グッ！」

突然襲いかかってきた苦痛に、穏やかな笑みは塗りつぶされた。

視界が歪み、頭が朦朧として意識が保てなくなりそうになる。まるで氷の湖に沈められたような怖気が、シノの全身を包み込んできていた。

「ええい、このポンコツな体め……」

気合を入れ、消えそうになる意識をどうにか繋げる。歪んだ視界も徐々に輪郭を取り戻してくるが、シノの表情には隠し切れない疲労の色が見て取れた。

(消耗した気が回復しない。それどころか、鉋で削られるように失われていく……睡死病か)

睡死病。

罹患者の気が少しずつ低下し、死に至る病。原因は限界を超えた気を使った事で、生命力を支える体の基盤そのものに重篤な障害が出たからだと言われている。

シノが睡死病を患った理由はただ一つ。ティアマットと戦った際に、弟子を守るために過剰な気を使用したことだ。

「心が治ったと思ったら、体の方が壊れたか。本当に、世の中というのは上手く行かんな……」

睡死病が治った例は数例しかなく、治療法も特定されていない。このままでは、シノの体からは命の源たる気が抜けていき、最後は死に至るだろう。

しかし、シノの顔には死の恐怖はない、浮かぶのは後悔の念。

（もっと色々、お主と話をしたかったのう。刀の技ばかり教えて……儂らしいといえば、らしいが）

胸の中で眠るノゾムを眺めながら、弟子の体から伝わる温もりに笑みを浮かべる。

（最後に伝えることが、伝えたいことがある。その時は……全力で……）

全てを失った彼女に最後に残されたもの。

その前で決意を固めながら、シノは優しく、眠る弟子の背中を撫で続けた。

✝

ティアマットとの戦いから一週間。ノゾムは師匠の元で手当てを受け、どうにか日常生活を送れるようになっていた。

シノがノゾムの治療に使った薬は彼女のオリジナルであり、市販のポーションのような急激な回復力はないが、体の治癒能力を無理なく高めてくれる。

今までのシノとの鍛錬の中でも使われてきたものであり、ノゾムも相当世話になっている。

一方、ノゾムを困惑させたのはシノの態度。不平を漏らすと、罵詈雑言と共に極上の武技が折檻という名目で飛んでくるのは変わらないが、言葉尻に妙な揺らぎが含まれるようになったのだ。

変に心配性な態度も見せるようになり、歩けるようになったノゾムがアルカザムに戻る際には、街まで付き添うなど、今まで見せなかった行動もするようになっていた。

「師匠、アルカザムに着きましたよ」

街の門の手前まで来たところで、ノゾムとシノは一旦立ち止まる。

「う、うむ、そうか……」

「はい、付き添い、ありがとうございます」

「ま、まあ。儂はお前の師匠だからな。怪我をした弟子の心配をするのは、当たり前だ」

弟子の殊勝な礼に、シノは上機嫌に頷いている。

「しかし、改めて目の当たりにしてみれば、やはり大きな街じゃな……」

アルカザムの門を見上げながら、シノが呟く。

ノゾム達が今いる門は、アルカザムの外壁にいくつか設けられている門の一つで、大きさ的には南側にある正門と比べて半分ほどと小さい。

とはいえ、高さにして十メートル近くある門は、シノのような、かつては十分な地位を持っていた者でも、関心を抱くほどの威容を誇っている。

「師匠は、アルカザムに入ったことは……」

「無いな。この街が造られている時も、造られた後も、近づきたいとは思わんかった……。少し、もったいないことをしていたのかもしれんな」

「師匠、少しですけど、街の中を案内しましょうか？」

「……いや、よい。お主も学園があるじゃろ？　一週間以上も無断で休んでいたんじゃ。色々と問題になっているのではないか？」

「それは、まあ、そうなっているかもしれません……」

「じゃろう？　早く行くぞ」

「……分かりました」

　先に街の中へと入っていくシノに続いて、ノゾムも門を潜った。

　門から中央公園、そしてソルミナティ学園へと続く道を二人で歩く。

　既に日が昇り、中央公園へと続く通りには、多くの店が騒がしく一日の商売を始めていた。

　店の前では買い物客が並べられた商品を前に、店主と値段交渉を繰り広げている。

「ほう、何だ、あの真っ赤な粉は？　こっちは……まるで猫の爪のような種じゃな。一体何の種なのやら」

　露店に並べられた商品に、シノの視線が興味深そうにあちこちへと向けられる。

　隣で年甲斐（としがい）もなく目を輝かせているシノを眺めながら、ノゾムはその意外な反応に驚きつつも、同時に懐かしさも感じていた。彼も初めてこの街に来た時は、店に並べられた見たこともない品の数々に、目を奪われたからだ。

　通りに並ぶ店を眺めながら歩く二人は、やがて中央公園に辿り着く。

　緑に覆われた公園の先には、白亜の巨大な建物、ソルミナティ学園の校舎が木々の上から顔を出し、広大な公園を見渡せば、白い制服を身に纏った登校途中の生徒達がチラホラと見えてきた。

「ふむ、ここまでじゃな。ノゾム、儂は森に戻っておるぞ」

「分かりました。師匠、ありがとうございます」

　ここまで送ってくれた師にノゾムが頭を下げると、シノは気にするなというように肩をすくめる。

　その時、学園の校舎で最も高く、ノゾム達がいる場所からでも良く見える尖塔（せんとう）にある鐘が、ゴーンゴーン！　と、街中に音を奏で始めた。朝礼が始まる時間になったのだ。

「やばい、遅刻する！」

朝礼開始の鐘の音を聞いて、ノゾムの顔に焦燥が浮かぶ。元々、成績は最底辺を低空飛行しているため、生活態度でマイナス点などを加えられたくないのだ。

「既に一週間近く無断欠席しとるのから、今更気にする必要もないと思うが……」

もっとも、シノの言う通り、既にノゾムは一週間の無断欠席をしているため、授業態度の面からもかなり心証が悪くなっているのは間違いない。

この場合、どうせ心証最悪だからと開き直るか、それでもと足掻くかのどちらかだが、ノゾムの場合は後者だった。

身も蓋もないことを口走る師匠を他所に、これ以上のマイナス点は御免だと、校舎に向けて駆け出そうとする。

「とにかく！　俺はもう行きます。師匠、それじゃあ、ここで……」

「ああ、そうじゃ。今日、授業が終わったら、儂の小屋に戻ってくるのじゃ。色々とまだ話すことがあったからのう……」

ソルミナティ学園の学年末試験は、次の年での所属階級を決める上で重要な試験だ。

主に実技と筆記の二つの試験結果から考査を行うが、この試験で次の年の待遇が決まるため、生徒たちは皆一様に真剣に、全力で試験に臨む。

上位階級の生徒でも、成績が悪ければ下位階級に落とされるし、既定の成績に満たなければ、問答無用で落第、最悪の場合は退学だ。成績が低迷しているノゾムには、大きな問題である。

とはいえ、お世話になった師の申し出を無視するのもどうかと思ってしまう。

ノゾムとしては師の言葉を無視できないことも確かであり、何よりも、今の二人には、ある種の連帯感のようなものがあるため、無碍にはできないのが本音である。

「話すことって……何です？　まだ話があるんですか？」

「それは、その時話すわい。ほれ、鐘が鳴ったぞ。もう時間がないのではないか？」

「呼び止めたのは師匠じゃないですか！　ああ、もう！」

今度こそ、師匠を振りきって、ノゾムは校舎に向かって駆け出していく。

学園の正門の奥へと消えていく弟子を見送ったシノは、今来た道を引き返し始める。

「新しき異国の街。弟子の案内がないのは不満だが、少し歩いてみるか」

手始めに近くにある露店を覗き込みながら、しばしの間、彼女は数十年ぶりの街歩きを楽しんだ。

†

ノゾムの無断欠席については、担任のカスケルが特に欠席理由を聞かなかったことから、有耶無耶になった。

元々、十階級の生徒に関心のない教師だったが、ノゾムに対しては完全に放置状態であり、彼は欠席理由も全く聞かずに淡々と出席簿に記入を終わらせると、午前の授業を開始してしまった。

他の生徒達も、カスケルが欠席理由を尋ねなかったし、相手は最底辺と蔑んでいる者。

声を上げげた結果、嫌味な教師に目をつけられるのも嫌だったため、どうせ大した理由ではないと勝手に思い込んでくれた様子だった。

そうこうしながら終わった午前の授業。

教室では、全ての人が有耶無耶のまま誤魔化されてくれたが、ノゾムは教室以外の場所で、執拗な追究を受けることになった。

「ノゾム君、何か隠しているでしょう。さすがに一週間も無断欠席したなんて、普通じゃないわよ～」

誤魔化されてくれなかったのは、クラス担任補佐のアンリ・ヴァール。

一週間ぶりにノゾムが登校していることを知った彼女は、昼休みに当人を職員室に呼び出し、そのまま事情聴取を始めた。

「べ、別に大したことじゃありませんよ。単純に森に入った際に魔獣に襲われて怪我を負って……」

「大したことでしょう！ どんな魔獣に襲われたの～？ 確かに街道近くなら強力な魔獣はまず出てこないけど、それでも絶対じゃないわ～。どこでどんな魔獣に襲われたのか、把握はしておかないと～」

「ええっと、確か、マッドベアー……だったかな？ 場所は、よく覚えていないんですけど、大体スパシムの森の東側だった、と思います……」

「それって、三頭の兄弟？」

「え？ ええ、そう、です……」

しどろもどろといった様子で、ノゾムは必死に取り繕うが、アンリの視線に含まれた疑いの色は、徐々に濃くなっていく。

「怪我はどう？」

「熱を出して寝込みましたけど、今は大丈夫です」

「じゃあもう一つ聞くけど、どうして無断欠席なんてしたの～。ノゾム君は寮住まいだから学校に連絡はできるわよね～」

「熱が思った以上に酷くて、動けなかったんです。それに俺のことを気にかけてくれる同級生はこの学校にはいませんし……」

ノゾム自身、自分で言っていて悲しくなるセリフだが、現実としてノゾムは二学年の間では文字通り最底辺であり、パーティーすら組めていないので、まったくもって真実味のある内容だった。

ノゾムとしても、アンリに対して嘘をついていることに罪悪感を覚えるが、本当のことを言うわけにもいかない。内心疼く罪悪感に蓋をして、どうにか言い逃れようとする。

「…………グスッ」

「え？」

だがその時、唐突にアンリが泣き出した。突然の出来事に、ノゾムが困惑の声を漏らす。

「と、突然どうしたんですか？」

「え～ん！　ノゾム君は私のこと信じてくれないのね～～！　こんな頼りない半人前のことなんか～～！」

「えっ、ええ？　ち、違いますよ。どうしてそんな話になるんですか！」

「だって本当のこと話してくれないんだもの～～！　三頭のマッドベアーって確か十日くらい前にアイリスディーナさんが倒しているし、よく見えないけど傷を負っていたような体の動きしているし、手当てに使われてる薬の香りはこの街で出回っている薬じゃないし～～！」

アンリの指摘に、ノゾムは思わず顔面蒼白となった。傷は塞がっているとはいえ、その怪我の影響はまだノゾムの体に微妙な違和感を残している。

アンリはノゾムが無意識に行っていた、傷を庇うような動作に気づいていたのだ。

さらに彼女は、匂いだけでノゾムの治療に使われている薬が、一般に市販されている類のものではないことに気づいていた。

とはいえ、ノゾムの嘘もかなり穴だらけなため、そもそも無理があった。

だが、やはり本当のことは話せない。どうにか誤魔化そうとするノゾムと、泣きながらノゾムを問い質そうとするアンリとの攻防がしばらく続く。

「ノゾム君、話してよう……」

優しそうな瞳を涙で潤ませながら、アンリがノゾムを見つめてくる。

少し年上の、目を見張るような美女に迫られ、ノゾムも「うっ……」と、思わず言葉に詰まった。

ただ必死に、真摯に、生徒の身を憂う美女の姿は、老若男女全てを魅了する。

特に年若い男がこの顔を目の当りにしたら、何でも言うことを聞いてしまいそうなほど、危険な色香を放っていた。

(この人、天然で男を落とすタイプの人だ。しかも本人に自覚がないから質が悪い！)

ノゾムもまた例外ではなく、アンリの蠱惑的な視線に、胸の奥でくすぶる罪悪感を掻き立てられていた。

「ノゾム君…………話してくれないの？」

「え、ええっと……」

結果から言えば、授業開始の鐘によってアンリの事情聴取という名の涙目攻撃は終了。ノゾムは逃げるように職員室から退散した。

✝

ノゾムがアンリの追究を受けている最中、アイリスディーナは親友であるティマ、そして妹と一緒に、中央公園で昼食を取っていた。三人がいる場所は、芝生エリアにあるベンチであり、公園内にある露店が一通り見渡せる場所だった。

「それで姉様、ノゾムさんとの誤解は解けたんですか？」

「誤解？」

「少し前にここでノゾム君に会って話をしたんだが、その時少し、ね」

ソミアの発言に首を傾げたティマに、アイリスディーナが簡単に説明した。

昼食を一緒に食べようと中央公園でソミアを探していたら、妹と話をしているノゾムと遭遇。話を聞けば、少し前にソミアが探していた猫を捕まえるのを手伝ってくれたらしい。

その縁で、昼食を一緒に食べることになった。

同時にアイリスディーナは、その際にノゾムに対して不用意な発言をしてしまったことも重ねて話した。説明している最中も、アイリスディーナの視線は、中央公園に並ぶ露店をチラチラと覗き見ている。どうやら、ノゾムが昼食を買いに出てくるか気になっているらしい。

「アイが最近、昼休みや放課後にいなくなっていた理由ってそれ？」

「ああ、いきなりクラスに押しかけるのも悪いかと思って正門で待っていたりしたんだが、なかなか会えなくてね。どうやらしばらくの間、学園を休んでいたみたいなんだ。今日は来ているのかな……」

親友の話に相槌を打ちながらも、アイリスディーナは露店の前に並ぶ人たちの顔を確認している。

その様子に、ティマは内心驚いていた。彼女が知る限り、アイリスディーナがここまで一人の男子学生に興味を持った様子を見せたことはなかったからだ。

だが、結局ノゾムが正門から現れることはなく、昼休みは終了。アイリスディーナが肩を落としてランチバッグを片づける中、ソミアが唐突にある提案をしてくる。

「姉様、今度の私の誕生会に、ノゾムさんも呼んでくれませんか？」

「……え？」

妹の突然の話に、アイリスディーナは面食らう。元々予定していたソミアの誕生会は内々で行うものであり、招待するゲストも、ソミアと特に親しいエクロスの友人のみだったからだ。

「ノゾムさんは、私の友達です。姉様がくれたこの腕飾りを取り戻すのを手伝ってもらいました。だから、ずっとお礼をしたいと思っていたんです」

「ソミア……」

「ノゾムさん、笑ってもどこか寂しそうなんです。何があったかは私にはわかりませんけど、私、友達には少しでも笑顔でいて欲しいです……」

ソミアも、学園に蔓延しているノゾムの噂は知っている。

しかし、そんなこととは関係なしに、彼女はノゾムに心から笑って欲しかった。

「そうだな。友達には、笑っていて欲しい。その通りだ……」

そんな妹の純真さが、アイリスディーナの背中を押す。

アイリスディーナはノゾムの過去を知らない。どれだけ追い詰められてきたのかも、想像しかできない。

元々は、興味本位でしかなかった人物。だが彼が積み重ねてきた努力の片鱗（へんりん）を感じ取り、アイリスディーナもまた、彼に対して知らず知らずのうちに共感を覚えるようになっている。

だからこそ、彼の誤解が解けていないことに、歯がゆい思いを抱くようになっているのだ。

「ソミア、私もちゃんと彼と話して誤解を解くよ。その時に、誕生会へ招待してみる」

「はい！　お願いします、姉様！」

心の奥に積もっていた興味と共感。そして最愛の妹に促され、アイリスディーナは彼を最愛の妹を祝うパーティーに誘うことを約束した。

✝

昼休みのアンリの追究から何とか脱したノゾムは、そのまま午後の実技授業に出席した。

訓練場で体を解しつつ、慇懃（いんぎん）なカスケルの言葉を聞き流す。

しかし、訓練場の端から向けられる視線に、ノゾムは肝を冷やしていた。

「じと～～」

そこにいたのは、カスケルの補佐として実技授業に参加しているアンリがいる。

クラス担任補佐である彼女は、時にはこうして授業に参加し、直接担任の補佐を行う場合も多い。

もっとも、十階級ならば授業につく教官補佐は精々一人。一階級のように、何人もつくことはない。

一方、擬音が聞こえるのではと思えるほど凝視してくるアンリに、ノゾムは気づかれないように深い溜息を吐いた。そんな二人を他所に、授業自体は滞りなく進んでいく。

先日の授業で行われた儀式魔法の実演等を行い、最後に模擬戦が行われる。

ノゾムの模擬戦の相手になったのは、よりにもよって、また十階級の問題児、マルスであった。

「お前も運がないな、この前に続いて俺が相手なんてな。まあ、お前じゃ誰が相手でも勝てないから気にする必要はないか。ハハハハハハハハ！」

相も変わらず人を挑発してくるマルスを無視して、ノゾムは訓練場の端に置いてある模擬刀を手に取ると、呼吸を整えながら自身の状態を確認する。

怪我は大丈夫。多少違和感は残っていても、体は思う通りに動いてくれる。

手に持った模擬刀を一振り。腕にかかる感触も、自分の愛刀とそう変わらない。

そして、一番の懸念材料。自らの体に視線を落とし、目を凝らす。

体に巻きついた不可視の鎖が視界に浮かび上がり、手を伸ばして握りしめれば、ジャラリと確かな感触を返してくる。

解除は……できるだろう。

あの封印世界で体に絡みつく不可視の鎖を引き千切った感触は、今でもノゾムの腕にはっきりと残っている。自らが望めば、抑圧されている全てを解き放てるという確信があった。

（でも、今は解かない……解くべきじゃない）

だが、それが可能だとしても、ノゾムはこの場ではこの鎖を解かないと決めていた。

夢に見たティアマットとその時に感じた一抹の不安。そして解除してしまうことで自分の何かが壊れてしまいそうな予感。それらが、彼に自分の楔を解き放つことを躊躇わせていた。

(後は、これか……)

胸の内で呟きながら、ノゾムは模擬刀の代わりに訓練場の端に置いた愛刀をチラリと覗き見る。

脳裏に浮かぶのは、「最底辺を脱するなら、きちんと身につけた技を使うべきだ」という師の言葉。

シノの言う通り、ノゾムは学園の中で、学んだ気術を使ったことはなかった。

使うべきなのだろうか？

迷いが頭に生まれ、それを肯定する根拠と否定する理由が無数に過る。

だが、担任のカスケルは、ノゾムの迷いが晴れるのを待ってはくれなかった。

「それでは、始めろ」

カスケルのかけ声と同時に、模擬戦が開始される。

間髪入れずにマルスが踏み込み、同時に彼の足元の地面が炸裂音と共に弾けた。

瞬脚を使用したマルスは、重量感のある大剣を携えているとは思えない加速で、ノゾムに迫る。

今回は初めから、ノゾムを叩き潰す気だったのだろう。瞬脚だけでなく、気術による身体強化も既に使用しており、傍から見ても目を見張るほどの気を全身に纏っている。

ノゾムは突進してくるマルスを前に、ふぅ……と小さく息を吐く。

ゴチャゴチャしていた思考が一瞬で晴れ、意識がカチリと入れ替わる。

気がつけばノゾムは驚くべき速度で全身に気を巡らせ、迎撃態勢を整えていた。

「潰れちまいな！」

マルスが上段から振り下ろした大剣は、直後に横薙ぎに変化する。

上と見せかけて横から薙ぎ払う、フェイントを織り交ぜた打ち込み。

ノゾムは強化した身体能力を存分に使い、体を回転させて勢いをつけた上で、薙ぎ払われた大剣を下から打ち上げる。

振り上げられた刀がマルスの大剣の腹を叩き、踏みしめた両足から伝わる大地からの反力が、マルスの剣筋を上方へと逸らす。

「むっ？」

流れるように鮮やかな返しに、マルスが一瞬眉を顰める。

だが、彼もノゾムの迎撃に即座に対応。

跳ね上げられた大剣を軌道修正し、今度はノゾムの顔面めがけて振り下ろす。

全力で振り下ろされる大剣を前に、ノゾムは手首を返してマルスの剣筋に対して刀を斜めにかかげ、同時に右足の力を抜いて、打ち下ろしの衝撃を斜め下方向に受け流す。

ノゾムに最も威力が乗るはずの打ち下ろしを受け流され、マルスの目が驚愕に見開かれる。

今までは能力抑圧の影響が大きすぎて、気で強化しても対処できなかった一撃。

だが、龍殺しとなったことで僅かとはいえ上昇した身体能力は、ノゾムにマルスの烈撃を、体勢を崩すことなく受け流すことを可能にしていた。

何より、ノゾムは今、少しずつではあるが、シノの下で学んだ技を使い始めている。

ようやく寄る辺を見つけたが故に、模擬戦に臨む彼の意識は、今まで人形のように過ごしてきた学園生活でのそれではなくなっていた。

それは、明らかな変化の予兆。

何年も何年も土の下で眠り続けていた種が、凍りついた大地を割って芽を出すように、少しずつだが確実に、ノゾムの意識は変わり始めていた。

「ちぃ！」

剣戟を受け流したノゾムに大剣の間合いの内側まで踏み込まれ、マルスは口元を歪める。

懐に飛び込んだノゾムは、マルスの胴めがけて刀を一閃。

大剣を引き戻す暇がないことを悟ったマルスは、前回の模擬戦の時と同じように、ガントレットでノゾムの斬撃を弾く。

だが、それもノゾムは予測済み。斬撃がガントレットに弾かれた瞬間、さらに一歩踏み込み、体を入れ替えてマルスの腹部、人体急所の一つである水月に、強烈な肘打ちを叩き込む。

「がっ！」

マルスの顔が苦悶に歪み、体がくの字に折れた。

呼吸を司る横隔膜に走った衝撃は、正常な呼吸を妨げ、動きそのものを鈍らせる。

ノゾムは体を落としたマルスの後頭部を抱えると、その顔に膝蹴りを叩き込む。鼻骨の感触が膝に走り、マルスは鼻血を噴出させせながらよろめく。

たたらを踏んで後ろに下がるマルスに、ノゾムがさらに追撃をかけようとするが……。

「ち、調子に乗りやがってぇぇぇぇ！」

マルスの絶叫と共に大量の気が噴出した。出鱈目に、力任せに放出された気に押される形で、ノゾムは一時的に間合いの外まで押しやられる。

「くそ、どんだけ潤沢な気を持っているんだよ……」

相手の恵まれた気量にノゾムが不満を口にする中、マルスは憤怒の表情でノゾムを睨みつけていた。這いつくばるだけだったはずの弱者から予想もしない反撃を受け、完全にキレている。

「潰す！　この糞野郎、塵クズのようにズタズタにして潰してやる！」

マルスは激高したまま、大剣に気を送り込み始めた。噴出していた気が風を纏いながら、渦を巻く。

「……風？」

風を抱いた気は大剣に注がれると猛烈な風の刃と化し、肉厚の刃に纏わりつく。

気術・塵風刃。

剣身に風の刃を纏わりつかせ、近づく物体を切り刻む気術。高密度に圧縮された風は強烈な圧力を伴っており、下手な守りや攻撃などは一方的に弾き飛ばしてしまう。

さらに、纏った風は斬撃の速度を加速させ、さらなる威力向上に寄与している。

防ぐには風の刃と大剣の斬撃、双方に耐えきれるだけの膂力と強固な守りを要求されるが、能力抑圧下のノゾムにはそのどちらも欠けているため、回避するしか対抗手段がない。

袈裟懸けに振るわれたマルスの大剣が、ノゾムに迫る。

風の刃を纏う凶器を、ノゾムは軌道を見切って後ろに下がることで避けるが、マルスは空いた問合を詰めるように踏み込み、そのまま連撃を放ってくる。

息つく暇もなく襲いかかる風の刃。ノゾムは後ろへ後ろへとすり足で退きながら、迫る連撃を躱し続ける。

気術・塵風刃のおかげで、剣速だけでなく、切り返しも加速しているマルスの斬撃を前に、ノゾムはなかなか反撃の機会を見いだせていない。

だが、怒りに支配されている今のマルスの剣撃は、前回の模擬戦の時よりも単調で、二手三手先を読むことに支障はない。

若干とはいえ上がった身体能力も、ノゾムの戦い方の幅を大きく広げている。

ノゾムは五手先まで見えた相手の剣戟と、自分が思う戦い方が可能になった事実に確かな成長を感じながら、次の手の準備を始めていた。

†

マルスは自分の剣が一向に当たらない事実を前に、戸惑いと憤りを含んだ声を上げていた。

「どういうことだ……」

明らかに今までと違う、精緻なノゾムの体捌きに、マルスの斬撃は悉く空を切る。

「なんで俺の剣が当たらない！」

今までのノゾムは、これほどの動きは不可能だった。剣を受ければよろめき、回避は無様に地面を転がるだけ。偶然、数撃捌けたとしても結果は変わらず、いずれ無様に倒れ伏すはずだった。

だが今のノゾムの動きに、マルスはそんな結果を見ることはできなかった。

動き自体は遅いが、極めて的確な回避。剣筋だけでなく、纏う風の刃一つ一つすら見えているのではと思えるほどの見切り。

マルスは潤沢な気量だけでなく、風属性の気術、魔法に対して特に高い適性を持っていた。『風精霊の加護』と呼ばれるそのアビリティは、風属性に限定し、魔法、気術の威力や精度を大幅に高めてくれる。

当然、塵風刃による斬撃の威力、剣速は、同ランクの相手であっても無視できないはずだった。

その時、マルスの視界が偶然、眼前の相手の顔を捉えた。その表情に焦りの色は一切ない。マルスは確信した。この男は、塵風刃によって強化されているはずの自分の剣を、完全に見切っていると。

「ありえねぇ……ありえるかよ、そんなこと！」

ノゾムは二学年最底辺。対するマルスは、実技なら学年の中でも上位。

ランクにしてB。最上位である一階級でも、彼は自分の剣が通用する自信があった。

その時、マルスはふと、目の前の相手のアビリティを、改めて思い出した。

能力抑圧。

本人の能力を一定以下に制限してしまうアビリティ。目の前の男は、それにより力、気量、魔力に制限をかけられていたはずだと。

そんな足枷をつけた状態で、自分の剣を見切っているこの男は、本来ならどれほどの実力を身につけていたのだろう。そして、そんな足枷をつけてもなお、その壁を踏破したこの男はどれほどの修練を積んだのだろうか、と。

（…………認められねえ。認めてたまるか！）

今まで目に見えていなかった男の実力。それを冷静に判断していた理性の警告を、感情が塗りつぶす。マルスが持っていた自分の力に対するプライドが、彼自身の眼を曇らせた。

立て続けに繰り出され続けるマルスの斬撃を前に、ついにノゾムが、僅かに体勢を崩した。

ノゾムの奮闘を前に焦(じ)れていたマルスは、ここぞとばかりに全力で剣を振り下ろす。

だが、それはノゾムの罠(わな)だった。

大剣を振り下ろされる瞬間、ノゾムは瞬時に体勢を立て直すと、後方へ跳躍。マルスの剣は盛大に地面を叩き、剣に巻きついていた風の刃が周囲に土を巻き上げ、彼の視界を遮ってしまった。

「くそがあああああ！」

焦ったマルスは剣に纏わりついていた風の刃を、今ノゾムがいたと思われる方向に向けて解放する。

気術・裂塵鎚(れつじんつい)。

塵風刃から派生する気術。

剣身から解放された風の刃達は塊となって、まるで破城槌のように一直線に突進する。

直進していく風の塊が地面を深々と抉り取り、巻き上がった土煙を吹き飛ばす。

だが、晴れたマルスの視界の先に、ノゾムの姿はなかった。

「クソ、どこに……っ！」

どこに行ったのか、焦燥に駆られたマルスの全身に、強烈な悪寒が走る。

マルスが視線を右横に滑らせると、刀を鞘に納め、腰だめに構えたノゾムが飛び込んできた。

裂塵鎚の土煙が視界を覆った瞬間、ノゾムは瞬時に足に気を込めて、地面を蹴っていた。

そして全身で直線しか動けない瞬脚の軌道を曲げ、一瞬でマルスの側面に回り込んでいたのだ。

瞬脚・曲舞。

直線的な瞬脚に、複雑な曲線移動を可能とする技。

至近距離で、二人の視線が交差する。ノゾムは抜刀の体勢を既に整え、マルスは大きな隙を晒したまま。

マルスは回避は不可能と判断。咄嗟にガントレットで防ごうとするが、体が動く前にノゾムの刀の鯉口が切られる。

荒々しい暴風が吹きすさんだ場に、キンッ……と静謐な音色が響く。

マルスの脳裏に、右脇腹から左肩に抜けていく銀閃が、はっきりと映った。

だが、鯉口を切られたノゾムの刃は、抜き放たれることはなかった。

直後に、カラン、カラン、と授業終了の鐘が、訓練場に鳴り響いたからだ。

「模擬戦は終了だ。学年末試験が近いから、今日の授業はこれまでとする」

カスケルの号令と共に授業の緊張感から解放されたクラスメート達が大きく息を吐くと、各々の得物を片づけ、教室へと戻っていく。

ノゾムもまた、半ばまで抜いた刀を鞘に納めて、踵を返す。

「ノゾム君、ちょっと話が……」

「あ、アンリ先生、すみません、ちょっと今日は用事があるので、失礼します！」

「ちょ、ちょっと〜〜！」

アンリに呼び止められながらも、ノゾムは訓練場の端に置いてあった愛刀を回収すると、駆け足で訓練場を立ち去っていく。

そんな彼の背中を、マルスは何も言わず、ただ眺めていた。

（アイツは間違いなく強くなっている。いや、元々強くて俺達が気づいていなかっただけか？）

ふと、鼻に籠る熱を感じて指で拭えば、膝を打ち込まれた時に流れ出た血が、手の平についていた。

その流れ出た血が、マルスに目の前で起きた出来事が真実であることを、改めて突きつける。

(なんだこのモヤモヤとした感じは……)

気持ちが落ち着かない。胸の奥から、怒りが湧き上がる。

(何故だ？　アイツが実力を隠していたことか？)

いや、そうではない。少なくともマルスは、今のノゾムに対して怒りの感情は湧かなかった。

ならば、誰に対してこの苛立ちは込み上げてくるのだろうか。

「そうか、俺に対してか……」

思案に耽るマルスの口が、自然とそんな言葉を口にしていた。

この場でノゾムに対して怒りがないのであるならば、他に対象となる者は一人しかないのだ。

マルスはこれほど、自分自身に怒りを覚えたことはなかった。

彼は自分の強さに誇りがあった。少なくとも、弱くて何もできない癖に、陰でコソコソ騒ぐような輩は、彼が強く嫌悪する存在である。

だが、それ以上に、嬲られても抵抗せず、それを受け入れるような奴こそが、彼が最も唾棄する存在だった。

今までのノゾムの態度が、まさにそうだった。学年最底辺の扱いをされても表情一つ変えずにそれを受け入れていた。まさしく、マルスが最も嫌悪する存在である。

しかし、現実はどうだったのだろうか。

マルス達が気づかなかっただけで、ノゾムは誰よりも抗っていた。強くなろうとしていた。

そしてその努力は、マルスが想像もつかないレベルであることも、彼は今になって思い知らされた。

能力抑圧を持つ人間の能力が、その制限を超えていくなどという話は聞いたこともない。

それほど努力していた男に、彼がしてきたのは、ただ憂さ晴らしに罵声と嘲笑を浴びせてきただけ。

「おいマルス。どうだった、今日の落ちこぼれは」

「見たところアイツ、今日は無事みたいだな。マルス、いくら相手するのが面倒くさいからって手抜きしすぎたんじゃないか！」

後ろから近づいてきた取り巻きの二人が、ゲラゲラと耳障りな笑い声を立てる。

だが、マルスは背後で騒ぐ二人に見向きもしない。

いつもと違うマルスの様子に、取り巻き達が肩をすくめて見つめ合う中、マルスは今までの自分に強い憤りを感じながら、ノゾムが消えていった訓練場の出口を見つめ続けていた。

✝

終業の鐘と共に、アイリスディーナは校内を足早に駆ける。

目的は、ここ一週間ほど学園に来なかった男子生徒を捜すためだ。

「誰もいない。十階級は実技か？」

空っぽになっていた十階級の教室を廊下から確かめると、アイリスディーナは正門前に向かう。

教室にいない以上、そこが一番出会える可能性が高いからだ。

彼女がノゾムを捜しているのは、中央公園での誤解を解くためだ。

後は、彼が触れられたくない部分に踏み込んでしまった無礼も謝ろうと思っていた。

アイリスディーナの目に、学園の大きな正門が見えてくる。

ソルミナティ学園は生徒達が授業を受ける学生棟や教員棟等、様々な施設で区分けされている。

彼女が学生棟を出て正門へと続く通りに出た時、反対側の訓練場に続く通りから、一人の男子学生が駆け出してくるのが見えた。

腰に非常に珍しい、東方の刀を携えた生徒。それは、彼女が捜していた人物で間違いなかった。

「あ、ノゾム君ちょっと待って……くれない、か」

アイリスディーナが手を上げて声をかけるが、ノゾムは彼女の呼びかけには気づかぬまま、正門を潜って校舎の外へと出ていってしまう。

何をそんなに急いでいたのだろうか。そんな疑問が脳裏に浮かぶ前に、くしゃりと落ち込んだ表情が、アイリスディーナの顔に過る。

「また話せなかった……」

所在なげに上げた手を下ろしながら、謝る機会を逸してしまったことに、彼女は落胆の声を漏らしていた。

✝

授業を終えた後、ノゾムは直ぐに駆け足でシノの小屋まで戻った。

学年末試験のことはどうしても気になるし、アンリにこれ以上追究されたくなかったのもそうだが、必ず戻るように言い含めてきたシノの様子も、少し気がかりだった。

ティアマットとの戦いで、シノにも何か影響があるのではと心配になったのだ。

これまでアルカザムに近寄ろうとしなかった彼女が、付き添いのためと言いながら街までついてきてくれたことも、頭に引っかかっていた。

ノゾムがシノの小屋に到着すると、彼女は小屋の縁側でお茶を楽しんでいた。

お茶が入った急須の傍の皿の上には、大陸では特に珍しくもない、小麦粉を使ったクッキーがお茶請けとして置かれている。

「お～お～、ノゾム来たか」

帰ってきたノゾムに気づいたシノが、手を振る。

お茶を片手にリスのように頬をクッキーで膨らませているシノの姿に、彼女の体調を内心憂慮していたノゾムは、思わず脱力してしまう。

「師匠、どうしたんです？　朝にも言いましたけど、そろそろ学年末試験が近いので追い込みかけないと、さすがにマズインですけど」

「まあまあ、そう言うな。今日ぐらい儂に付き合え。こんな美女のお誘い、受けねば男でないぞ～」

唐突な師のセリフに、困惑を浮かべていたノゾムの表情が強張る。口元が真一文字に引き締められ、胡散臭いものを見るような視線がシノに向けられた。

「……師匠。昼間から酒でも飲んでいるんですか？」

「そんなわけなかろう。見て分かるじゃろうが～」

ノゾムの言葉に不満そうに口元を歪めるシノだが、その言葉の端々が、妙に揺らいでいる。

波に揺られる小舟のような師の言動に、ノゾムは首を傾げながら、彼女がお茶請けにしているクッキーを一枚手に取って、匂いを嗅いでみた。

干した果実を生地に練り込んだクッキーからは、濃いアルコールの匂いが漂ってきている。よくよくシノの顔を見てみれば、皺だらけの顔がほんのりと紅くなっていた。

「師匠、このクッキーどうしたんですか？」

「ん？　ああ、街に行った時に露店で目についたので買ってみたのじゃ。このような甘露な菓子は故郷ではなかなか口にできなかったからのう～」

「こいつが元凶か。師匠、酒に弱かったんですね……」

酒は保存や香りづけ、味つけなどの面からも、菓子とは切っても切れない関係だ。

だが、たとえ酒精が入っていたとしても、基本的にその量は、酔っぱらってしまうほどではない。師の以外な弱点に、ノゾムは何とも言えない表情を浮かべる。

一方、酔って上機嫌なシノは、ノゾムの手を取って隣に座らせようとしてきた。

「そんなことより、ほら、さっさと隣に座らんか」

「アイタタタ！　師匠、関節極めないで、壊れる！」

ノゾムの口から、激痛に悶える悲鳴が上がる。

本能的な行動なのか、シノの腕にはうっすらと気による燐光（りんこう）が纏わりついていた。

当然ながら、気で強化された腕力は、人の関節など簡単に破壊できる。

にもかかわらず、ノゾムの関節が壊れるか否かの絶妙な力加減を本能的に行える辺りが、シノの技量の高さと、どれだけノゾムを痛めつけ慣れているかを物語っていた。

「ううう……酷い師匠だ」

「また、そのような言葉を師に向かって……。お前はもっと師を敬わんか」

強制的に座らせられたノゾムは、痛む手首を撫でながら涙目になっている。

一方のシノは、文句タラタラな弟子に不満げといった様子で、頬を膨らませていた。

悪びれないシノの様子に、ノゾムもムスッとした表情を浮かべる。

ティアマットとの戦いの後、目の前で思いっきり感情を吐露して泣いてしまったからだろうか。師と弟子という関係だけだった二人の距離は、間違いなく近づいていた。

それは友達とも家族とも言えない、何とも微妙な距離。

だが、ある種の遠慮というものがなくなった二人は、相手により直接的な言葉を向けられるようになっていた。それはノゾムとシノ、二人が長い間失っていた、人と人との在り方。

「敬ってますよ。師匠が悪質な詐欺師まがいなこと言わなければ」

「ちょっと待て、誰が詐欺師か。それに儂がいつそんなこと言った！」

「師匠、美女ってあたりウソでしょう。よく言って元・美女です！」

とはいえ、遠慮がなければいいかと言われると、決してそんなことはない。

元々二人ともコミュ障なだけに、タガの外れた言葉は相手の逆鱗（げきりん）に触れることもある。

「………………ソコヘナオレ」

シノが鬼の形相を浮かべて、縁側に立てかけていた刀に手をかける。同時に、彼女の体から目で見えるほどの殺気が立ち上った。

森の野鳥達が悲鳴にも似た鳴き声を上げ、少しでもこの場から離れようと一斉に羽ばたく。

メチャクチャ怖い。そんな思いを抱きながら、ノゾムは師の形相を前に冷や汗を流していた。

髪は逆立ち、その姿は正しく人食いオーガ。彼女の故郷を考えれば、夜叉（やしゃ）と言うべきか。

（で、でも、いつまでも負けてられるか！）

互いの距離が近づいたことで遠慮がなくなっているノゾムもまた、今まで受けてきた鍛練という名の拷問を思い出しながら奮起する。

いつもちょっとした冗談でボコボコにされ、ツッコミにすら即死級の技を放たれる。

彼女は殺す殺さないの力加減はできても、その場に合わせた手加減が全くできないのだ。

いい加減、この等価交換の法則に喧嘩を売っている人に、手加減というものを教えなくてはならない。そうでないと、いつまでも日常生活で日常的に気絶なんてアホな状態から抜け出せないと。

「お、俺だっていつまでも理不尽な師匠に頭下げるだけじゃ……」

だが、宣戦布告を言い切る前に、キンッ！　と、鯉口を切る音と共に、首筋に刀を突きつけられる。

「ナニカイッタカエ」

「……イエナニモイッテイマセン、シショウハキョウモオキレイデスネ～」

カハ～と気炎を吐く師匠を前に、ノゾムは宣戦布告すら封殺され、諸手を挙げて全面降伏した。

「ふん！」

「あ痛！」

ゴチン！　と、ノゾムの脳天に拳骨が振るわれる。

「全く、女心の分からぬ奴め……」

「いてて、師匠、何か言いました？」

「何でもないわい。まあ、ちょっと話に付き合え」

ちょっとした喧嘩から一拍を置くと、シノは唐突に取り留めのないことを話し始めた。

自分の故郷の国のこと。家族のこと。この大陸に来てからのこと。

彼女はノゾムの話も聞きたがり、彼は少し迷ったものの、ポツポツと昔の話を語り始める。

彼の故郷の村での生活や両親のこと、学園での出来事や失恋と転落、師匠との出会いと修行の日々。

シノも既に知っている話もあったが、彼女はそれでも聞きたがった。

何度も話したようなことも、彼女は頷き、嬉しそうに耳を傾け続ける。

まるでもう二度と忘れないように、自分自身に刻み込むように、隣の弟子と、只々言葉を交わす。

話の内容もごくありふれたもの。故郷はどこだ。家族はどうだ。好きなものは。

そんな普通の会話。そんなありふれた話ですら、二人は交わしたことがなかった。

教えるのは刀で、語るのも刀。

刀、刀、刀。

シノはそんなことしか教えてこなかったし、ノゾムもそれしか望んでいなかった。

他人が聞けば、少し悲しくなるような関係。だが、シノはそれが一番自分達らしいと思い、苦笑を浮かべていた。

だからだろうか。付き添いでアルカザムの街並みを歩いたことも、こうしてただ普通の会話をすることも、とても新鮮だった。

何より、自分の話を聞いて、弟子がコロコロと表情を変えることが、彼女は嬉しかった。

このような気持ちで人と言葉を交わすことなど、彼女はもうないと思っていた。

いや、意図的に避けていたのだ。

ノゾムが「恋人に振られた」という理由と「現状を打破できない閉塞感」から無意識に「自暴自棄な鍛錬」に逃げていたように、シノも「家族に裏切られた」という理由から「人と関わること」から逃げ、目を背けた。

（これでは弟子をとやかく言う資格などないのう……）

つくづく愚か者だと、シノは自嘲の笑みを浮かべる。

同時に、そんな不出来の師を慕ってくれた弟子に、これ以上ないほどの感謝の念が湧き起こる。

口では何だかんだ言いつつも、ノゾムが自分を信頼してくれているのは、察しの悪いシノでもよく分かった。この弟子もまた、シノと同じように、人との繋がりに飢えている人間だから。

（もし、儂が生まれるのがもう数十年遅かったなら、この体が病を患わなかったら……きっと儂はお主と共に生きていきたいと願ったじゃろう）

シノが、心の底から願った想い。だが、二人の間にある絆は、恋人ではなく師弟の絆。

それが彼女には少し残念だったが、それでも、ノゾムの心に最後に残せるものがある。

それでいい。それだけで十分だった。元より、残された時間はあまりに少ない。

（お主の隣は……お主と共に歩める者に譲ろう）

胸の奥で疼く僅かな痛みを押し殺しながら、隣に座る弟子を見上げる。

未熟者だと思っていた弟子の背は、自分と比べてもずっと大きかった。

日は既に傾き、小屋の周りの景色はいつの間にか紅く色づいている。

「じゃあ。最後の修練を始めるかの」

木々の陰に消えつつある太陽を、惜しむように一瞥すると、彼女はまるで散歩に行くかのように気安く、その言葉を口にした。

✝

最後の修練。その言葉の意味がよく分からずノゾムは困惑したような表情を浮かべる。

「あ、あの師匠。最後って…………」

「言った通りじゃ。これが、儂のつけてやれる最後の修練じゃよ」

だが、弟子の当惑を他所に、シノの様子はいつもと変わらない。

飄々とした雰囲気を醸し出しながら、パッと縁側から飛び降りると、スタスタといつも修練していた小屋の庭へと歩いていく。

普段と変わらないその歩み。だがその背中に、ノゾムは言いようのない不安を覚える。

「だ、だから！　最後ってどういう意味で……」

「最後の修練は…………儂と本気で殺し合うことじゃ」

ノゾムには、自分の師が何を言っているのか理解できなかった。

誰と、誰が殺し合うのだと、頭の中で受け入れられない言葉が、歯車を失った滑車のようにカラカラと空回りしている。

「な、何を言ってるんですか？　師匠、冗談キツいですよ……」

動揺を隠せない弟子の問いかけを無視しながら、シノは庭の中央に立つと、鞘に収めた刀をゆっくりと腰だめに構えた。

先ほどまで他愛(たあい)ない話で緩んでいたはずの彼女の目元は、既に固く引き締められ、体からは重い覇気が放たれている。

「師匠、答えてくださ」

「何も言う気はない。それともお主、自分を本気で殺そうとする者に、いちいち理由を訪ねる意味はあるのか？」

「師匠！」

ノゾムはそれでも師匠に問いかけ続ける。

シノと数えるのも馬鹿馬鹿しいほど、修練を積んできたノゾムだ。その覇気を前に、彼女が本気であることは容易(たやす)く察することができる。

だが、だからと言って心が受け入れられるかは別だった。

「答えてください！　最後ってどういうことですか！　それに殺し合えって、何考えてるんですか！」

彼女は何も言わない。代わりにその意思を、明確な行動で示してきた。

シノの体が一瞬ブレたかと思うと、猛烈な殺気がノゾムに叩きつけられる。

次の瞬間には、彼女は既にノゾムの眼前に迫っていた。鞘に納められていた刀が抜き放たれ、視認すら許さぬ速度でノゾムの首めがけて迫ってくる。

「っ！」

もはや体の芯まで擦り込まれた防衛本能が、ノゾムに神速の抜き打ちに対応させた。

反射的に身を屈め、その場から逃げるように地面を転がる。

シノの斬撃は空を切ったが、彼女は刀を振り抜いた勢いを利用し、回し蹴りを放つ。

ノゾムは咄嗟に掲げた右腕でその蹴りを受けるが、気で強化された蹴りはあまりに重く、そのまま吹き飛ばされて、庭の端に生えている木に叩きつけられた。

「ぐぅ……」

ノゾムは背中に走る痛みに顔を顰めるが、唇を噛みしめながら追撃を躱すためにその場から飛び退いて抜刀。刀を構えながら、再び声を張り上げる。

「師匠、一体何がしたいんですか！」

彼の師はやはり何も言わず、只々静かに刀の切っ先を向けている。

唇は真一文字に閉じられてはいるが、その眼が「何も語る気はない」と声高に宣言していた。

何も語らないシノの姿に、ノゾムは歯噛みする。

彼の師はいつもこうだった。修練の時はこちらに質問など許さず、一方的に宣言して、何か反論すれば倍の修練をやらせるなど、理不尽極まりないことを常に行ってきた。

だが、そんな修練を経験してきたノゾムでも、今のシノの様子には明らかに違和感があった。

（変だ。師匠は『死にかねない』ことはやっても、『殺そう』とはしてこなかった）

だが、今の彼女は、濃密な殺気をノゾムに向けており、先ほどの抜き打ちも狙いは首。

ノゾムが混乱しながらも刀を構える中、突然シノの気配が霧散し、その姿が再びブレた。直後に、左側面から強烈な殺気が放たれる。

「くっ」

ノゾムは反射的に気を高め、身体強化をかけて刀を掲げる。

直後、耳を突くような金属の激突音が響いた。

シノの斬撃を奇跡的に防いだノゾムだが、彼女はそのまま矢継ぎ早に連撃を放ってくる。

袈裟斬り、左薙ぎ、右斬り上げ、左斬り上げ。流れるような無駄のない動きから、精密極まりない斬撃の嵐が打ち込まれる。

シノも身体強化を行っているのか、その斬撃の嵐は老婆の細腕から放たれたとは思えない衝撃を、ノゾムの腕に与えてくる。

ノゾムは連続で迫りくる斬撃の圧力を逃がすように、少しずつ退きながら、致命の刃を迎撃した。

膝、腰、腕、己の肉体全てを無駄なく連動させて、師匠の刀を受け流す。

それでも、やはりノゾムは圧倒されていた。同じ流派の刀術を使う者同士であるが、技量、身体能力、経験、どれもシノが勝っている。

「ぐっ！」

強烈な袈裟懸けを受け、ノゾムはたまらず瞬脚で離脱する。

だが、シノもすぐさま瞬脚を発動。瞬く間に離脱するノゾムに追いつき、追撃を仕掛けてきた。

一撃、二撃、三撃と、互いに高速移動しながら刃をぶつけ合う。

黄昏（たそがれ）が去り、周囲を闇が包み始める中、満月に照らされた刀の軌跡だけが二人の存在を映していた。

「はあ！」

「ふっ！」

直線的だった二人の動きは、いつの間にか曲線を描きながら、互いの周囲を纏わりつくような動きに変化していた。

気術『瞬脚・曲舞』

気術『瞬脚』の発展系。瞬脚の勢いを完全に御しきれるバランス感覚に優れた足腰と、全身の動きを無駄なく連動させる繊細な肉体操作を要求される極めて難易度の高い技。

本来直線的にしか動けない瞬脚に複雑な曲線移動を可能とする技だが、高速移動中に進行方向を変化させるため、バランスを失えば、勢いよく地面に叩きつけられて大怪我を負うだろう。

そんな高等技巧をノゾムとシノは難なく使いこなし、夜の闇に螺旋（らせん）を描きながらぶつかり続ける。

だが、瞬脚・曲舞での打ち合いもまた、シノが上だった。

瞬脚・曲舞は瞬脚と同じく、その移動速度はやはり使用する者の能力に比例する。

故に、能力抑圧下のノゾムと比べ、シノの瞬脚・曲舞が上回るのは当然だった。

徐々に後手に回っていき、ついに移動先に先回りされたシノに足を止められてしまう。

「クソ！」

再び、シノと足を止めて打ち合いをするという状況に追い込まれたノゾム。

さらに彼女は腰の鞘を外して左手に持ち、二刀流となってノゾムに襲いかかる。

「くっ！」

斬撃を捌いた隙を狙い、シノが胴を狙って左手の鞘を振り抜いてくる。

ノゾムは後ろに下がって横薙ぎを避ける。鞘にはご丁寧に、気による強化が付与されていた。

シノの刀術は実戦重視。刀術だけでなく鞘、体術を織り交ぜた総合戦闘技術だ。

場合によっては、その辺に落ちている石だろうが枝だろうが、使えるのなら何でも使う。

そして、気術で強化された鞘は、人の骨など容易くへし折ってしまう。

刀と鞘の二刀流になったシノは、一撃一撃の威力は落ちるものの、先ほどより濃密な攻撃を可能とし、振るわれる刀と鞘がまるで狼の顎のように、ノゾムに食いつかんと迫る。

ノゾムも反射的に鞘を腰の剣帯から外し、鞘による二刀流に変更。嵐のような師匠の攻撃を捌く。

しかし、元々の能力、技量差により押される一方なのは変わらない。そして二刀流による迎撃が間に合わなくなり、鞘による打撃がノゾムを捉えた。

「グアッッ！」

ズドンッと鈍い音と共に、シノの鞘がノゾムの左腕を捉える。

ノゾムは反射的に打点に気を集中させて少しでもダメージを抑えようとするが、シノの打撃の衝撃は凄まじく、左腕が痺れて使い物にならなくなった。

動きの鈍ったノゾムの隙を逃さず、シノは右手の刀を横薙に一閃する。

刀での迎撃は間に合わない。ノゾムはやむを得ず、体を反らすことでどうにか斬撃を躱すが、今度はシノの蹴りが飛んできた。

ノゾムは避け切れないと判断し、後ろに跳んで、僅かでも彼女の蹴りの威力を殺そうと試みる。

「ごっ……！」

内臓がひっくり返るほどの衝撃が腹部に走り、元から後ろに跳んでいたことも相まって、ノゾムの体は大きく吹き飛ばされてしまう。

まるで最初の打ち合いの焼き直しのような状況。だが、実際は違う。

今回、ノゾムは自分から進んで飛ばされた。故に、次の行動に移るのも早い。

地面スレスレを滑空しながら、痛む腕に鞭(むち)を打ち、刀を鞘に納める。

地面に背中を叩きつけられる瞬間、受け身を取り、後方に跳ねるようにして跳び起きながら刀に気を送り、極圧縮。

生半可な技ではシノには通じない。気量の都合上、使える回数は限られるが、ノゾムは自分の最も信頼できる技に望みをかけた。

気術・幻無。

極圧縮された気の刃が高速で飛翔。瞬(まばた)きする間もなくシノに着弾する……そのはずだった。

「なっ！」

だが、現実はノゾムの斜め上を行った。

ノゾムが幻無を放った瞬間、彼とシノのちょうど中間地点で、焼けた炭が弾けるような炸裂音がした。極圧縮された気が拡散し、周囲に散っていく。

よく見ると、シノがいつの間にか、ノゾムと同じように抜刀術の体勢で刀を振り抜いていた。ノゾムの幻無を、彼女は容易く迎撃したのだ。

信じられない事態に、ノゾムは呆然となる。そんな隙を、彼女が逃すはずはなかった。

「シッ！」

「しま……」

シノが瞬脚で吶喊。ノゾムは慌てて刀を引き戻そうとするが、明らかに間に合わない。

そして、気を込められた刀が、先ほどの抜き打ちとは逆の軌道を描き、ノゾムの身体を袈裟懸けに斬り裂いた。傷口から鮮血が噴き出す。

「あっ……ぐう！」

あまりの痛みと、血が抜けていく喪失感で足に力が入らず、ノゾムは地面に膝をつく。

シノがやったことは至極単純。ノゾムが放った幻無を、同じ幻無で相殺したのだ。

だが、それは普通に考えてもあり得ない絶技だった。

幻無は、髪一本にも迫るほど細く気を圧縮しており、さらには高速で飛翔するため、視認することは極めて困難な気術である。

同じ幻無で迎撃するためには、ノゾムの放った幻無と同じ軌道で、寸分の狂いもなく、正確に気刃を放たなくてはならない。

そんな針に糸を通すよりも遥かに困難なことを、彼女は難なくやってのけたのだ。

ノゾムとシノの実力差は明らかだった。技量、能力、経験。どれも彼女が上であり、ノゾムが勝てる要素は一つもない。

『勝てない』

そんな思考に囚われたノゾムの耳に、師の言葉が響いた。

「ノゾム、能力抑圧を解放しろ」

その言葉に、ノゾムは胸に走る痛みも忘れて「え？」と、茫然とした声を漏らす。

「分かっておるはずだ。儂に勝つには能力抑圧を解放するしかない」

激痛の走る胸の傷を押さえながら、ノゾムは痛みで鈍る思考の中で、師の言葉に同意していた。

確かに、彼女に勝つにはそれしかない。それが自分の持つ唯一の可能性だというのは、すぐに理解できた。

だが、同時にノゾムの脳裏には、あの夢が過っていた。

湖の中にいるティアマットと、その時に感じた強い不安。夢の中で見た、鎖に繋がれた滅龍王の眼には、確固たる意志と、身の毛もよだつような怨嗟が宿っていた。

精霊種としての特性なのだろうか。おそらく肉体は死んでも、魂はそのまま、ノゾムの中で生き延びているのだ。

そして能力抑圧は偶然にも奴の力と共に、その魂までも抑え込んでいるのではないか？

ノゾムは、自らの血で染まった、己の体に視線を落とす。

目を凝らせば、真っ赤に染まった体に巻きついた、不可視の鎖が目に映った。

この鎖を引き千切った感触は、体がしっかりと覚えている。

たとえ出血で力を失った腕だろうと、何故か引き千切れるだろうという確信が、ノゾムにはあった。

「はあ、はあ、はあ…………」

だが、ノゾムの手は動かない。荒い呼吸を繰り返しながらも決断できず、只々血に染まった自分の腕を見つめ続けることしかできなかった。

本気の師匠に勝つには、この鎖を引き千切るしかない。だが、そうすればティアマットが解放されるからだ。

「まだ迷っておるのか」

シノが再び、ノゾムに斬りかかってくる。

ノゾムは膝をついたまま刀を掲げて、直撃する斬撃だけはどうにか防ぐが、彼女はその隙に、鞘による打撃と蹴撃を容赦なくノゾムの体に打ち込み始める。

「ごっ、ぐぅ、ああああ！」

全身に激痛みが走り、止まらない出血と相まって、ノゾムの意識は急激に削られていった。

視界が霞み、耳が遠くなっていく。冷たい海に落ちたように、手足の感覚も薄れていく。

(ここで、死ぬのかな？)

相手がシノだからだろうか。ノゾムの心の中には、ティアマットとの戦いの時に溢れていた『生きたい』という強烈な生存本能は湧き上がらず、『師匠ならいいか』という諦めが広がり始めていた。

だが、その時、擦れるノゾムの視界に、シノの顔が映り込んだ。

出血により、視野は狭まり、よく見えないはずなのに、彼には師の顔が苦悶に歪んでいるように見えた。

まるで、懺悔(ざんげ)するように、後悔を押し殺すように。

(どうして、そんな顔をしているんですか？)

そんな疑問が頭に思い浮かんだ時、今にも泣きそうな顔で、彼女は告げた。

「ノゾム、儂はもうすぐ死ぬ。長くないんじゃよ」

†

すまないと思いながらも、シノはノゾムに攻撃を打ち込む。

いきなりこんな事をしてすまない。こんなに痛めつけてすまない。

でもこれで最後だから、最後のわがままだから、と。

睡死病により、死が目の前に迫った彼女に残った懸念。龍殺しになってしまった弟子が、その力に潰されないかという不安。それを取り除くには、弟子が一度、己の意思で力を解放する必要があった。取り込んでしまった巨龍の力に、弟子自身が向き合う必要があったのだ。

だが、シノは弟子に技術を授けることはできたが、己の逃避により、その心を鍛えてやれなかった。

彼女に残された時間は短く、弱り切った弟子の心を、完全に立ち直らせることはもうできない。

師として、心の鍛え方を教えられなかった己の愚かさと、刀でしか自分の想いを形にできない不器用さを呪いながら、シノは力を振るう。

救い上げることはできなくても、せめてこの迷いを抱えた最愛の弟子に、導きとなれる『灯火』を残せるように。

そんな彼女の目に、ふと愛弟子の表情が飛び込んできた。

ノゾムの眼には、滅龍王を倒した時のような『生きる』という強烈な意思はなく、まるで悟った老人のように、これから訪れる死を受け入れた瞳をしていた。

そんなノゾムの表情を前に、シノは涙を零した。

違う、そうじゃない！　そんな眼をして欲しいのではない！

伝えたいことがあった。受け入れて欲しい想いがあった。

だが、心から願う想いは伝わらない。

「っ……！」

砕けるのではと思うほど奥歯を噛みしめ、擦れる声を押し出す。

「ノゾム、儂はもうすぐ死ぬ。長くないんじゃよ」

目の前の弟子が、大きく目を見開いた。

✝

その言葉に、ノゾムの思考が止まる。

胸を走る裂傷の痛みも、全身に響いていたはずの鈍痛も忘れ、只々茫然と、思いもよらぬ言葉を告げた師の顔を見上げていた。

死ぬ？　誰が？　どうして？　そんなノゾムの疑問に答えるように、シノが口を開く。

「睡死病じゃよ。徐々に気が体から抜けていき、最後には気を使い果たして死ぬ病じゃ」

睡死病自体は、ノゾムも知っている。気を扱う者として、心に留めておかなければならないことだからだ。

「おそらく、ティアマットとの戦い。その時に、儂の体に病の穴が開いたのじゃろう。多分、あと一晩が限界じゃ」

睡死病の原因とされている、気の過剰使用。

若く、生命力に満ち溢れた若者ならともかく、シノは既に老齢の域に達した身。

気の制御などの技量がものをいう領域ならまだしも、体の根本的な生命力自体は衰えている。

「もう少し体の気を制御していれば、まだ多少は生きておられたのかもしれんがのう」

「じゃあ、どうしてそうしないんですか！　少しでも時間があれば何かできるかもしれな……」

「儂はのう…………」

「師匠！」

ノゾムの必死の声を無視して、シノは自分の話を進める。

話を聞こうとしない師に激高するノゾムだが、次に彼女の口から発せられた言葉は、声を荒らげるノゾムの口を完全に封じた。

「家族に裏切られてここに来たのじゃ…………」

「えっ……」

「実の姉に嵌められ、両親から見捨てられ、周りから唾を吐きかけられて、この大陸に逃げてきたのじゃ」

それからシノが語ったことは、ノゾムが今まで聞いたことのなかった彼女の身の上話。

その話に、ノゾムは驚愕を隠し切れなかった。

先ほど、シノが自分の家族について話をしていた時は、そんな重大なことがあったなど、おくびにも出さなかった。只々嬉しそうに家族の話をして、大好きだったと語っていた。

「儂とお主、驚くほど似ておる。互いに裏切られ、周りから嘲笑されて逃げ出した」

シノのその言葉は、するりと自然にノゾムの胸に落ちてきた。

ノゾムはリサに振られた現実から目を背けるために鍛練に逃げ、彼女は実際に国から逃げ出した。

「儂はもう誰とも会いたくなかった。別に死んでも良かった。じゃからこそ、こんなところに隠居したんじゃ」

シノはただ静かに、自分の思いの丈をノゾムに吐露してくる。

彼女の静かな告白に、ノゾムは黙って耳を傾けていた。

「儂には何もなくなった。長い年月を、この森の中で無為に過ごしてきた。じゃが、お主と出会った。初めは儂自身の分身を見ているようで苛立ったが、お主は儂と違い、最後は生きることを諦めなかった。それに儂は、自分にはない何かを感じたのじゃ」

　言葉を切り、シノは刀を引いて静かに下がる。

「ノゾム、これが儂の最後の我儘じゃ…………。逃げ続けた儂が最後に残したいことが。お主だからこそ伝えたいことがあるから」

　彼女はそう言って、泣きそうな顔でノゾムに懇願した。

「どうか、私の最後の願い。受け入れてはもらえませんか」

✝

　シノの言葉で、ノゾムは目が覚める。

　彼女は自分の最後を目の前にして、自らの道をとっくに決めていた。

　ここで彼女に言葉をかけて、生きるようと説得することは簡単だ。

　でもそれは、彼女の意思を捻じ曲げてしまうことではないのだろうか。彼女は自分の最後の時間を削ってでも伝えたいことがあると言ったのだから。

（……認めよう、俺はずっと逃げてきた。あの学園で、自分を取り巻くもの全てから）

　逃げて、逃げて、逃げたという事実からも逃げて。

（でも…………）

ノゾムが師の顔を、正面からまっすぐに見つめる。彼女の瞳は涙が溢れそうで、まるで迷子のようだった。

ノゾムは自らを縛る鎖に手をかける。能力抑圧を解除すれば、自分はあの漆黒の龍に食い尽くされるという確信がある。

（ここで師匠の願いから逃げたら、二度と彼女とは向き合えない。何より師匠にあんな顔させたくない！）

ノゾムは腕に力を籠め、思いっきり自らを縛る不可視の鎖を引き千切る。

砕けた鎖の輪が宙に舞い、光の残滓(ざんし)となって消えていく。

この時、ノゾムはようやく、決意と共に本当の自分を解放した。

そして次の瞬間、彼の意識は暗転し、真っ暗な闇の中へと消えていった。

†

気がつけば、ノゾムは夢で見た湖畔に佇んでいた。彼の眼前には、湖の底にいたはずの黒い巨躯が、身の毛もよだつような憎悪の目で睥睨している。

滅龍王ティアマット。

怨嗟に満ちた咆哮を響かせながら前足を振り上げ、自分を閉じ込めた矮小な人間を踏み潰そうとする。

ノゾムは咄嗟に後ろに跳び、振り下ろされた前足を躱す。

轟音と共にまき散らされる衝撃波も、地面に伏せてやり過ごすが、直後に横に薙ぎ払われた奴の尾が、地面を削りながら、彼の目の前に迫っていた。

躱すこともできず、巨大な尾が直撃し、ノゾムの体を小石のように吹き飛ばす。

「がっあああぁ！」

空中に投げ飛ばされ、激痛で意識が飛び、碌に受け身も取れずに地面に叩きつけられる。

衝撃で意識が戻るが、全身の痛覚が麻痺したのか、何も感じ取れない。

よく見れば、右半身は血に塗れ、折れた骨が体を突き破り、ウニのような有様になっている。

一撃で、ノゾムの体は完全に死に体になった。

全身の感覚が麻痺している中、震える筋肉を酷使して、どうにか立ち上がる。

ズルリと、襤褸雑巾のようになった半身を引き摺りながら立ち会ったノゾムを前に、ティアマットは巨大な口蓋を開き、混沌に染まった極炎を生み出す。

封印世界で偶然出会った時と違い、巨龍は最初からノゾムを殺しに来ていた。

「アアアアアアアアアアアアア！」

雄叫びを上げながら、ノゾムはティアマットに向かって突っ込む！

巨龍と自分の能力差を考えれば時間はかけられない。何より……。

「お前なんか、お呼びじゃないんだよ！」

今のノゾムには、ティアマットなど眼中になかった。

巨大なブレスが、巨龍の口から放たれる。

瞬く間に迫ってきた巨炎を前に、ノゾムは身を捻って躱そうとするが、ボロボロの身体では回避しきれるはずもなく、炎が触れた右半身が消滅した。

それでも構わず、左足で跳躍。後ろで響く爆音と衝撃波を背に受けながら、ティアマットに突っ込むが、跳んだ先には、開かれた巨龍の口があった。

ノゾムが飛び込むと即座に口が閉じられ、鋼鉄の大剣を思わせる牙が、彼の体を引き裂く。

下半身が断ち切られ、頭を半分抉り取られる。

全身を牙に貫かれて、ノゾムの身体は血みどろの肉塊に成り果てた。

だが、精神世界故か、もはや死んでいるはずの怪我を負っても、ノゾムの意識は、蟷螂（かまきり）のように儚（はかな）く、か細いながらも繋がっていた。

全身をグチャグチャにされ、血の紅に染められた視界。その奥に、小さな光が見えた。

黒、赤、青、緑、黄の五色に彩られ、小さいながら絶大な力を有した光球。

その光球を見た瞬間、ノゾムは直感した。これが、ティアマットの力であることを。

その光に手を伸ばし触れようとする。既に体の下半身は喪失し、内臓が垂れ流しになっている。

右腕は喪失し、左腕も牙で抉られ、半ば千切れている。意識は朦朧とし、口からは血が溢れるだけで、呻き声しか出ない。

それでも手を伸ばす。ボロボロになった手が光に触れると光が零れ、ノゾムの視界は再び暗転した。

†

光が収まると、ノゾムの意識はティアマットと対峙（たいじ）した黒い湖畔から、再びシノの小屋の庭に戻っていた。

「ぐうっ！」

全身から力が溢れる。あまりに大きいその力は、ノゾムの精神と肉体を、粗いヤスリにかけるようにガリガリと削っていく。

削られていく精神と肉体に、ノゾムは時間がないことを悟った。

あまりに強大なティアマットの力は、長時間引き出してはいられない。長引けば自分がこの力に食われて死ぬか、最悪彼の体を引き裂いて、ティアマットが復活するだろう。

一方、己の枷を外した弟子を前に、彼の師は嬉しそうに顔を綻ばせている。

ノゾムは今一度、刀を構える。斬られた胸の傷からは未だに血が流れ出ているが、構わなかった。

彼女の全てを受け止める。その意思を固め、ノゾムは再び師と対峙した。

「行きます！」

「来い、馬鹿弟子！」

これまで以上の気を放出しながら、シノもまた刀を構える。

「はあああああ！」

「ぜええええい！」

ノゾムとシノは再び、瞬脚・曲舞を発動し、複雑な曲線を闇夜に描きながら、月の光に剣閃を煌めかせ始める。

刃をぶつけ合う火花が、星のように弾けた。

二人の速さは、もはや一流の戦士たちですら、目では追えない領域に到達していた。

互いに絡みつくように打ち合う光景は、先ほどと変わらない。だが、その優劣は明らかに違っていた。

ノゾムの放つ一撃はシノの腕を痺れさせ、彼女の斬撃は逆にノゾムに防がれ、弾き返される。

技量こそシノに分があるものの、能力抑圧を解いたことで解放された能力と、龍殺しとなったことで得た力は、明らかに彼女を上回っていた。

徐々に劣勢に立たされていくシノ。その口から思わず愚痴が出る。

「クッ、もう少し女子に優しくせんか、この馬鹿弟子！」

「何言ってるんですか、少なくとも自分の前に優しくしなければいけないか弱い女の子はいません！いい加減自分の歳と力量を考えてください！」

「女子は何歳になっても女子じゃ！　女心の分からぬ奴め、それだから恋人に見捨てられるのじゃよ、このヘタレが！」

「なっ、なんてこと言うんですか！　こんな森の奥に隠れていた引き籠りに言われたくありませんよ！　ヘタレ具合ならそっちも大概でしょう、この世間知らず！」

「いっ、言うに事欠いて何ということを！　師匠に対して何という言い草じゃ！　そこへ直れ！　その根性叩き直してくれるわ！」

「上等だ！　いい加減あんたの癇癪には辟易(へきえき)していたんだ！　ちょっとした冗談で気術をぶち込みやがって！　何回死にかけたと思ってるんだ！」

「ちゃんと死なないように手加減したわ！　三途(さんず)の川からギリギリ帰れるくらいにな！」

「そういう問題じゃねえぇぇぇ！　なんでツッコミだけで死にかけなきゃならないんだ！」

「いちいち細かいこと気にするな！　帰ってこられたのじゃからいいじゃろう！」

「良くないわ！」

侃々諤々と、お互い碌でもないことを口走りながら刀をぶつけ合う。極めて高度な技の応酬と極めてくだらない舌戦が同時に展開されていた。

「せええええい！」

「ふっ！」

渾身の一太刀を弾き返され、シノの表情が悔しさに歪む。

「ちぃ、このままでは坊主を粛清できん！」

「ちょ、今粛清って言った！　殺す気かこの婆さん！」

「当たり前じゃ、初めにそう言ったろうが！　乙女の心の傷を抉った罪、地獄で反省するがよいわ！」

シノが両手を腰だめにして気を圧縮する。彼女が両手を突き出すと、圧縮した気が一気に前方に解放された。

気術・震砲。

圧縮した気を一方向に解放して、相手を吹き飛ばす気術である。

震砲で吹き飛ばされたノゾムにシノは追撃をかける。

「くたばれ、乙女の敵！」

乙女とはほど遠いドスの利いた口調で、シノは準備していた技を放つ。

気術・幻無。

極圧縮された気がノゾムに向かって放たれるが、彼は既に迎撃の体勢を整えていた。

「それはこっちのセリフだ詐欺師！　年齢詐称と暴力は犯罪だ！」

放たれるのは、同じ気術・幻無。二人の技は互いの中間で激突し、相殺し合う。

ノゾムが先ほどシノが行ったように、幻無を幻無で相殺することを可能としたのは、極限の集中力。

今この瞬間、ノゾムは急激な成長を始めていた。

元々素養はあった。シノの刀術を二年足らずで身につけることができたこと、彼女が施した地獄のような鍛錬を、理由はどうあれ乗り越えてきたこと。

そして、ティアマットとシノ。この世界でもまず戦うことのない、絶対的な強者との戦い。

何より『自らの鎖を己の意思で破ったこと』が、彼に急激な成長を促し、技量もシノと同格の領域まで、一気に進化させていた。

周囲に舞い散った気の残滓を突っ切りながら、二人は今一度、己が刀に極限の気刃を生み出す。

「師匠の偉大さを思い知れ！」

「下剋上だ、天然犯罪者！」

刀が届く間合いの中で、再度気術・幻無が放たれる。

極圧縮された気を帯びた返しの刃が激突し、周囲に再び気と火花の花を咲かせる。

ノゾムとシノは、舞い散る火花の中で、さらに次の技を繋ぐ。

返しの刃の勢いを利用し体を回転させる。納刀しつつ鞘尻を相手に向け、納刀と同時に叩きつける。

気術・破振打ち。

相手の体に気と衝撃波を同時に打ち込み、体内を破壊する内部破壊技。まともに食らえば、どんな硬い鎧を纏おうとも、内臓をグチャグチャにされてしまう、極めて致死性の高い気術だ。

ドン！　と腹に響くような衝撃波が走り、互いの間合いが僅かに離れる。

自分の技が相殺された反動を手に感じながら、二人は身を翻し、刀を持っていない方の手に気を送り込む。

その量は、今までの気術とは比較にならないほど、膨大な気が込められていた。

多量の気を送り込んだ拳を、互いに地面に叩きつける。すると二人の間の地面が爆発し、光の柱が噴出した。

気術・滅光衝。

地面に打ち込んだ気を敵の足元で解放し、相手を空中に打ち上げ、気による光の奔流で滅する気術。

彼らの持つ技の中では、最大の効果範囲と高い殲滅力を誇る気術は、地面の中を突き進んで激突。

そのまま火山から噴き出す溶岩のように、地上へ押し出されたのだ。

「まだまだじゃ！」

「当たり前だ！」

極大ともいえる気術を放ち終わっても、二人は手を止めない。互いに納刀状態のまま相手に突っ込み、四肢を使って、格闘戦を繰り広げる。

拳、脚、肘、体のあらゆる部位を使い、まるで舞うように相手に打撃を打ち込む。その型は鏡合わせのように瓜二つ。

やがて、舞うように拳打を放つ二人の周囲に、奇妙な変化が表れ始める。光の粒が舞い上がり、螺旋を描きながらノゾムとシノに集まり始めたのだ。

光の粒は、周囲に漂っている魔素と呼ばれる、魔力の欠片。

儀式体術・輪廻回天。

儀式魔法と呼ばれる魔法がある。その名の通り、儀式により、外界の魔素に干渉することで発動する魔法だ。

カスケル・マティアートが魔法の授業で言ったように、儀式魔法の起源は神々や精霊に祈りや供物を奉納する神事である。

そして、その神事において舞もまた、祈りと同じく奉納されていたものだ。

これを利用し、『舞』と『武』を融合して作られたのが儀式体術。

ある型で相手を攻撃しながらそれを『舞』として奉納し、儀式を成立させ、周囲の魔素に干渉。儀式魔法を展開する。

この『輪廻回天』は周囲の魔素を吸収し、身体強化を重ねがけしていくもので、舞えば舞うほど威力が跳ね上がっていく。

だが、何よりも驚愕するのが、気術と魔法という、本来なら反発する技術を併用していること。

魔法の制御力は、術者の精神と術式に左右される。そして、輪廻回転の術式とは、すなわち舞そのもの。

ノゾムは元々、魔法の素養に乏しく、本来なら気術と魔法の併用など絶対にできない。

しかし、研鑽による卓越した気の制御力、そして安定した精神と完璧な舞がもたらす魔力制御の相乗効果は、今この瞬間、二人に魔法と気術の併用という、超高等技巧すらも可能とさせる。

そして、魔法による身体強化を重ねがけされた二人の激突は、やがて衝撃波で周囲の木々を震えさせるほどにまで強化されていく。

舞は途切れることなく続き、周囲にはその舞を称えるように、魔素の光が集っていった。眩いばかりの魔力が、二人に集う。

だが、目も眩むような魔力光に反して、シノの視界は急激にその色と光を失っていった。

(ああ、これは、もう終わりが近いのう……)

桁外れに強くなったノゾムに対抗するには、シノもまた己の全てを使い、積み上げてきた技を駆使して、限界を振り切らなければならなかった。

それでもどうにか互角が手一杯。

限界を超えた気の喪失は、睡死病を一気に進行させた。気の回復量と喪失量は逆転し、あと僅かな時間で完全に枯渇するだろう。

(まあ…………いいかの)

元々死が確定していた手前、その時間が多少早まったに過ぎないと他人事のように考えながら、彼女は自分の最後の弟子を見つめる。

(強くなった。本当にこの子は強くなった。楔を解き放ったこの子に勝てる者は、もはや大陸でも数人だろう)

その者達ですら場合によっては打倒してしまうかもしれないと、シノはノゾムの成長を心から喜んだ。

それ以上に、こんな婆の最後の頼みのために、あの巨龍の力を向き合ってくれた事実が胸を突いた。

小さな人間など、容易く押し潰してしまうほど強大な力。普通なら、その力に飲まれ、恐怖で発狂するだろう。それでも、恐怖を押し殺して、前に進んでくれた。

（これが最後になるけれど……ありがとう。ノゾム）

全てを失い、空っぽだった彼女に、最後に残されたもの。最愛の愛弟子を想いながら、彼女は最後の刹那へと踏み込んだ。

†

舞はついに終わりを迎えた。限界まで強化されたノゾムとシノの蹴撃が激突する。

衝撃波で周囲の地面は捲(めく)れ上がり、吹き飛ばされる。

木々は大きくしなり、ギシギシと悲鳴を上げていた。

激突した時の衝撃を再利用し、二人は独楽(こま)のように体を回転させる。

ノゾムの目に、自らと同じように納めた刀を腰だめに構えるシノの姿が映る。

玉のような汗を舞い散らせ、血の気を失った顔で、膨大な気を放出させている。

それは間違いなく、師の最後の一撃を示唆していた。

「師、匠……」

ともすれば破裂してしまいそうな力に、ノゾムは歯を食いしばって耐える。もう長くは解放していられない。理性は削られ、強すぎる力に体はガタガタだった。

最後の一撃を前に、ノゾムの脳裏に、彼女と出会ってからのことが過る。

森での偶然の出会いと地獄のような鍛錬。

自分が目を逸らしていた事実を、突きつけ、乗り越えられるように鼓舞してくれたこと。

そして、「おかえり」と言ってくれたこと。

彼女がいる所は、ノゾムにとって、間違いなく『帰れる場所』だった。

それはもうすぐ消える。

その事実はとても悲しく、胸が痛みで張り裂けそうになる。

だが、引き返すことはできない。ならば、無様な姿は見せられないと、ノゾムは哀(かな)しみを置き去りにする。

(最後になってしまいますが、ありがとうございました。師匠……)

気を全開にし、刀と全身に巡らせて踏み込む。

同時に気を踏み込んだ足に集約させ、極強化。踏み込んだ足から膝、腰、肩と、流れるように動く筋肉に寸分の狂いもなく、極強化を連動させる。

極限の気刃を付した刃を、己の最速で放つだけの技。只々己の全ての想いを込めた一太刀。

幻無・閃。

月夜の庭に一瞬の閃光が煌めき、交差した刃。涼やかな鈴にも似た音が響き、静寂が戻る。

刀を振り抜いた姿のまま、彫像のように佇むノゾムとシノ。

ノゾムの刀は柄しか残されていなかった。

抜き放たれた二本の刀が激突した瞬間。彼の刀は砕け散っていた。

シノの斬撃もまた、ノゾムの一太刀に完全に競り負け、彼女の刀は遠くに吹き飛ばされている。

直後、シノの体がその場に崩れ落ちた。

「師匠！」

ノゾムはシノに駆け寄り、彼女を抱き抱える。青白くなっていた彼女の顔は、もはや真っ白に変わり、その体はまるで氷を抱いているかのように冷たかった。

「ノゾム、強くなったねぇ。もう刀で教えられることはなさそうだ……」

「師匠……」

もはや震えることしかできなくなった唇で、シノは最後の言葉を紡いでいる。

彼女がここで死ぬという事実が、強烈な現実となってノゾムの胸に突き刺さった。

思い出したかのように目頭が熱くなり、ノゾムは涙を抑えきれなくなっていく。

「嬉しかったよ。こんな婆の最後の頼みを受け入れてくれて。……………儂の想いを、汲んでくれて」

哀しみに顔を歪め、瞳一杯に涙を湛えるノゾム。

抑えきれなかった涙が、頬を伝い、シノの青白くなった顔に滴り落ちる。

頬に落ちる熱い涙の感触に、シノは優しく微笑んだ。

「ノゾムこれだけは覚えといておくれ。逃げてもええ。立ち止まってもええ。でも『逃げた事実と、立ち止まっている現実』からは目を逸らさないでおくれ。もしそれを忘れれば、儂のように囚われ、本当に進めなくなってしまう」

もはや、目も見えないのだろう。彼女の視線は空中を泳ぎ、擦れるような声も、徐々に小さく、聴き取れなくなっていく。

「たとえ逃げても、たとえ立ち止まっても、それを忘れなければ、どんな形にしろ、いつか前へ進めるはずじゃから……」

「ッ、はい。師匠」

シノはノゾムの言葉を聞くと、安心したように息を吐いた。

彼女に残されていた最後の命が、消えていく。

「よかった、これで満足じゃ」

シノが月を見上げる。彼女に釣られて、ノゾムも空に視線を上げる。

静かな、見守ってくれるような、優しい光を湛えていた。

「ノゾム、疲れたから少し……寝るわい。…………いつかまたの」

「……はい師匠。お休みなさい」

彼女は満足し、ゆっくりと目を閉じ、深い、深い眠りについた。

もう覚めることのない、深い眠りへ。

後に残ったのは、声を押し殺してすすり泣く、誰かの声だけだった。

✝

次の朝、ノゾムはシノを埋葬した。

彼女が長年過ごした小屋の横に墓を建て、花を添える。彼の腰には、形見となってしまったシノの刀が差してある。

師の墓の前で、ノゾムは思う。

今まだ自分は立ち止まっていると。リサのこと、学園のこと。自分自身のこと。

また逃げてしまうかもしれない。立ち止まったままかもしれない。

でも、逃げた事実そのものから目を背けるのは、もう終わりにしようと。

師の教えと形見の刀、そして新たな決意の萌芽(ほうが)を胸に、ノゾムは師の墓を背にして歩み出す。

闇夜が終わり、昇る朝日が、彼の向かう先を照らしていた。

第五章　遺志を胸に

北方の地。永久凍土にほど近いこの地では、春になっても雪が降り、常に強風に晒(さら)される。

激しく吹く風は嵐となり、あらゆるものを凍らせていく、

長く氷に閉ざされるこの地では、土が顔を覗(のぞ)かせるのは夏のみで、本来なら人が住むには適さぬ土地である。

だが、あえてこのような場所に居を構える者達もいる。

それは、外なる者達。

様々な理由で弾(はじ)かれ、迫害された種族達だ。

そんな者達が住まう国が、この北方の地にはあった。

ディザード皇国。

大陸のどの国とも国交を持たない、孤立した国。

そんな皇国の領地の一つに、張りついた無数の氷柱で化粧をされた城が、ぽつんと立っていた。

氷に閉ざされた城の一画。冷たく、がらんとした人気のない城の廊下を、片眼鏡をかけた一人の老紳士が歩いていく。

彼が向かう先には、一際大きな扉が聳(そび)え立っていた。

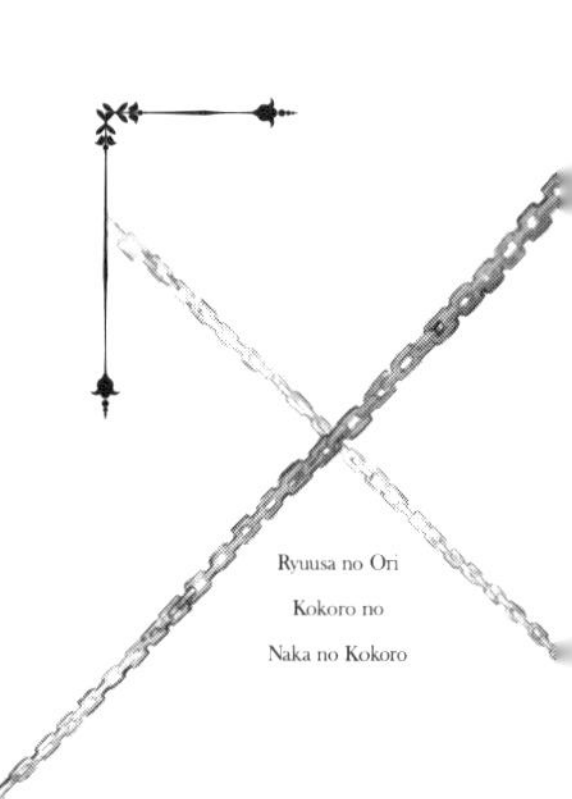

老紳士は人一人が開けるには些か巨大すぎる扉をゆっくりと開けると、深々と頭を下げる。

「ご主人様、ルガトでございます。お耳に入れたいことが……」

「ああ、何だ」

彼が頭を下げた先には、不気味な雰囲気を醸し出す玉座がある。

老紳士に対して背を向ける形で置かれている玉座には、どのような人物が座っているのかは見えない。

だが、ルガトと名乗った老紳士に対する返事には、聞く者全てを魅了するような蠱惑的な色気と、この城を包む吹雪のような冷たさが同居していた。

「先代様が結んだ契約の履行期間が迫っております」

「ああ、父上が行った契約か。どんなものだ？」

「南の国にある、とある大家との契約です。力を貸すために渡した品の回収時期が迫っております。いかがいたしますか？」

白く、しなやかな腕が、玉座の端から覗く。

その手には、赤い液体に満たされた、ワイングラスが掲げられていた。

「お前に任せる。手早く済ませろ。障害が出た時は排除しても構わん」

ユラユラとワイグラスを揺らして、注がれた液体を弄びながらも、その声色にはルガトの話への興味は一切感じられない。

回収する品がどんな物かも確認しない様が、この老紳士の主の不精さを物語っていた。

「よろしいのですか？　我が国の状態を考えれば……」

「構わん。我らが皇は多少困るかもしれんが、問題ない。意向には逆らってはいないからな。それに、近々ゲリュヌス家の者が来るそうだ。早々に歓迎の準備をしておかなければならんだろう？」

言葉の裏に、早く行けという主の意志を感じ取ったルガトは、それ以上主に何かを提言することはなく、胸に手を当てて深々と頭を下げる。

「承りました。すぐに回収に参ります」

「ああ、そうしろ」

クイ、クイと退室を促す主に、老紳士は何も言わずに背を向け、主の居室を後にした。

後ろ手に扉を閉めると、ゆっくりと老紳士の体が黒い影となってぼやけ始める。

やがて黒い影は四方に弾けた。

飛び散った無数の影の欠片(かけら)は蝙蝠(こうもり)の群れとなって廊下を飛び回りながら、キイキイと耳障りな鳴き声を上げる。

やがて無数の蝙蝠達は手近な窓から外に飛び出すと吹雪の中を空の彼方へと消えていった。

✝

シノとの別れから一週間。ノゾムは負傷による影響で、追試を三科目も受けることになってしまったが、何とか学年末試験を乗り越え、三学年に進級していた。

アルカザムに来てから、三年目の年が始まる。

学園の正門まで、ノゾムはリサのことや師との別離など色々なことを思い返していた。

また逃げてしまうかもしれない、立ち止まったままかもしれない。

でも『逃げたという事実』そのものから目を背けるのは、もう終わりだと。

師の教えと、新たな決意を胸に、彼はソルミナティ学園の門を潜る。

「しかし、よく進級できたな」

相も変わらず、胸元に居座る黒の名札をピン、と指で叩きながら、ノゾムは今一度、追試験の結果を思い返す。

追試科目数は間違いなく学園史上最多であり、ノゾムのクラスは再び最下位の十階級。進学時の成績順も、ぶっちぎりの最下位だった。

怪我の影響で追試も含め、実技が壊滅的だったために、筆記試験を必死に解いた上でのお情けの進級である。

当然、これから行くクラスでも、落ちこぼれ扱いされることが予想できる。

とはいえ、今のノゾムは、落ちこぼれ扱いされることに悲嘆することはなく、むしろ少し安堵しているくらいだった。

（でも、今はまだこのままの方がいいかもな。あの龍殺しの力は、今の俺が扱うには強すぎる）

シノとの戦いで行った、能力抑圧の解放。

解放された力はノゾムの能力を劇的に高めるが、強すぎる力はあらゆる技を強化しすぎてしまい、元々殺傷力の高い気術は元より、ただの拳打でさえ、学園の模擬戦で使えるものではなくなっていた。

「殴っただけで岩が粉微塵だもんな、とても使えないよ。それに、アイツのこともある……」

ノゾムはシノとの戦いの後、何度か森の奥で自らの枷を外し、その力の検証を行っていた。

だが、彼の内にいるティアマットは、抑圧を解く度にノゾムの体の中で暴れ回り、内側から食い破ろうとしていた。

師との戦いで己の逃避と向き合えたからか、それとも精神世界で一部とはいえティアマットの力を取り込むことに成功したおかげか、すぐさま食われることはない。

それでも、長くて二分。それが、実際に解放した際の感覚だった。

その二分間も、ノゾムが必死に抑え込んでの時間である。もし、後先考えずに力を行使したら、十数秒で精神が力に潰されるか、肉体が崩壊する確信があった。

「とにかく、これからどうするか、考えていかなきゃ」

リサとは進級後、顔を会わせる機会を得られていない。

元々階級が違うこともあるし、ノゾムも多忙な学年末に、あまりに多くの出来事がありすぎた。

だが、もし顔を合わせれば、彼女は以前のように無視するか、敵意をぶつけてくることは容易に想像できる。

その時の光景を想像すると、ノゾムの胸の奥に何とも言えない、嫌な気持ちが湧き起こってくる。

(また、逃げたいって、思っているな。俺……)

未だに、拒絶される恐怖を抱えているノゾム。

だが、今の彼は逃げたがる自分の気持ちを、しっかりと自覚できるようになっていた。

シノが命を賭(と)して彼に伝えたことは彼の中で確かに小さな芽を出し、根を張り始めている。

ノゾムが三学年十階級の教室の扉を開くと、彼の姿を確かめたクラスメート達が、これ見よがしに嫌な表情を浮かべる。

「なんだアイツ、まだいたのかよ」「アイツのせいで俺達までアレと同レベル扱いだもんな、いい加減にしてくれよ」「まったくだ、アイツ三科目も追試受けてんだぜ、いい加減自分の器、考えろってんだ」

浴びせられる嘲笑の言葉。努力しても報われなかった閉塞感故に、他者を傷つけたくなる心理に囁かれながら、彼らは侮蔑と嫌悪の視線を向けてくる。

その胸の奥に抱えた、劣等感から目を背けながら。

ノゾムは彼らの言葉と視線を無視して、自分に宛がわれた席に向かう。

彼が一年間使うはずの真新しい机は、既に幾つかの切り傷がつけられていた。

ノゾムは、今一度、侮蔑の視線を向けてくるクラスメート達に目を向ける。その瞳には、以前にはなかった強い光が宿っていた。

ノゾムの強い眼差しに、クラスメート達が驚いたように目を見開く。

その時、教室の扉がガラリと開いた。

「皆さん、おはようございます～」

入ってきたのは、二学年時にクラス担任補佐を担当していた、アンリ・ヴァールだった。

相も変わらず、春の日差しのようにポカポカした陽気を振り撒く彼女に、教室の誰もが毒気を抜かれたかのように呆けている。

「カスケル先生が五階級の担任になりましたので～、三学年からは私が十階級の担任になりました～。皆さん、一年間よろしくお願いしますね～」

教師としては新人のアンリだが、今年から十階級とはいえ、新たに担任を任せられたらしい。

「ほらほら、出席を取るから、皆席について～」

ぽやぽやした彼女の言葉に、各々が戸惑いながらも席に戻る。

「さて～、改めて自己紹介しますね～。今日から一緒に皆と頑張っていくことになりました、アンリ・ヴァールです、よろしくね～」

朗らかな口調で自己紹介をするアンリだが、十階級の生徒達の反応は薄い。

当然だ。彼らはより上を目指して学年末試験に臨んだにもかかわらず、最下位級になってしまった生徒達だからだ。

自分達が必死になって努力していただけに、その落胆はとても大きい。

だがアンリは、落胆に沈む自分の生徒達を前にしても、慈愛に満ちた笑みを崩さない。

「皆は十階級。確かに、学年では一番下だけど、気にする必要はないと思っています～。だって、私もそうだったから～」

下を向く生徒達に、アンリは語りかける。自分もまた、かつてはこの学園の生徒であり、十階級の生徒だったと。

「ここにいる皆は、他のクラスの生徒にも負けない輝きを、誰もが才能を持っているわ～。ただ、その使い方を知らないだけよ～。大事なのは他の人じゃなくて、今の自分自身をもっと知ること、挑戦し続けること……」

アンリの視線が、チラリとノゾムに向けられる。その意味深な視線に、ノゾムは首を傾げた。

一方、元気そうなノゾムの様子にアンリは笑みを浮かべると、手に持っていた出席簿を開く。

「それじゃあ、新しい一年を始めよっか～！　出席番号一番、アルトン・サハーグ君！」

「は、はい！」

自分がこれから一年間受け持つ生徒達の顔を、アンリは一人一人確かめていく。

今まで屑石（くずいし）と蔑まれてきた十階級の生徒達。

以前担任だったカスケルとは真逆のアンリの言葉と態度に戸惑いながらも、名前を呼ばれて答える生徒達の声には、二年間漂っていた陰鬱な気配が薄まっていた。

✝

アンリがハキハキした声で出席を取る中、一番後ろの席に陣取ったマルスは、前方の席に座るノゾムの背中を、ジッと見つめていた。

本来なら上位の階級にいるはずのマルスだが、やはり授業態度などに問題ありとされ、進級を許されても、再び十階級となってしまっていた。

だが、彼としてはそのことは気にしていない。頭を占めるのは、視線の先にいる一人の男子生徒。

その眼には蔑みの色はなく、何かを確かめ、見極めるような真剣さがある。

(どうしてアイツがこの最下位クラスにいる。アイツの実力なら、もっと上のクラスにいるはずだ)

二学年末での模擬戦を思い出しながら、マルスは口元に手を当てる。

自らが敗北していたと、認めざるを得なかった戦い。冷静さを奪われ、裏をかかれた。

実際の戦場なら、確実に殺されていた結果にマルスは当惑すると同時に、ノゾムが積み上げてきた努力と実力を見抜けなかった自分に、酷（ひど）く怒りを覚えた。

だが、一時的な激高が治まれば、次に込み上げてくるのは、ノゾムに対する強い興味だった。

（学年末試験の時、アイツは怪我をしていた。話じゃ荷物を運んでいる時に階段でコケたらしいが、アイツに限って絶対にありえねぇ……）

ノゾムの驚異的な体幹制御とバランス感覚を知っているマルスは、ノゾムが階段で転げ落ちた程度では、大した怪我は負わないと確信している。

模擬剣とはいえ、気術で強化したマルスの剣戟で吹き飛ばされても、彼は大した傷は負わなかったし、翌日の授業は普通に受けていたからだ。

そんなノゾムが、学年末試験なんて最も大事な試験の前に、支障が出るほどの怪我を負った。

その事実に、マルスはノゾムには何か秘密があると確信していた。

✝

三学年初日は、午前中は一年間に学ぶ内容の確認や、各種の試験、校内行事等の確認が主だったが、午後にもなれば普通の授業が再開される。

「は〜〜い。それでは午後の授業を始めま〜す」

アンリの間延びした声が、訓練場に響き渡る。

三学年十階級初回の授業は、総合戦闘術だった。

この授業は一対一の模擬戦とは違い、パーティーを組んで戦闘を行うので、個人戦闘能力だけでなく、チームワークが重要なカギとなる。

そもそも、単体で強力な力を持つ魔獣に対して、単独で戦うことはベテランの騎士でも危険である。

また、大きな怪我一つで引退になりかねない冒険者達もリスク管理の観点から、数人から十数人のパーティーを組むのが常道であり、強力な魔獣の討伐時には、臨時に他のパーティー同士が組む時もある。

そのため今学園では複数のパーティーでの戦闘を通じ、それぞれの役割と様々な状況に対応できるような判断力を育成するため、団体戦などの授業も多く取り入れているのだ。

その割合は上位の学年になるにつれて高くなり、三学年ともなれば、ほとんどの実技が団体戦になる。

アンリの呼びかけに従い、クラスメート達がそれぞれパーティーを組み始める。

だが、他のクラスメート達がパーティーを組む中、ノゾムは一人、ポツンと誰とも組めずに孤立してしまっていた。

既に組んだパーティーに声をかけようとしても、無視される。ノゾムは困ったというように、頬を掻いた。

(分かってはいたけど、どうするかな……)

この授業は複数で組まなければ意味がない。カスケルが担任であった二学年時も団体戦は時折あったが、誰とも組めないノゾムは要らないとされ、訓練場の端に放置されることが常だった。

結果、ノゾムは団体戦の授業の際は、訓練場の端で邪魔にならないように、素振りをしているくらいしかできなかった。

(とはいえ、去年と同じ状態に甘んじるのはダメだ。誰か組んでくれる人を見つけないと)

逃避に逃避を重ねていた過去と違い、今のノゾムは現状を何とかしようと考える意識はある。

だが、ノゾムの願いとは裏腹に、誰もがノゾムが自分達のパーティーに入ることを拒否してきた。

このままでは授業そのものが成り立たない。せっかくの時間が、ノゾムにとっては意味のないものになってしまう。

その時、予想外の人物が、ノゾムに話しかけてきた。

「おい、お前。組む奴いないなら、俺達と組むか？」

なんと、十階級の中で一番の問題児であるマルスが、ノゾムに組まないかと誘ってきたのだ。

彼の取り巻きが驚きの表情を浮かべ、クラスメート達がざわめく。

「お、おいマルス、本気かよ！」「なんでわざわざ役立たずを入れるんだ？」

マルスの取り巻き達が、信じられないといった様子で、マルスに詰め寄っている。

当然の反応だろう。マルスはクラスの中でも、特にノゾムに突っかかっていた生徒なのだ。

候補からは真っ先に除外されるし、ノゾム自身も組んでくれるとは思えなかったから、マルス達には話しかけていなかった。

一方、マルスは文句を言ってくる取り巻き達や、周囲の喧騒(けんそう)には一切取り合わず、ただノゾムをジッと見つめていた。

ノゾムもまた、マルスの意味深な視線を訝(いぶか)しんでいたが、選択の余地はない。

「………………分かった。入るよ」

「よし」

こうして、ノゾムとマルス、そして取り巻き達という、このクラスでは最もありえないパーティーが完成した。

「皆、パーティーは組めたね～。それじゃ、始め！」

アンリの気の抜けた開始の合図で、模擬戦が開始される。

ノゾムとマルス達のパーティーは全部で四人。

マルスの取り巻きの二人は一人が弓使い、もう一人が魔法を使う術師である。

ノゾム達の相手も同じく、合計四人のパーティーだ。剣士の男子生徒が二人、槍使いの男子生徒が一人、短刀を二本持った女子生徒が一人である。

模擬戦開始の合図と共に、まず相手の剣士と槍使いが自身に強化魔法をかけて、マルスに斬りかかる。

前衛二人、後衛二人の構成であるノゾム達のパーティーの中で、一番の実力者と認定しているマルスを抑えるつもりなのだろう。

「ふん！」

マルスは大剣を引き抜くと、正面から二人の攻撃を受け止めた。

金属が激突する甲高い音が鳴り響き、強化魔法によって威力が引き上げられた強撃がマルスを襲う。

だが、気術で身体強化をかけた彼は、有り余る膂力を存分に発揮し、一歩も引くことなく、逆に相手を押し返そうとする。

「ふっ！」

マルスが相手前衛の攻撃を受け止めている間に、ノゾムが攻勢に出る。

マルスと組み合い、動きの止まった二人に攻撃しようと回り込む。

だが、間合いに入る前に、彼の眼前を一陣の風が吹き抜けた。

「むっ……」

ノゾムの目の前を通過したのは、風の刃の一太刀。ノゾムが風の刃が襲ってきた方に目を向ければ、短刀使いの女子生徒が魔法を詠唱している。

「我が意に従い、顕現せよ、風の太刀！」

再び発動した風の刃がノゾムに襲いかかり、彼とマルスを分断する。どうやら相手はマルスとノゾム達を引き離して各個撃破するつもりらしい。

確かにこのパーティーで一番戦闘能力が高いのがマルスであることを考えれば、彼を引き離すことは戦略上必要だろう。

そして、引き離されたノゾムの側面から、もう一人の剣士が斬りかかってきた。

その体からは魔力の燐光を立ち上らせており、この男子生徒も、自身に強化魔法を使っていることが分かる。

「もらった！」

ノゾムはすぐさま抜刀。刀と体を柔らかく使い、相手の斬撃を受け流す。

学年末試験の時はシノとの戦いの怪我もあって本調子でなかったが、傷もきちんと癒えた今、ノゾムの体は彼の思う通りに動いてくれる。

「うわ！」

勢いよく突進してきたために、相手の剣士はノゾムに斬撃を受け流されたことで体勢を大きく崩す。

相手の突進を捌いたノゾムはそのまま、がら空きになった相手の脇腹に回し蹴りを放とうとする。

だが、ノゾムの足撃が相手を捉える直前、突然後ろから火の玉が突っ込んできて爆発した。

「なっ、ぐぅう！」

飛んできたのは、初級魔法に分類される炎弾。形成した火の玉を射出する汎用な魔法だ。

だが、今飛んできた炎弾にはそれなりに魔力が込められていたのか、至近距離で炸裂した衝撃で、ノゾムは吹き飛ばされてしまう。

「くそ、一体誰が……」

吹き飛ばされた衝撃を受け身でいなして立ち上がると、彼の目にマルスの取り巻き達が飛び込んでくる。

「おいおい、いいのかよ。アイツも巻き込んじまって」

「別にいいだろ。あんな使えない奴、囮(おとり)くらいにしかならないって」

火の玉を撃ってきたのは、なんとマルスの取り巻き達だった。

彼らにとってノゾムは文字通り囮くらいしか価値はなく、自分達の攻撃に巻き込んだとしても、何の痛痒(つうよう)も感じないのだ。

「アイツら……」

「てええええい！」

ノゾムは起き上がるが、吹き飛ばされている間に体勢を整えた相手パーティーの剣士が、背後から斬りかかってきた。

「ちぃ！」

振り向きざまに刀を薙(な)ぎ払い、上段から振り下ろされた剣の側面を叩いて弾き返すが、相手剣士の背後から、さらに短刀使いの女子生徒も斬りかかってきていた。

二本の刃が攻勢に加わり防戦一方になるが、ノゾムは振り下ろされる長剣と短刀を受け流しながら常に体を入れ替え、同時に攻撃を受けないように移動を繰り返す。

さらに回避に徹するノゾムの背後からは、容赦のないフレンドリーファイアが飛んできていた。

「そら!」

「ハハハ! いい的だな!」

魔法だけでなく、弓による攻撃も加わり、いよいよ手に負えなくなってきた。

たとえ初級魔法でも、至近距離で爆発されれば、衝撃と熱でどうしても動きは鈍る。

さらに魔法の間隙を縫うように放たれる矢が、ノゾム達に襲いかかる。

取り巻き二人の攻撃は、遠距離攻撃という意味では相性がよく、互いの長所が上手く絡み合い、攻撃における欠点である魔法の詠唱時間と次の矢を番えるまでの隙を上手く消していた。

ただし、その連携攻撃にノゾムを巻き込むことに躊躇いがない。

取り巻き達はもはや模擬戦よりも、ノゾムを甚振ることを楽しんでいる様子だった。

「そうかよ……なら!」

ノゾムは取り巻き二人を敵と判断。全身に気を巡らせ、相手をしている剣士と短刀使いを牽制するように、思いっきり刀を薙ぎ払う。

「うわ!」

「くっ!」

大振りの横薙ぎに、相手をしていた二人が思わず距離を取る。その隙に、ノゾムは刀を薙ぎ払った勢いを利用して振り向くと、瞬脚を発動。取り巻き達めがけて一気に加速した。

「なっ！」

取り巻きの術師が慌てた様子で、待機させていた炎弾を発射した。

高速で飛翔する炎の玉が、ノゾムの眼前に迫る。

「ふっ！」

その炎弾を、ノゾムは正面から一太刀で斬り裂いた。

真っ二つに分けられ、術式が崩壊した炎が、幻のように掻き消えていく。

「この、底辺野郎が！」

もう一人の取り巻きが矢を放つが、素早く矢の軌道に重ねたノゾムの刀に弾き返される。

「わ、うわ……」

狼狽える二人に、ノゾムは容赦なく刀を振るい、二人の得物を弾き飛ばすと、腹に拳を叩き込んだ。

悶絶する二人を尻目に、ノゾムは再び反転。追撃してきた相手パーティーの剣士と短刀使いを迎撃しようとする。

しかし、ノゾムが刃を返した直後、左側面から、強烈な寒気が襲いかかってきた。

「っ！」

背筋を這う悪寒に急かされるように、ノゾムは瞬脚を使い、全力で離脱する。

直後、ノゾムの視界に、大剣を振り上げながら突進してくるマルスの姿が映った。

彼の相手をしていた相手パーティーの二人は、既に倒されたのか、地面に横たわっている。

「げっ！」「ま、まず……」

ノゾムと違い、相手パーティーの剣士と短刀使いは反応が遅れた。

大剣に風の刃を纏わせたマルスが、全力で剣を横薙ぎに振るう。

強化された膂力と風の刃によって、マルスの前方が扇状に薙ぎ払われ、相手パーティーの残りの二人は吹き飛ばされて戦闘不能になった。

一方、ノゾムとマルスはお互い無言で睨み合う。

先の一撃はノゾムが瞬脚で離脱しなかったら、間違いなく巻き込まれていた。

明らかにノゾムごと薙ぎ払うつもりだったマルスや、迷いなくフレンドリーファイアをしてくる取り巻き達に、ノゾムの顔に怒りの感情が浮かぶ。

眉を顰め、マルスを正面から睨みつけるノゾムに、どうにか呼吸を整えたマルスの取り巻き達も、ブルリと肩を震わせている。ノゾムの怒気に、圧倒されているのだ。

今までノゾムは学園では全てから目を背けていた。以前の彼ならすぐさま目を逸らし、自分の内に引き籠っていただろう。

ノゾム本人はそんな自分の変化に気づいてはいなかったが、彼の怒気を正面から受けたマルスの取り巻き達は、明らかに変わった彼の姿に、戸惑いと恐れを抱いていた。

一方、怒りに震えていたノゾムだが、いつもと違うマルスの様子に、やがて心の中で疑問の方が大きく膨らんでくる。

ノゾムごと薙ぎ払ったマルスだが、その眼には、今までノゾムに向けていた蔑みの色が見えない。

（一体どういうつもりなんだ？）

三学年になってから唐突に変わったマルスの態度。しかし、見つめてくるマルスの口が開くことはなかった。

そうこうしている間に、授業は終了し、解散となる。

脳裏に浮かぶ疑問に首を傾げつつも、ノゾムは訓練場を後にする。

ちなみに、ノゾムにソレンドリーファイアを行った取り巻き達は鬼の形相を浮かべたアンリに連れていかれ、そのまま訓練場の端でお説教をもらい、訓練場の後片づけを命じられた。

†

授業が終わった後、学校の廊下を歩きながら、マルスはノゾムの様子について考えていた。

「アイツ……変わったな」

思い出すのは巻き込むのも厭わず攻撃した自分を睨みつけてきたノゾムの姿。以前の彼ならそんなことはせず、ただ俯いて背を向けていただろう。

この僅かな間に、彼に一体何があったのか、マルスには分からない。

「しかし、アイツはどんな訓練してたんだ?」

とりあえず答えの出ない疑問を横に置き、マルスは先ほどの模擬戦を思い出す。

努めて無表情を貫いていたマルスだが、実のところ、実質一対四だったノゾムの動きに感嘆の念を抱いていた。

相手の死角に動きながら、かつ常に一対一になるように無駄なく動き回り、味方のフレンドリーファイアにも動揺せず、即座に敵と判断して行動する。

しかも、その状況でマルスの不意の急襲を察知し、即座に回避に動いた。

マルスは確信している。ノゾムのように抑圧された状態で、四人もの大人数からの攻撃を捌くことは、今の自分ではできないだろうと。

相当広い視野と、抜群の危機察知能力を持っているのは問違いない。

「かなり戦い慣れてやがるなアイツ。どこでそんな経験積んだんだ？」

この街で戦いの経験を積める場所は、学園か、街の周囲に広がる森くらいしかない。

学園でノゾムの相手をする人間はおらず、残るはスパシムの森だけだ。

ギルドの依頼で討伐系を受けているのかもしれないが、パーティーを組めない彼に、討伐系の依頼をギルドが許可するかと言われると、疑問がある。

ギルドはランクによって、依頼を受けさせるかどうか審議するが、ソルミナティ学園の生徒については、ギルド側が学園側に配慮することも多い。

学生がギルドから討伐などの依頼を受けるには一定以上のランクを保有しているか、複数の人間でパーティーを組むことを条件にしたりすることが多いのだ。

スパシムの森は元々が未開の森だったため、高位の魔獣が出現することもある。

学園側も貴重な人材候補の喪失は避けたいので、このような取り決めが交わされているのだ。

「…………アイツ、もしかして一人で森に入ってるのか？」

他に実戦経験を積めそうな場所は森しかないが、学生が一人で魔獣の跋扈(ばっこ)する森に入るのは無謀でしかなく、誰もそんなことをする者はいない。

いくら街の近くには強力な魔獣はいないとはいえ、それは絶対ではなく、実際に旅人が襲われた例もある。

だがそうでないと、明らかに実戦慣れしているノゾムの動きに説明がつかない。

「……確かめてみるか」

マルスはある決心を固めながら、目的の人物を探し、足早に廊下を歩いていった。

✝

授業が終わると、ノゾムは直ぐに寮に戻り、支度を整えて外に出た。

向かう先はシノの小屋。龍殺しとしての修練は、人目につかない所で行わなければならないからだ。

街の通りを足早に進みながら、スパシムの森へと向かう。

だが、森へ向かう途中の通りで、ノゾムは妙な違和感を覚えた。

背中に、誰かの視線を感じる。

視線自体は、寮を出た時から感じていたが、街中に入っても途切れないということは、確実に後をつけてきているということだった。

「……誰だ？」

初めは、学園で自分をよく思わない人間かと思ったが、そのような視線によく含まれる、鋭い矢のような悪意や敵意などは感じない。

また、感じる視線の数も少ない。

悪意を持った相手の場合、大抵は徒党を組んでいることが多く、視線の数も多いのだが、今回ノゾムを追ってきている視線の数は一つだけ。

「森に入れば撒けるとは思うけど……」

ノゾムには今のところ、特に人に後をつけられる覚えはない。

だが、彼自身は龍殺しという、特級の爆弾を抱えている身だ。

敵意も害意もなく、観察するような視線に「もしかして龍殺しであることがばれたのか？」という、嫌な予感が過って（よぎって）いた。

「……確かめるしかないか」

下手に撒くと、面倒なことになりかねない。森にあるシノの小屋まで連れていくのも問題だ。

そう考えたノゾムは、大通りを外れ、商業区の小道へと足を進めていく。

入り組んだ路地を通り、雑多に置かれた荷を避け（よけ）ながら先へと進む。

小道を抜けると、ノゾムは開けた場所に出た。先には、巨大な壁が聳え立っている。

アルカザムは周囲の森に生息している魔獣などの侵入を防ぐため、城壁で囲まれている。

また、街の建物は城壁からかなり距離を空けて建てられており、これはいざ大規模な侵攻を受けた時に、部隊の展開や物資の保管所とするためだ。

街の外縁部に到着したノゾムは、ゆっくりと自分が来た小道に向き直る。

視線の主は、ノゾムが小道に逸れても、ずっと尾行してきていた。

黄昏（たそがれ）の光が作り出す影が、小道の出口を暗い闇で隠している。

その奥にいるであろう相手の正体を確かめようと、ノゾムは目を凝らしながら、いつでも動けるように全身の筋肉を弛緩（しかん）させる。

呼吸が自然と浅くなり、目尻が吊り上がる。

そんなノゾムの様子に観念したのか、大柄な人影が小道から姿を現した。

「お前……」

「やっぱり気づいていたんだな」

小道の陰から出てきたのは、大剣を背負ったマルスだった。

「後をつけてくるなんて、一体どういうつもりだ」

「何、少し確かめたいことがあるだけさ」

「確かめたいことって、何を……っ！」

マルスが背中の大剣を抜き放ち、突然ノゾムに斬りかかってきた。

ノゾムは咄嗟に抜刀しながら、振り下ろされたマルスの大剣の腹を打ちつつ、入れ替わるように側面に逃げる。

「ちょっ、いきなり何をするんだ！」

「別に、ただこちらの質問に答えてもらうだけだ」

「じゃあ、なんで剣を向けるんだよ！」

刀を構えつつ、声を荒らげるノゾムに対し、マルスは無言のまま、再び斬りかかってくる。

マルスの体は既に気が満ちており、明らかな戦闘態勢だった。

突然の襲撃に驚いていたノゾムだが、向けられる戦意を前に、すぐさま意識を切り替え、気で全身を強化する。

「せい！」

マルスは強化された身体能力を存分に使い、大剣使いとは思えない連撃を放ってくる。

袈裟斬り、横薙ぎ、逆袈裟。息つく間もない三連撃が、ノゾムに襲いかかってくる。

手打ちの連撃ではない、十分腰の入った強力な斬撃。

それだけで、マルスの大剣使いとしての力量の高さを窺わせる。

大剣等の重量のある武器での連撃は、かなりの高等技術である。

生半可な身体能力では大剣の重量に振り回され、流れるような連撃など到底放てないからだ。

だが、ノゾムはマルスの本気の連撃を、あっさりと凌ぎ切った。

初めの袈裟切りを、体を横に向けて躱し、続く横薙ぎをしゃがむことで避ける。

さらに、最後の逆袈裟切りを、刃筋に対して刀を傾けて受け、同時に斜め前に一歩踏み込む。

自身が受ける力のベクトルをしなやかに操り、マルスの剣戟を地面へと誘導する。

「ぐっ！」

振り下ろした大剣が地面を打ち、強烈な衝撃がマルスの腕に走った。

さらにノゾムは、地面に打ち込まれたマルスの大剣を、自分の左足で踏みつけて固定する。

得物を足で固定されたマルスが顔を歪める中、ノゾムが携えた刀を構える。

だが、ノゾムの刃が振り抜く前に、マルスは大剣から手を放し、拳に気を集中させて風の塊を生み出す。

「おおおおおお！」

雄叫びと共に、マルスは拳に生み出した風を、ノゾムの至近距離で解放した。

ズドン！　と腹に響く炸裂音が鳴り、ノゾムの体を後ろへと押しやる。

気術・風塊拳。

元々は一塊にした風を拳に宿し、打撃力を引き上げる風属性の気術。

だが、マルスのように、集めた風を解放し、相手を吹き飛ばすことも可能な応用性に富んだ技だ。

解放された風はノゾムの体を数メートル後ろへと押しやり、再び間合いを取って仕切り直しとする。

マルスは地面に打ち込まれた大剣を引き抜き、ノゾムは腰を落として切っ先を相手に向ける。

間合いの外で、互いに睨み合う。

両者とも得物を構えたまま動かない。只々、時間だけが過ぎていく。

刀の切っ先を向けてくるノゾムを見つめながら、マルスは改めて彼の持つ技量に感嘆していた。

(なるほどな。やっぱり純粋な剣の技量では、アイツの方が上か……)

膂力や気量では圧倒的に勝るのに、攻めきれない。

さらに、全力の連撃も躱され、受け流され、逆に打ち取られそうになった事実。

以前の模擬戦でのことも踏まえて、マルスは今一度、ノゾムとの技量差を理解する。

だからこそ、彼は知りたかった。

能力抑圧というハンデを抱えたまま、眼前の男が、これほどの領域に至れた理由が。

それを知ることができれば、自分がもっと強くなれるような気がしたから。

もっと、もっと、さらに強く………。

「ふう……」

マルスは一つ大きく息を吐くと、構えていた大剣を背に戻した。

練り上げていた気を四散させ、これ以上戦意がないことをノゾムに示す。

「悪かったな。いきなり斬りかかって」

唐突に戦う気を消したマルスを訝しみながらも、ノゾムも刀を納める。

「お前に聞きたいことがある。どうやって、それだけの技量を身につけた？」

「……刀の、か？」

「ああ……」

龍殺しについて聞いてこなかったことに、ノゾムは少し安堵しつつも、ジッとマルスの様子を窺う。

いきなり斬りかかられたのだから、警戒心も早々には解けない。

とはいえ、今のマルスからは、今まで受けていた敵意や害意が感じられないのも事実。一、二秒ほど沈黙した後、ノゾムはゆっくりと口を開く。

「……師匠がいた。一年の時から、ずっとその人に師事していた」

「そいつに会えるか？」

「いや、無理だ。もう亡くなっている」

「そうか……どんな訓練を受けていたんだ？」

ノゾムはとりあえず、シノから受けていた鍛練について、当たり障りのない内容を話した。

素振りと魔獣の跋扈する森での走り込み、致死級の技が打ち込まれる模擬戦。

揺るぎなく滔々（とうとう）とした口調で語るノゾム。一方、話を聞いていたマルスの眉が徐々に吊り上がったかと思うと、呆（あき）れたかのような溜息（ためいき）を漏らした。

「お前、よく生きてるな……」

「ああ、どうしてだろうな」

思わず、ノゾムの瞳にホロリと涙が浮かんだ。

師匠からの愛の鞭、というには厳しすぎる修行を思い出してしまったのだ。

「だか、納得できた。お前のあの異様なまでの剣腕と的確な動き、判断力は、その師の下で培ったんだな」

マルスの言葉に、ノゾムは何とも言えない表情で、小さく頷いた。

彼の戦い方は、シノが伝えた刀術が根幹にある。

また、森の中をひたすらに走らされている間に魔獣に襲われ続けた経験も、ノゾムの戦術眼を育てる上で大きな役目を果たした。

集団模擬戦の時の動きもそうだ。囲まれないように常に動きながら、一対一の状況を作り出す。

これはワイルドドックなどの群れで狩りをする魔獣と戦う中で身についたものである。

そして、シノとの刺激溢れる模擬戦も同様だ。

桁外れの力量を持っていた彼女との戦いは、一瞬の油断も許されないものだった。

少しでも行動に理がなかったり、判断が遅れたりすれば、即座に急所を突かれて悶絶するか、気絶させせられた上に殺気で叩き起こされる。

繰り返される苦痛の経験が、骨身にまで刻まれる日々。

そんな環境にいたのだから、嫌でも判断力や危機察知能力は養われる。

もっとも、ノゾムとしては、改めて思い出すと冷や汗の止まらない体験でもあるのだが。

「それで、なんで俺の後つけてきた。まさかそんなことを聞くために、斬りかかってきたのか？」

ジロリと眉を顰めながら、ノゾムはマルスを睨みつける。

その視線には、虚偽も黙秘も許さないという意思が、明確な怒気と共に込められていた。

後をつけられたと思ったら、突然斬りかかられたのだ。ノゾムの反応も当然といえる。

だが、同時にノゾムは、マルスがどこまで自分の秘密を知っているのかが気になっていた。

ノゾムは、ここ数百年間存在しなかった、龍殺しとなってしまった。

もし、この秘密が広がれば、間違いなく厄介な事態となる。唯一、彼が龍殺しだと知っていた師が亡くなった以上、彼はこの秘密を一人で抱えなくてはいけないのだ。

故に、自分の秘密が暴露される可能性について、非常に神経質になっている。

「うっ、まあ、その……なんだ」

一方、ノゾムの視線に気圧(けお)されたマルスは、気まずそうに頭を掻きながら、視線を彷徨(さまよ)わせている。

そこには迷いや後ろめたさといった感情はあれど、心を見透かし、秘密を暴こうという意思は微塵も感じられない。

マルスは、ノゾムが龍殺しであることを知らないのではないか？

そんな確信にも似た予測が、ノゾムの頭に浮かぶ。

マルスの性格を考えれば、この男が剣や強さに関わることで、このように言い淀(よど)むとは思えなかった。

ノゾムはとりあえず、自身が龍殺しであることは知られていない様子に、内心安堵しつつも、らしくないマルスの様子に首を傾げる。

そんな中、意を決した様子でマルスが口を開くが……。

「つ、つまり俺が言いたいのは……」

「ああああ！　お兄ちゃん何しているの！」

マルスの言葉を遮るような大声が、外縁部に響き渡る。

ノゾムが声のしてきた方向に目を向ければ、キリっとした顔立ちが特徴的な少女が、マルスに駆け寄ってきていた。

「げ、あいつ！」

マルスの顔が、驚きと共に引き攣（つ）った。よく見れば、駆け寄ってくる少女はマルスによく似た顔立ちをしている。

「お兄ちゃん、こんな人気のない所に他所様（よそ）を連れ込んで、何しようとしてたの！」

「な、何もしてねえよ！　というかなんでお前がここにいるんだよ！」

「お店の買い出しをしてたら、お兄ちゃんがこ～んなしかめっ面で歩いているから、変なことしようとしていると思って、後をつけてきたのよ。そうしたら案の定、こんなところでカツアゲなんかしようとしているし……」

「ちげーよ！　なんで俺がカツアゲすることになってんだ！」

少女が自分の眉を指で吊り上げながら吐き捨てる。

一方、マルスは心外だといわんばかりに反論しているが、その声の大きさの割に、瞳は動揺で揺れ、額からは汗が滲（にじ）んでいる。

実際、マルスがノゾムにしでかしたことは、カツアゲどころか通り魔同然の行為。マルスを兄と呼ぶこの少女も、彼の言葉が信用ならないのか、猜疑（さいぎ）心に満ちたジト目をマルスに向けていた。

どうやらこの少女はマルスの妹のようで、かつ、この素行の悪そうな兄に対して物怖（ものお）じしないほどの度胸も持っている様子。

「今までお兄ちゃんがしてきたことを考えれば当然の結論よ！　どれだけ私やおばさんが、お兄ちゃんに迷惑をかけられた人達に頭を下げてきたと思ってるの！」

「うっ！」

確かに、マルスは周囲の人達に、手のつけられない不良と認識されている。

本来なら上位のクラスに入っていてもおかしくない実力があるのに、未だに十階級であることが彼の日ごろの素行がいかに悪いかを示していた。

しかし、学年最悪の不良も妹には弱いのか、先ほどから逆に責められっぱなしだった。

多少反論しても、すぐさま正論で封殺されている。

意外なことに、マルスは自分の素行が悪いことは自覚があるらしい。

故に、やがては反論すらもできなくなり、その後は妹による一方的な言葉攻めが展開された。

「お兄ちゃんが暴れたせいお気に入りのお店が出入り禁止になった！」「お兄ちゃんのせいで近所の同い年の子からボス扱いされた！」「お兄ちゃんのせいで一昼夜近所の人達に謝り歩いた！」等々。

出るわ出るわ、よくもここまでやったなと思えるほどだった。

当のマルスは話が出る度に「ぐっ！」とか「むう！」とか呻き、まるで胸を見えない槍でグサグサと刺されたように、悶えている。

やがて、少女の説教は、マルスの恥ずかしい昔話へとシフトしていった。

「最後のおねしょは自分より遅かった」とか「馬に乗ってみたいと言って、馬車の馬に飛び乗ったら馬が驚いて大暴走。近所の男達総出の大捕り物になった」とか。

いつの間にか始まっていた、マルスの黒歴史暴露大会。

　過去の自分の恥を暴露されたせいか、マルスはついには耐え切れなくなり両手を地面についてうな垂れる。自業自得とはいえ、ノゾムとしても見ていて哀れに思えるほどだった。

　マルスを散々嬲（なぶ）っていた少女だが、マルスが撃沈したのを確認すると、ノゾムの前にやってきて、ぺこりと頭を下げた。

「すみません。愚兄がご迷惑をおかけしました」

「あ、いや、別にいいんだけど……お兄さん、大丈夫なの？」

「はい。こうでもしないと兄は反省しません。それにこの人のせいで、随分大変な目に遭ってきました。このぐらいは当然の報いです」

「そ、そう……」

　有無を言わさず一刀両断した少女の気迫に気圧され、ノゾムはそれ以上何も言えなくなる。

　さすがにノゾムとしても、いきなり斬りかかってきたマルスに怒りを覚えていたが、いくら不良でも実の兄をバッサリ斬って捨てた少女の怒気に完全に飲まれていた。

「あ、自己紹介が遅れました。私、そこで死んでる愚兄の妹で、エナ・ディケンズといいます」

「ど、どうも。マルスの同級生のノゾム・バウンティスです」

　思い出したかのように、互いに自己紹介する二人だが、足元に蹲（うずくま）る同級生がいるためか、ノゾムの口調はやや硬い。

　とはいえ、マルスと違い、きちんと礼儀正しく挨拶をするあたり、随分としっかりした少女である。

「今日は愚兄がご迷惑をおかけしました。ぜひお詫（わ）びがしたいので、よろしければうちのお店に来ていただけませんか？　うちは酒場付きの宿屋をやっているので夕食くらいはごちそうできますよ」

詫びがしたいという申し出を、ノゾムは気にしないでと遠慮するが、エナは「ご迷惑をおかけした以上、お詫びはきちんとしないといけない」とかなり強く迫ってくる。

ここまで言われると、無理に断るのも悪かった。

「分かった、ご馳走になるよ。それで、マルスはどうするの？」

ノゾムがエナの隣に目を向ければ、蹲って痙攣しているマルスがいた。

学園での傍若無人ぶりが嘘のようである。

「あ、そうでした。お兄ちゃん、いい加減邪魔だから早く起きて！」

蹲るマルスに、エナは容赦なく蹴りを入れた。

反射的に跳び上がったマルスが「何すんだ！」と怒るが、睨みつけてくる妹の眼光に意気消沈。

その後、エナの案内で、ディケンズ家の店へと向かうことになった。

エナが案内したのは商業区の一角。

この場所は様々な国から商人等が集まり、商談を終える間の滞在地となっている。

故に、商人達が寝泊まりできるように、大商人御用達の高級宿から、荷物運びなどの下働きが泊まるような安宿まで大小様々な種類の宿屋が軒を連ねている。

ノゾムが連れてこられた宿は「牛頭亭」という看板が掲げられた宿。

見たところ、一階は食事処になっていて、二階に泊まるための部屋があるようだった。

「ここが、家がやっている宿屋、牛頭亭です」

エナはそう言うと店の入り口に消えていく。

ノゾムも後を追って入ると、エプロンをつけた恰幅のいい中年の女性が出迎えてくれた。

「おや、お帰りエナちゃん。マル坊は見つかったかい」

「ただいまです、ハンナさん。また他の人に迷惑をかけていましたので、ちゃんと叱っておきました。あ、それとこの人が、お兄ちゃんがご迷惑をおかけした人です」

エナに紹介され、ノゾムはぺこりと頭を下げた。

どうやら、このハンナという中年女性が、この宿屋の女将らしい。

「ああ、そうかい。すまないねえ、うちの馬鹿坊主が迷惑かけて、お詫びに夕食をおごるから、ちょっと待っとくれ」

「いえ、彼女が謝ってくれましたし、別に気にしていませんから……」

「よかった。でも、迷惑をかけたのは確かだから、ゆっくりしていっとくれ。こら、マル坊、お前さんは何やっているんだい、また人様に迷惑かけて！　ちょっとこっちへ来な！」

「イテテテテ！　離せ、コラ！」

ノゾムを空いている席に案内すると、ハンナはマルスの耳を捻り上げて厨房へ連行していった。

二人の姿が完全に消えた後、ゴィ～ンという、まるで鍋で頭を叩いたような音が、宿屋中に鳴り響く。

何が行われたのかを想像して、ノゾムが冷や汗を流していると、先ほど厨房の奥に消えていったハンナがトレーを持って戻ってくる。

トレーの上の皿にはバターの香りが立つパンとこんがり焼かれた肉。それとサラダが盛られていた。

「はいよ。牛頭亭自慢の一品、穴ウサギのステーキとサラダの盛り合わせ。これはあの馬鹿坊主が迷惑かけた詫びだから、お代はいいよ」

そう言ってハンナはノゾムの前に料理を置いた。

こんがり焼けた肉と、溢れ出る肉汁が石の皿の上で跳ね、立ち上る香りがノゾムの食欲中枢を刺激する。


時間は既に夕食時。

訓練などで体を動かしたこともあって、ノゾム自身、相当な空腹感を覚えていた。

とはいえ、出された料理は、苦学生であるノゾムには普段口にできない豪華なものだ。

ノゾムが食べてもいいものか躊躇（ちゅうちょ）していると、ハンナが「いいからお食べ」とノゾムを促してきた。

空腹を覚えていたこともあり、ノゾムはせっかく用意してくれたのだからと、いそいそと料理に手を伸ばす。

穴ウサギは、この辺り一帯の森や草原に生息しているウサギで、名前の通り地面に穴を掘って生活している。

食用としても重宝され、罠（わな）等で獲（と）られて販売されている。

ノゾムはとりあえず、目の前の肉をナイフとフォークで適当に切り分け、口に運ぶ。

穴ウサギのステーキはよく叩いてから焼いてあるのか、とても柔らかく、また酒か何をかけて焼いたのか、香りもよかった。

肉汁も豊潤で、それだけでも食が進む。

つけ合わせのサラダとパンも肉とよく合い、肉汁と絡ませることで、いくらでも食べられそうだった。

次々と料理を平らげ、気がつけば、出された皿には肉の欠片どころか、肉汁の一滴も残っていなかった。

「ごちそうさまでした。ほんと美味しかったですよ！」

あっという間に完食してしまったノゾムが礼を言うと、ハンナとエナも嬉しそうな顔で笑った。

「いや、いいんだよ、気にしなくて。こっちが迷惑かけたんだから。それにあんなに美味しそうに食べてもらえたんだ、作った甲斐があるってもんさ」

「そうです。元々あの愚兄に原因があります。ノゾムさんは気にしなくてもいいんですよ。いきなり呼び出して斬りかかるなんて何考えているのか……」

「今うちの亭主があの馬鹿に、もうこんな馬鹿なことはしないようにしっかり躾けてるから、許してやってくれないかい？」

「まあ、俺自身はもう気にしていませんから、いいですけど……」

いきなり襲いかかられた事には怒りを覚えたが、エナの『過去の恥を大声で暴露する』というエグイ精神攻撃を目の当たりにした後だと、さすがのノゾムも、これ以上マルスを追及する気は失せてしまう。

物で丸め込まれた感はあるが、マルスもノゾムが龍殺しとは知らないようだし、事が収まってくれるならそれでよかった。

「そうかい、よかったよ。エナちゃん、悪いけど、そろそろお客さんが増えてくる時間だから、うちの亭主の手伝いをしてくれんかい」

「え……あ、はい、分かりました」

まだ話があるのか、ハンナはエナに空いた皿を片づけるよう促し、厨房に戻らせる。

「……ノゾムっていったよね。ちょっと話したいことがあるんだけど……いいかい?」

少し躊躇したような雰囲気で、ハンナはチラチラと周りの様子を気にするようなそぶりを見せる。

「何ですか?」

「あの子、マル坊とエナちゃんのことだよ。二人のこと、どう思うかい?」

ノゾムは質問の意味が分からず首を傾げる。

一方、ハンナはどこか真剣みのある表情でノゾムを見つめていた。

恰幅のいい女将の視線に、ノゾムは今一度、顎に手を当てて考え込む。

「……そうですね。エナちゃんの方はさっき会ったばかりなので何とも言えませんが、しっかりした子だと思いましたよ。多分マルスの影響が大きいんでしょうけど」

エナについては、会ったばかりというのもあり、ノゾムにはよくは分からない。

だが、素行の悪いマルスの影響で、あんなしっかりした子に育ったのだということは容易に想像がついた。

「マルスについては……正直よく分かりません。あいつは俺のことはよく思っていませんでしたし、そのことを隠そうともしていませんでした。ただ、最近は自分への態度が何となく変わってきているような気はしていましたけど……」

二学年末の模擬戦以降、マルスの態度が変化したことはノゾム自身気づいていたものの、その理由までは分からなかった。

しかし、模擬戦のことをノゾムから聞いたハンナは納得したように呟く。

「そうかい……やっぱりかい」

「やっぱりとは？」

「あの子の様子が最近おかしいことは分かっていたんだよ。でも話を聞いて理由が分かったのさ」

「理由、ですか？」

「うん、まあね。でも安心したよ。あの子にもまだ友達になれそうな子がいたんだってね」

「……え、それってどういうことですか？」

嬉しそうに話すハンナさんだがノゾムはその言葉には疑問を覚える。

最近は大人しくなったとはいえ、今までのノゾムに対するマルスの反応を考えれば、少なくとも友達になれそうとは思えなかった。

「あの子、君がここに来ることを嫌とは言わなかったからね。本人は口にしないと思うけど、君と友人になりたいんだよ。今までかなり酷い態度を取っていたみたいだし、あの子自身が人に謝った経験が皆無だから、どう謝ったらいいか分からなくなってるんだろうねぇ……」

聞いた話だと、マルスは一度も自分の取り巻きや、付き合いのあるガラの悪い連中をこの店に連れてきたことはないらしい。これにはノゾムも驚いた。

ノゾムの脳裏に、外縁部でのマルスの様子が思い出される。

斬りかかってきたことを咎めるノゾムに対し、彼は気まずそうに言い淀む様子を見せていた。あれはもしかしたら、今までの悪事も含めて、ノゾムにちゃんと謝りたかったのかもしれない。

（少なくとも自分のやっていることが悪いことだって分かっているのか。思ったほど悪い奴じゃないのかな？）

少なくともマルスや彼の取り巻きに甚振られてきたノゾムにとって、家族が自分の行いに巻き込まれないようにする彼の行動は新鮮に思えた。

また、学園では知らなかった彼の一面を目の当たりにし、ノゾムも単純に、マルスが人の痛みを感じ取れない不良だと言い切ることはできなくなっていた。

†

ノゾムがハンナの料理を食べている頃、厨房では、マルスが罰として与えられた皿の山を必死に洗い続けていた。

彼の隣では、大柄なマルスよりも背の高い巨漢の男が、黙々と火にかけられたフライパンを振るっている。

巨漢の男の名前はデル・ディケンズ。ハンナの夫で、この店の主人である。

マルスはつい先ほどまでハンナに説教されていたが、デルがノゾムに出す料理を作り終わり、それを彼女がノゾムに届けに行ったことで、ようやく説教から解放されていた。

しかし、お仕置きとしてハンナに頭をフライパンで叩かれており、マルスの頭には大きなたんこぶができていた。

「まったく、お前はいつまでこんなことをやるつもりだ」

マルスがノゾムにやったことを聞いて、デルは呆れ返っていた。

マルスもさすがに今回はやりすぎたと思っていたので、押し黙るしかない。

「最近、お前の様子がおかしかったのは、彼か？」

続く沈黙と気まずそうに逸らされた視線が、デルの指摘が的を射ていることを如実に語っている。

「彼、ノゾム君と言ったか。お前の様子からすると、多分お前、その子に負けたんだろう？」

「な！」

マルスは事実を言い当てられたことに驚く。ノゾムを尾行したことや喧嘩を吹っかけたことは話したが、勝敗については今まで誰にも話していなかったからだ。

マルスが動揺の声を漏らす一方、デルの方は「何を今更」というように、大きく溜息を吐く。

「一体、何年お前達の親代わりをしていると思っているんだ？　いくら負けたのが悔しいからって」

「そうじゃねえよ！」

「じゃあなんでそんなムキになるんだ？」

「……俺はただアイツが強くなれた理由が知りたかっただけだ……」

マルスはそっぽを向いて呟く。

その様子にデルは「はぁ……」と、今一度大きな溜息を吐き出した。

マルスはハンナやエナに対しても、なかなか素直になれないところがあった。プライドもそうだし、どこか自分が守る側であるという意識がある。

何より、彼の抱えた暗い過去が、人に自分の心の内を見せることを強く拒んでいる。

だが、素直になれないマルスも、デルにはある程度心を開く時があった。

マルスにとってデルはかけがえのない家族であり、頼りになる父親であり、ある意味目標の一つであった。

たとえ互いに、血の繋がりがないのだとしても。

「なら、なんで素直にそう言わない。最初から彼にそのことを聞けば済むことじゃないか」

「……今更そんなこと聞けるかよ。それにアイツも俺のことなんざ、碌（ろく）でもない不良としか思ってないだろうしな」

マルスの口から漏れる諦観の言葉。その投げやりで弱々しい姿は、この父親以外には見せないものだった。

「なんだ、自分が不良だって自覚はちゃんとあったのか」

そんな息子の声を、父親は「何だ今更」というように笑い飛ばす。

「あんた俺を馬鹿にしてんのか！」

「いや、さすがにいつも見ていると、お前の頭にはクラゲでも湧いているのかと思ってしまってな」

「んなわけねえだろ！」

「ソルミナティ学園なんて最高学府に通えるなんて、俺の息子のくせに大したもんだと思えば、こうしてちょっとしたことで躓（つまず）いてむくれる。本当に、昔から変わらんな」

「……ふん」

息子の良い所も悪い所も間違いも、くだらない冗談と共に笑い、肯定も否定もしないまま、受け入れる。その言葉の奥にあるのは、きちんと見ているからなという、親心。

デルは知っていた。息子が、本質的に悪人ではないこと。

マルスは今までガラの悪い連中との付き合いはあったが、強がり、突っ張りながらも、本当に踏み越えてはいけない一線は踏み越えなかった。

同時に、マルスは家族以外には、誰にも心を開かなかった。

ハンナもデルも、マルスとエナの実の両親ではない。

母親に死なれ、父親に捨てられた二人を、ハンナとデルが引き取ったのだ。

その過去は、未だにこの兄妹(きょうだい)の心に影を落としている。

だからこそデルは、負い目があるとはいえ、マルスが同年代の知人をこの店に連れてきたことが嬉しかった。

もしかしたら、このひねくれた息子の友人になってくれるかもしれない。そんな期待を抱きながらも、デルはマルスに、やるべき事はしっかりとやるように伝える。

「まあ、少なくともお前が彼にやったことについては、きちんと謝っておけよ」

「ああ、分かってるよ」

ぶっきらぼうな口調で返答しながらも、マルスの声には少しだが、力が戻っている。

再び皿洗いに集中し始めたマルスを横目に、デルは焼いたステーキを切り分けながら、その厳(いか)つい顔の口元を僅かに綻ばせていた。

✝

訪れた時は閑散としていた牛頭亭の店内だが、周りが暗くなるにつれて、徐々に酒場らしい喧騒に包まれるようになってくる。

すっかりご馳走になったノゾムだが、客が増えていくのを見て長居するのも悪いと思い、そろそろお暇するとことにした。

「お邪魔しました。食事、美味しかったです」

「気にしなさんな。迷惑をかけたのはうちの愚息だからね」

店前でノゾムが礼を言うと、恰幅のいい女将はカラカラと笑い、気にするなと手を振る。

「それよりまた来てくれ。なかなかの食べっぷりだったからね。こっちも作ったかいがあったよ」

「ノゾムさん。兄がまた迷惑をおかけするかもしれませんが、よろしくお願いします」

デルがその厳つい顔に似合わない笑顔を浮かべ、エナが今一度、ノゾムに頭を下げる。

「ほらマルス。あんたが迷惑をかけたんだから、キチンと寮まで送りなさい」

「分かってるよ……」

ハンナに小突かれ、口を尖らせながら、マルスが前に出る。

ノゾムは頭にたんこぶを乗せたマルスに吹き出しそうになりながらも、ハンナ達に頭を下げて、帰路に就いた。

寮への帰り道を、二人で並んで淡々と進む。

道中、ノゾムもマルスも無言だった。

今までマルスはノゾムを罵るだけだったし、ノゾムもマルスとはまともな会話を交わしたことはなかったので、無理もない。

そんな沈黙を破るように先に話しかけてきたのは、マルスの方からだった。

「あっと……悪かったな……今まで、色々と」

頬を掻きながら、マルスは気まずそうに謝罪の言葉を口にする。

斬りかかられたことには確かに憤慨しているし、以前から学園で絡まれてきたことにも思うところはある。

だが、こうして正面から謝罪されれば、ノゾムとしても配慮はする。

腹の奥で渦巻く思いはあれど、マルスが本当に申し訳ないと思って頭を下げていることも、今のノゾムは理解できるのだ。

「いや、謝ってきたからな。もういいよ」

「そう、か。ありがとな……」

謝罪を受け止めるというノゾムのセリフに、マルスが安堵の息を漏らす。

もちろん、実の妹にあれだけメタクソに罵られる姿を目の当たりにしたことも、ノゾムのマルスに対する隔意を緩めるきっかけの一つにはなっていた。

脳裏に蘇（よみがえ）るマルスの醜態に、思わず含み笑いが込み上げそうになる。

「お前、今変なこと考えなかったか?」

動物的な直感でノゾムの不穏な雰囲気を察したのか、マルスがジト目で問い詰めてくる。

「いや、自分の妹にあれだけズタボロにされた人を、さらに責めるのは人間としてどうかと思って……ぷっ」

一方、ノゾムは堪（こら）えきれず、思わずかみ殺していた笑いを漏らしてしまった。

「テ、テメエ！　今笑いやがったな！」

「ま、まあ、さすがにあんなインパクトあると忘れられないよな。これからも思い出し笑いをしてしまうかもしれない……」

クスクスと笑うノゾムの姿に、自分の醜態を思い出したのか、マルスの顔が真っ赤になる。

「わ、忘れろ、すぐ忘れろ！　即座に忘れろ！」

「ちょ、こら！　何するんだ！」

恥も外聞もなく詰め寄ってくるマルスと、その手から必死に逃れようとするノゾム。

ギャイギャイと騒ぐ二人の喚き声が、夜の商業区に響き渡る。

幸い、この区域は夜になっても喧騒が消えることはない。

そして気がつけば、ノゾムもマルスも相手に感じていた遠慮などすっかり忘れていた。

同時に、そんな遠慮のないやり取りに、ノゾムは懐かしさと喜び感じていた。このように周りを気にせず騒げるような相手は、彼には師匠だけだったからだ。

商業区の喧騒に紛れて喚き散らしながら歩く二人。その姿は、どう見ても仲のいい悪友同士にしか見えなかった。

✝

マルスと和解してから数日。その間に、クラスでのノゾムの扱いはかなり変わっていた。

ノゾムを一番嫌っていたマルスが、彼とよく話をするようになったからだ。

十階級の生徒は基本的に、他のどのクラスの生徒達からも無視され、蔑視の対象となっている。

徹底した実力主義を謳っているソルミナティ学園の弊害といえばそうだ。

そんな落ちこぼれ扱いされていた彼らの唯一の捌け口が、万年最下位のノゾムだった。

しかし、今は十階級とはいえ、実力的には学年上位に比肩するマルスがノゾムと話をするようになると、今までノゾムを罵っていた連中は手を出すことができなくなる。

結果として、ノゾムでストレス解消をしていた生徒達は直接的には手を出すことはせず、遠巻きに睨みつけるという程度のことしかしなくなっていた。

また、マルスは今まで周りにいた、自分の取り巻き達とは距離を置くようになっていた。

元々、取り巻き達が一方的にマルスの周りに集まっていただけの集団であり、彼がノゾムと関わるようになると、直ぐに周りからいなくなっていた。

マルスは実技の授業などでもノゾムと関わるようになり始め、必然的に学園では、二人は一緒にいる時間が長くなる。

この事実に喜んだのは、常に一人だったノゾムを心配していたアンリだった。

「嬉しいわ～～！　ノゾム君とマルス君が仲良くなって～～～！」

その日、ノゾムはアンリに拉致され、保健室で一緒に昼食を取ることになった。

ちなみに、保健室にはノゾムと同じようにアンリに拉致されたマルスもいた。

アンリのテンションは最初からクライマックス状態で、いつにもましてルンルンな空気を周囲に振りまいている。

「はあ、どうも……」

「ふん……」

アンリのあまりにも高いテンションにノゾムは少し引き気味。マルスは仏頂面で、昼飯のサンドイッチをパクついていた。

「まあまあ。アンリも嬉しいんだよ、ノゾム君とマルス君が友人になったことが。アンリはノゾム君だけでなく、マルス君のことも気にしていたんだ。本当は悪い子じゃないと言っていたくらいでね」

喜ぶアンリの隣では、保健室の主であるノルンが、同じように用意した昼食を口に運んでいる。

「それは、どういうことだ？」

一方、マルスはノルンの言葉に、少し驚いた様子を見せていた。

アンリが十階級の担任になってから、僅か数日しか経っていないし、マルスは不良としての悪名が高すぎる。

そんな中で、アンリがマルスに対してそんな評価を下していたことが、彼自身信じられなかった。

「だって〜〜。マルス君、二学年の最後の方から、他の子みたいにノゾム君を馬鹿にしたりしなくなったでしょ〜。それに、自分がノゾム君にやってきたことをちゃんと反省して和解したみたいだし〜」

マルスの疑問に、アンリ本人が答える。

彼女の言葉は、二学年末から三学年初めまでのマルスの変化を、しっかりと指摘していた。

間延びした、天然さをこれ以上ないほど感じさせる言動とは正反対の、アンリの的確な観察眼に、マルスは押し黙る。

「そんな子が悪い子なはずないもん〜〜」

普段の言動からは想像できないが、この女性もまた、若くしてこの学園の教師に任命される才女である。

一方、マルスはそっぽを向いていたが、その顔は赤く、照れているのは明白だった。

その時、ガラリと保健室のドアが開く。

「失礼します、ノルン先生、いらっしゃいますか？」

「あ……」

入ってきたのは艶のある長い黒髪と、深い漆黒の瞳を持った美少女。アイリスディーナ・フランシルトだった。

「怪我人が出たんです。治療していただけ……ますか？」

アイリスディーナの視線が、保健室で昼食を取っていたノゾムを捉える。

ノゾムの脳裏に、中央公園での気まずい別れが思い出された。

「……久しぶりだな、ノゾム君」

「え、ええっと……」

アイリスディーナの鋭い視線が、ノゾムに突き刺さる。

女神像を思わせる端整な顔立ちに浮かぶ、親愛に満ちた威圧感たっぷりの笑み。

唐突に向けられた強烈なプレッシャーに、ノゾムは額に冷や汗を流しながら、顔を引き攣らせた。

✝

思わぬ再会に彼女の胸に湧き上がった感情は、ようやく会えたという歓喜と、これほどまでに焦らされたことへの癇癪（かんしゃく）である。

だが、二学年の学年末試験から進級までは、なんだかんだで彼女も忙しく、ノゾムと会う機会を持てなかった。

ノゾム自身も師匠の死や追試などもあり、とても余裕がなかったこともあるが、アイリスディナも日常の忙しなさが収まった解放感と唐突な再会が、彼女の自制を僅かな間だけ外してしまっていた。

重苦しい空気が、保健室内に漂う。

ニッコリとノゾムに笑いかけるアイリスディーナだが、その瞳は一切笑っていない。

無言の圧力を前に、ノゾムだけではなく、普段から太陽のような陽気を振り撒いているアンリですら沈黙してしまっていた。

「お、おい、ノゾム、お前、知り合いだったのか？　それに、一体何やったんだ？」

「ノゾム君～、一体何したの～。怒らないから、先生に教えてごらんなさ～い」

マルスがノゾムの肩を叩きながら、怪しむような視線を向けてくる。アンリもまた、ほんわりとした口調でノゾムを問い詰めてきた。

ノゾムの脳裏に蘇るのは、中央公園でリサとの溝や触れられたくない事情を聞かれ、思わず声を荒らげて立ち去ってしまったこと。

よくよく思い返してみれば、彼女は特にノゾムを責めたりするような言動は行っておらず、単純にノゾムが勝手に頭に血を上らせ、勝手に立ち去ったのだ。

いくら頭がカッとしたとはいえ、他人にしていいような態度ではない。

「え、ええっと、少し怒らせちゃうような態度を取っちゃったことはあるとは思うのですが……」

とはいえ、アイリスディーナがここまで怒気を露わにする理由としては弱い。

確かにノゾムの態度は褒められたものではないが、そもそもノゾムとアイリスディーナは、ほとんど交友のない関係だ。

信頼や信用もない者同士、感情が動くような間柄ではないとノゾムは思っていた。

一方、アイリスディーナはノゾム達がコソコソと会話する度に、ピクピクと頬をヒクつかせている。

「えっと、アイ、今は怪我人が……」

その時、アイリスディーナの後ろから、彼女の親友であるティマ・ライムが声をかけてきた。

彼女は怪我をしていると思われる女子生徒に肩を貸している。

「あ、ああ、すまない。そうだったな。ノルン先生怪我人が出たんです。治療していただけますか？」

「分かった。まず怪我した生徒をその椅子に座らせなさい」

親友の声に、アイリスディーナの怒気は瞬く間に収まる。

ノルンに促され、ティマは怪我人を椅子に座らせた。

女子生徒は、手と腕からかなりの出血をしており、ノルンは素早く怪我をした生徒の診察を始める。

ノゾムも手伝いを買って出て、棚の中から薬や包帯を取り出し、診察台の上に並べる。

彼もこの保健室にはよく世話になっている身。

どの怪我にどんな薬が必要で、どこに置かれているのか、大体は把握している。

「何があったの～～～」

アンリ先生は怪我した生徒を治療しているノルンに代わって、アイリスディーナたちから事情を聴いていた。

どうやら昼休みを利用して魔法の訓練をしていたら、使おうとした魔法が暴発したらしい。

「ふむ、確かに出血は酷いが、幸いにも骨には異常はないな。筋も大丈夫のようだ。一応、回復魔法と薬を使っておく。もし数日経っても違和感が消えないようなら、また来なさい」

そう言うと、アンリは手早くポーションと回復魔法で傷を塞ぐ。

ノゾムがアンリの手当の様子を見守っていると、付き添いのティマ・ライムと目が合った。

彼女はノゾムと目が合うとすぐに目を逸らし、アイリスディーナの陰に隠れてしまう。

アイリスディーナから、ティマは男性が苦手だと聞いていたノゾムは、そんな彼女の様子を見て苦笑を浮かべる。

一方、その光景を見て顔を顰めているのが、マルスだった。

彼は腕を組みながら、ジッと睨みつけるような視線を、ティマとアイリスディーナに送っている。

「ひぅ……」

マルスの威圧感にティマが小さな悲鳴を上げてしまうが、マルスは脅える彼女の姿が気に入らなかったのか、視線がさらに鋭くなる。

明らかに不機嫌になったマルスの表情にティマが一層怯え、マルスの表情が余計に硬くなる悪循環が発生する。

「マルス落ち着けよ。どうしたんだ」

「別に……」

妙にティマに突っかかるマルスの様子に、ノゾムは肘で脇腹を突いて戒めるが、マルスの視線の色は変わらない。明らかにティマに対して不快感を覚えている様子だった。

ティマに対する不快感。それをマルスが抱いた理由は、彼女の怯える態度そのもの。

彼女はAランクの生徒であり、これはマルスのランクよりも上に当たる。

この学園ではほとんどいない人間で、間違いなく三学年でもトップクラスの実力者の証だ。

また、マルスは強さに対して高いプライドを持っている。

故に、Aランクというこの学園でも最上位に座しているにもかかわらず、怯えて縮こまるような姿自体が認められない。

だが、ティマはそんなマルスの信条など知らない。彼女にとって自分より遥かに大柄で、不良として知れ渡っていたマルスは、魔獣以上に恐怖の対象なのだ。

一方、アイリスディーナはノゾムに対して、先ほどのような怒気は放っていないものの、何か言いたそうな視線を向けている。

(ティマさんに怖がられているのは相変わらずだけど、アイリスディーナさんは一体何なんだ？)

意図の読めないアイリスディーナの態度に、ノゾムは内心で首を傾げる。

双方に微妙な空気が流れている間に、怪我をしていた女子生徒の治療が終わった。

「これでいいだろう。しばらく安静にしておくことだ」

「あ、ありがとうございました。あの、先輩達も……」

女子生徒は治療してくれたノルンとここまで運んでくれたアイリスディーナ達に礼を言うと、深々と頭を下げた。

「ああ、気にする必要はないよ。先生の言った通り、しばらくは魔法の訓練は控え、安静にしておいた方が良いだろうね」

「は、はい！」

上擦った声を上げる女子生徒は、キラキラとした視線でアイリスディーナを見上げている。

よく見れば、女子生徒の友達と思われる下級生達も、保健室の外からアイリスディーナに憧れの視線を向けていた。

一方、アイリスディーナは女子生徒を手当てしてくれたノルンに、改めて頭を下げる。

親しくなくとも、怪我人を助けて保健室に連れてきた上、手当してくれた人物にキチンと礼を尽くしている。

そんな姿を眺めながら、ノゾムは改めて彼女が優れた人格者であり、同時に多くの生徒達から憧れの的になっていることを再認識した。

怪我をしていた女子生徒はその後、保健室の外で待っていた友達と一緒に教室へと戻っていく。

「ノゾム君も、手伝ってくれてありがとう」

下級生がいなくなると、その時を待っていたかのように、アイリスディーナがノゾムに声をかけてきた。先ほどの怒気はすっかり消えている。

「い、いや、俺もたまたま居合わせただけだから……」

唐突に礼を言われ、照れたように頬を掻く。そんなノゾムに釣られるように、アイリスディーナも少し笑みを浮かべた。

先ほどまで二人の間に流れていた重苦しい空気が、少しだけ軽くなる。

「……ついで、と言ってはなんだか、少し話をしてもいいかな？」

軽くなった雰囲気に後押しされたのか、アイリスディーナは少し躊躇うような様子を見せた後、ノゾムと話がしたいと言ってきた。

「えっと、ここで良いですか？」

「いや、できるなら、他の人がいない場所で話がしたいんだが……」

「なら、保管庫を使うといい。あそこは薬品を保存する関係上、密室になっているからな」

そう言ってノルンが指差したのは、保健室に隣接している薬品保管庫だった。

一体何の話だろうと訝しみながらも、ノゾムは保管庫への扉を開ける。

ノゾムが室内に入ると、アイリスディーナだけでなく、ティマも一緒に部屋に入ってきた。どうやら、彼女もノゾムに話したいことがあるらしい。

保健室からしか入れないこの部屋には、四方の壁や室内にぎっちりと棚が置かれ、そこには消毒液やポーション、解毒薬などの各種薬品が保管されている。

室内には日光による劣化を防ぐために、窓等も設けられておらず、魔力灯による明かりだけが室内を照らしている。

この魔力灯も、アルカザムで開発された魔道具の一つである。

恒常的な光を得られるこの魔道具は、それまで使われていたランタンや蝋燭(ろうそく)と比べても光量が安定しており、劣化しにくいなどの利便性がある。

魔力灯自体は、各国でも作られて使われてきたが、一個あたりの単価が比較的高く、量産には到底向かない品である。

そのため、アルカザムでも、極一部の施設にしか使われていない。

魔力灯の淡い光の中で、ノゾムとアイリスディーナ、ティマは互いに向き合う。

最初に口を開いたのは、アイリスディーナだった。

「その、謝りたいと思ってな」

「……え？」

「ソミアと一緒に昼食を取った時のことだ。君の事情も弁えず、随分と失礼な質問をしてしまったと思ってな……すまなかった」

深々と頭を下げるアイリスディーナに、ノゾムは当惑してしまう。

彼自身、いくら思い出したくない事情を聞かれたからと言って、いきなり立ち去るのは礼を失する行為であるという自覚はあった。

そもそも、彼女は言葉の最後に、噂(うわさ)は気にしていないと付け加えようとしていた。

むしろ、謝るのは勝手に勘違いして立ち去ったノゾムである。

「い、いえ、その……。謝るのはむしろ俺の方です。失礼な態度を取ってしまってすみませんでした。きちんと話をしようとしていましたのに、一方的に思い込んで席を立ってしまって……」

数秒の間、茫然(ぼうぜん)としていたノゾムだが、頭を下げ続けているアイリスディーナの姿に、ハッと我を取り戻し、慌てて謝罪の言葉を重ねる。

「そう言ってもらえると、助かるよ」

「いえ、俺の方こそ、改めてすみませんでした」

ノゾムの謝罪に、アイリスディーナも「いいんだ」と言うように、軽く手を振る。

アイリスディーナも、人の繊細な部分に土足で踏み込んでしまったという自覚がある。

これ以上は水かけ論になりかねないため、双方互いの謝罪を受け取る形で話がついた。

アイリスディーナとの話が終わると、ノゾムの視線はティマへと移る。

「それで、ティマさんは……」

「わ、私の方も謝りたくて……。森では助けてくれたのに、気分を悪くするような態度、取っちゃったから……」

ティマもまた、ノゾムに謝罪をしたかったらしい。

よほど罪悪感が湧いていたのか、ティマはシュンと肩を落とし、傍（はた）から見ても分かるほど気落ちしてしまっている。

そんな親友を助けるように、アイリスディーナがティマの肩に手を置く。

「すまないな、ノゾム君。ティマは少し男性が苦手でね。あの時は君の噂を聞いていたせいで、少し構えてしまっていたんだよ」

「あ、ああ。別にいいですよ。今ちゃんと謝ってもらったし、俺の噂を聞いているなら無理ない話だし……」

確かにノゾムの噂を聞いているなら無理もない。当時、学年でも有名な女子生徒と付き合いながらも、浮気をした挙句振られたなどの噂を聞けば、誰も彼に対していい印象など抱けないだろう。

同時に、ノゾムは変わらないリサの態度を思い出し、自分の胸の奥がジクジクと痛むのを感じた。

（やっぱり、辛（つら）いな…………）

ノゾムの周囲は、少しずつであるが変わり始めている。

師が亡くなり、悲しみに沈んだものの、新しい友人ができた。

以前とは違い、学園でもきちんと自分を見てくれる教師が担任として就いてくれた。

噂で流布されているノゾム像ではない、今の彼自身を見ようとしてくれる人が、少しずつ増えてきた。

だが、ふとした拍子に脳裏に浮かぶかつての想い人の姿、そして向けられる無数の嘲笑の声は、痛みと共に、今でもノゾムの心を蝕んでいる。

（俺、やっぱり、逃げている。目を背けてきた今までのことを思い出す度にこれだもんな……）

ノゾムはリサとの失恋や、今まで蔑まれてきた傷を完全に乗り越えたわけではない。

ソミアやアイリスディーナ達と出会い、マルスと和解し、新たな人間関係ができていくうちに、自然と思い出す機会が減っていただけの話だ。

「……どうかしたのかい？」

「いえ、何でもありませんよ。戻りましょうか」

保健室へと戻るノゾムの背中を見つめながら、アイリスディーナは考え込むような仕草をしていたが、先の一件もあり、それ以上ノゾムに問いかけることはしなかった。

保健室に戻ると、マルスと、アンリ、ノルンの三人がノゾム達を待っていた。

「戻ったのか」

「ノゾム君、彼らを紹介してくれないか？」

「ああ、同級生のマルス・ディケンズです。茶髪の先生は俺達の担任のアンリ先生」

「よろしくね～」

「よろしくお願いします」

「ふん……」

ノゾムの紹介に、満面の笑みとほんわか口調で返答するアンリ。彼女はアイリスディーナ達の事は知っているが、担当しているクラスが違うこともあり、今まで面識はなかった。

一方、マルスは仏頂面を浮かべながら、野良犬のような視線をアイリスディーナ達に向けていた。

にべもない。普段通りのマルスである。

ハンナの話では、これでも昔に比べれば大人しくなった方らしい。

「なるほど、随分と武骨な気質の友人のようだね」

「え、ええっと……」

威圧感たっぷりのマルスの視線を受けても、アイリスディーナはしれっと涼しい顔で受け流した上、エスプリの効いた返事を返していた。

ノゾムとしては、さすがは黒髪姫と言いたいところだが、生憎とここには、このような荒々しい男性を超苦手としている人物がいた。言わずもがな、ティマである。

彼女は元々男性が苦手である上に、マルスは背が高く、肩幅も広い。

不機嫌そうな気配を全方位に撒き散らしながら、ポケットに手を突っ込んでいるその様は、完全に不良のそれである。

案の定、ティマはマルスの視線から逃れるように、再びアイリスディーナの背中に隠れてしまった。

「ひう……」

「マルス……」

「チッ」

マルスとティマの間に、再び悪循環が始まりそうになり、ノゾムがマルスを窘(たしな)める。

マルスはティマから視線を外すと、不機嫌なオーラを全身から発しながら一同から離れて、窓の近くに腰を下ろす。

重苦しい空気が、再度ノゾムとアイリスディーナ達の間に流れた。

「あ、ああそうだった。ノゾム君、実は近々、ソミアの誕生会があるんだ」

アイリスディーナが場の雰囲気を変えようと、別の話題を振ってきた。

内容は、彼女の妹であるソミアの誕生会について。

唐突な話に、ノゾムは驚いたものの、以前にソミア本人から聞いた話を思い出す。

「……ああ、そういえば、ソミアちゃんもそんなこと言っていましたね」

「ああ、参加者にはソミアの同級生も来るのだが、ぜひ君にも来て欲しい」

「えぇっと、フランシルト家の令嬢の誕生会となれば、あちこちから高名な方々が来るはずです。そんな場所に自分が行っていいんですか？」

フランシルト家はアークミル大陸各国に名の知れた名家だ。そんなところのご令嬢の誕生会となれば各国の重鎮も来るだろう。

ノゾムとしては、そんな中に、平民である自分が加わるのはマズいのではないかと考えていた。

それにノゾムは、ソルミナティ学園では良くない噂が立っている。

だが、当のアイリスディーナは、そんなノゾムの杞憂を、まるで気にしないというように笑って吹き飛ばした。

「ふふふ、別に構わないよ。そもそも今回の誕生会は身内と、親しい友人のみを招いて行うつもりだったからね。それにノゾム君はソミアの友達だろう？　問題ないさ」

口元に手を当てながら、微笑（ほほえ）みを浮かべるその表情には、嘘も偽りもない。

彼女は心の底から、ノゾムに来て欲しいと願い、誘いをかけていた。

「それで、参加してくれるかい？」

「……分かりました。参加させていただきます」

「そうか！　よかったよ。ソミアも喜んでくれるとも思う」

ノゾムの参加を聞いて、アイリスディーナがニコリと笑みを深めた。

そして、彼女の視線は唐突に、ノゾムの隣にいたマルスにも向けられる。

「そうだ、マルス君もどうだい？」

「……はぁ？」

「え、ええ！」

アイリスディーナの突然の言葉に、マルスは呆けたような声を漏らし、ティマが驚きの表情を浮かべる。

何を言っているのか分からない。そんなマルスの視線が、アイリスディーナに向けられた。

マルスはつい先ほど、彼女の友人に敵意にも似た目を向けている。普通に考えれば、そんな人物を妹の誕生会に呼んだりはしない。

「何考えてんだ。本気で言っているのか？　俺は、お前らはもちろん、お前の妹とも友達になんてなった覚えはねえぞ。そもそも、お前の妹にも会ったことはねえ」

「ああ、そうだな。確かに君は会ったこともない。だが、君はノゾム君の友人のようだ。別に誘うのは不思議ではないと思うが？」

アイリスディーナの表情には、マルスに対する嫌悪感は浮かんでいない。

ただ、意味深な笑みを口元に浮かべている。

そんな彼女の余裕が癪に障ったのか、マルスは顔を顰めた。

「そうか。そりゃ残念だったな。生憎と、お上品な貴族様のパーティーに不向きな人間でな」

「まあ、そうだね。君の噂も、それなりに耳にしているよ、マルス・ディケンズ君。君とは少し話しただけだが、確かに行く先々でトラブルを起こしそうな性格だ。だが……」

アイリスディーナの視線が、チラリとノゾムに向けられる。

「そんな君が、どうして昼休みに彼と一緒にいるんだい？　普通に考えれば、ありえない組み合わせだと思うのだが……」

マルスの性格を考えれば、学年最下位のノゾムと一緒にいるなどありえない。

だが、現実にこうして、昼時という一日の中でも貴重な時間を一緒に過ごしている。

一見では分からない人の隠れた気質。それを最も端的に写すものの一つが、交友関係だ。

人は本能的に、自分と似た人間、または同じ目標を持つ者と友人になることが多い。

それはつまり、ノゾムとマルス、この性格も見た目も全く違う両者に、互いが共有、もしくは共感しうる何かがあるということ。

確かに、アイリスディーナから見ても、マルスは粗暴な性格の持ち主である。

だが、背中で震えているティマと違い、貴族令嬢として、社交界で海千山千の大貴族を相手にしてきたアイリスディーナは、その荒々しい物言いの裏側にあるマルスの隠れた気質の影を、敏感に感じ取っていた。

「君は見た目通り武骨ではあるし、無遠慮ではあるが、少なくとも、筋は通すような人間だと思うのだが？」

アイリスディーナの言葉に、マルスの視線がいよいよ敵意を帯びていく。

基本的にマルスは、他人から過干渉されることを嫌う、一匹狼気質の人間だ。

同時に、マルスが示した敵意は、アイリスディーナの指摘が正しいことを示しており、この短い間に彼の気質を深いところまでを見抜く彼女の洞察力に、ノゾムは驚きの表情を浮かべていた。

「そして、分かりやすい。まるで一人ぼっちの野良犬のように……ね」

さらに、マルスの気質を見抜いた上で、アイリスディーナは挑発するような言葉を投げかける。

「……随分と口が回るじゃねえか」

「口が回らなければ、社交などできないからね。生まれ故の必然だよ。もちろん、この誘いについては、勝手に断ってくれて構わない」

マルスの敵意を、アイリスディーナは笑顔で軽く受け流す。

しかも、口で言い負かして無理やり連れていくとは微塵も考えていないというように、きちんと選択肢をマルスに委ねている。

「ちっ……」

これにはさすがのマルスも何も言い返せず、目を逸らして、閉口するしかなかった。

そもそも、直情的な性格のマルスだ。

交友関係が圧倒的に広く、さらには貴族として社交の場も数多経験しているアイリスディーナに、口と腹の探り合いで勝つのは無理がある。

「ああ、それから。もし来てくれたら、ホストとして最大限、持て成したいとも思っている。料理も期待してくれ」

それだけを言い残すと、アイリスディーナはティマを伴って保健室を出ていった。

「マルス、行くのか？」

「行くわけねえだろが！」

おもむろに投げかけられたノゾムの質問を、マルスが電光石火の速度で切り捨てる。

そのありきたりな反応に、ノゾムは「そう言うと思った」と肩をすくめた。

「それにしても、随分とティマさんに突っかかっていたな」

マルスのティマに対する態度は、明らかに過剰だった。

元々彼は感情的になりやすいが、彼女に対する態度は、以前のノゾムに対するものに近かった。

「あんな奴が一番イラつくんだ。強い癖にあんなにオドオドしてやがって……………」

「強ければ何もかも恐れずに済む、というわけでもないだろう。強すぎる力を手にしたからこそ、恐怖を覚えることもある。あれだけ強い魔力の持ち主だ。過去に色々あったかもしれんぞ」

吐き捨てるように漏らしたマルスの声に、ノルンが言葉を重ねた。

見識の深い言葉に、マルスは押し黙る。

（強すぎる力、か……）

ノゾムもまた、強い力故の恐怖という言葉に、深い共感と不安を覚えていた。

無意識のうちに胸元に添えられた手に、ギュッと力が入る。

力が込められたノゾムの手の中で、彼の体に纏わりつく不可視の鎖が、キシキシと耳障りな音を鳴らしていた。

†

放課後、ノゾムとマルスは牛頭亭にやってきていた。

最近ノゾムは、ここで夕食を取ることが多くなっている。

普段は自炊で生活費を切り詰めているが、マルスの友人になったことで、エナやハンナが多少値引いてくれるようになったのだ。

もちろん、ノゾムも値引きしてもらうだけでは悪いと、皿洗いや買い出し、搬入などの手のかかる仕事を手伝うこともあり、結果的には互いに支え合う、良い関係を築き始めている。

「お兄ちゃん、一体何をやっているのよ！」

夕焼けの光が差し込む牛頭亭の店内に、エナの怒号が響く。

不機嫌な顔で帰ってきたマルスに気づいたエナが彼を問い詰め、保健室でのアイリスディーナとのやり取りや、彼がティマにガンつけたことがバレたのが原因だった。

「なんでお兄ちゃんはすぐに人に突っかかるの！」

「うるせえ！　大体なんでお前がゴチャゴチャ言うんだ！　お前には関係ねえだろうが！」

「大ありよ！　これでまたハンナさんたちに迷惑がかかったらどうするつもりだったの！」

「ええっと……」

侃々諤々（かんかんがくがく）と言い争うマルスとエナ。マルスと同じテーブルに座っているノゾムは完全に蚊帳の外で、どうしたらいいか分からず、ポリポリと頬を掻くことしかできずにいた。

「気にしなくてもいいよ。二人にとっては日常茶飯事さ」

「ハンナさん……」

店の奥にある台所から姿を現したハンナが、食事の乗った皿とミルクを、ノゾムの前に置く。

「あの子達にとっては、このくらいのケンカはスキンシップみたいなもんさ。明日になれば元通りだから気にするだけ無駄だよ」

クイッとハンナが、ノゾムを促すように顎をしゃくる。

彼女の視線の先には、既にこの店を訪れている客が数人いるが、誰もが目の前の喧騒を眺めながら、苦笑を浮かべるだけだった。

「何でお兄ちゃんはいつもそうやって余計なことばかりするの？　もしかしてお兄ちゃん、そのティマさんのことが好きになったの？　意地悪して気を引こうなんてどれだけ子供なのよ！」

「別にそんなこと思ってねえよ！　勝手に俺の感情を捏造するんじゃねえ！」

一方、そんなのほほんとした空気の周囲とは裏腹に、二人の言い争いはますますヒートアップ。

あまりの音量に宿の窓ガラスが揺れ、ノゾムの持つコップのミルクには波紋が立っていた。はっきり言って魔獣同士が戦っていると言われても納得してしまうほどの騒がしさである。

（でもお客さんは全然動じていない……どんだけよ）

そんな状態でも周囲のお客さんの様子は変わらない。これだけ騒いでも憲兵が駆けつけないところを見ると、どうやら憲兵達にすら、この兄妹の喧嘩は周知されているようだ。

驚くべきはこれだけの大喧騒の中で普通にしていられる地元の住民達か、それともそんな光景を普通と認識させてしまった兄妹達か。

バキィイ！

ノゾムが周囲の反応に呆然としていると、喧嘩をしている二人の方から突然大きな音が鳴り響いた。

「な、なんだ！」

ノゾムが慌てて音のした方向を見ると、エナがカウンターの椅子を持ち上げて床に叩きつけている。

「お、お前いきなり何すんだ！」

「もうお兄ちゃんに何を言ってもダメだと分かりました！　こうなったら実力行使で分かってもらいます。覚悟して！」

エナが椅子の脚を両手で掴み、正眼に構える。その構えは妙に様になっていた。

「てやあああああああああ！」

エナがマルスの脳天めがけて椅子を振り下ろす。マルスは慌てて振り下ろされた椅子を回避するが、顔面スレスレを高速で駆け抜けた椅子に、顔を引き攣らせる。

「こ、殺す気かお前！　ちょっと遅かったら脳天カチ割れていたぞ！」

マルスの必死の訴えに、ノゾムも内心同意した。

木製とはいえ、椅子の角で頭を殴られれば、当たりどころが悪ければ大変なことになるだろう。

そして、ふとノゾムがギリギリ回避したマルスを凝視してみれば、彼の体からは高められた気の気配がする。どうやら身体強化まで使ってエナの一撃を回避したらしい。

（……ちょっと待て。身体強化したマルスがギリギリ回避ってどういうことだよ？）

ノゾムが妙な違和感を覚え、エナの様子をよく観察してみれば、彼女の体からも高められた気の気配がする。どうやら無意識に身体強化を使っているらしい。

（あれ？　確かエナちゃん、身体強化とかの戦闘訓練なんて積んでいないって聞いていたけど……）

ハンナ達の話では、エナは戦闘技術等は習得したことはないと言っていた。

しかし、現実として、彼女の体からは明らかに気の強化による気配が感じ取れる。

特に戦闘訓練など受けていないにもかかわらず、無意識に身体強化をしている様子を見ると、彼女もまたマルスと同じように、相当な才を持っているのかもしれない。

というか、ノゾムとしてはそんなに強化した身体能力で肉親に殴りかかるなと言いたい。

いくら日ごろのマルスの行いが悪いとはいえ、あまりにも遠慮がなさすぎる。

（無意識とはいえ、下手すりゃマルス本当に死んでいたな……）

「ちょっと待て！　お前、日頃から俺には暴力を振るうなとか言っておきながら、自分は暴力に訴えるのかよ！」

（まあ、殺されかけたマルスからすればもっともなセリフだよな…………）

今のマルスは、完全に腰が引けていた。

エナは現在十四歳で、身長も決して高いというわけではなく、体つきもごく普通の少女である。

しかし、今の彼女の纏う気迫は、完全にこの場を支配していた。このままでは本当にマルスが殺されかねない。それはマズイと思い、ノゾムはエマを宥めるために声を上げる。

「ま、まあエナちゃん。いくらマルスがどうしようもない不良だからって、さすがにそれはヤバイと思うよ……」

「邪魔しないでくださいノゾムさん！　お兄ちゃんを更生させるにはもうこれしかないんです！　もしかしたら衝撃でまともな性格になるかもしれません！」

「いやいやいや！　その前にマルスの頭が別の意味で使い物にならなくなるから！　ちょっと落ち着こうよ！」

ノゾムがエナを必死に宥めながらも、マルスの方を見てみれば、彼はノゾムの言葉に同意するように、激しく首を上下に振っている。

さすがに今のエナの状態はマズイと、マルスも悟っているのだ。

「ダメです！　ここでお兄ちゃんをどうにかしてまともにしないと、きっと私、後悔します！」

「いやいやいや！　どうにかした方がきっと後悔するから！」

再び椅子を振り上げて飛びかかろうとするエナを、ノゾムは後ろから羽交い絞めにして止めようとするが、身体強化をしているエナの膂力に振り払われそうになる。

「ちょ、力強！」

ノゾムも当然身体強化を使っているが、エナの身体強化は無意識に行っているせいか、全く加減がない。

ちなみに当のマルスは完全に戦意喪失し、部屋の隅に追い詰められていた。

傍から見れば、ちょっとした家庭内暴力の現場である。

暴力夫に暴力を振るわれている子供と、それを止めようとしている妻。

言うまでもなく、暴力夫がエナで、子供がマルス。止めようとしている妻がノゾムだ。

一方、そんな現場に立ち会っているはずの客達はもはや慣れたもので、酒の入ったジョッキ片手に大笑いしている。

彼らからみれば、配役を間違っているとしか思えない喜劇なのだろう。もっとも、当の本人たちは至極真面目であるが。

喜劇の結末を言えば、結局マルスはエナの椅子の一撃を脳天に受けた。

しかし、ノゾムが必死に抗（あらが）ったため、打ち下ろしの威力が減衰。マルスは何とか撲殺を免れた。

とはいえ、彼は完全に目を回してしまい、そのままハンナに部屋まで引きずられていった。

マルスを更生という名目で粛清したエナは、自分の行為に全く動じず、接客へと戻っている。

（うん、エナちゃんは怒らせないようにしよう……）

そんなディケンズ家の一コマを目の当たりにし、ノゾムは一つ、忘れてはならないルールを心に刻みつけた。

もっとも、エナがここまで激高したのは、普段から彼女に大きなストレスを与えていたマルスが原因であり、結局は彼の自業自得でもあった。

✝

牛頭亭を出たノゾムは、学生寮に戻る道を歩きながら、考えに耽（ふけ）っていた。

「ソミアちゃんの誕生会か。プレゼント、どうしよう……」

誕生会といえば、当然プレゼントである。

ノゾムの脳裏に、中央公園で出会ったソミアの顔が浮かんだ。ニコニコと朗らかな笑顔を浮かべる彼女の姿を思い出しながら、一体何を贈るのが良いだろうかと考える。

「そういえば彼女、特徴的な腕飾りをしていたな」

姉から贈られたと言っていた腕飾りは、かなり高価な品だったが、それ以上に、ソミアは大切な姉からの贈り物であることが嬉しい様子であった。

贈り物の価値は、その品の金銭的価値だけで決まるものではない。

そのように考えてくれているのなら、ノゾムにもどうにかなりそうだった。

「まだ、間に合うかな」

既に夜の帳が下りている中、ノゾムはくるりと踵を返し、寮とは逆の方へと歩き始める。

向かう先は、スパシムの森にあるシノの小屋。

闇夜に包まれた森を走破し、小屋に辿り着くと、おもむろに小屋の中を物色し始める。

「ああ、あったあった」

棚の中から見つけたのは、一つの鈴。

元々シノの持ち物であり、彼女の装身具の一つだったものだ。

見たところ真鍮製で形も小さく、振るとチリチリと小刻みに静かな音を奏でている。

「ええっと、これぐらいならこの小屋の道具で作れるかな？　すみません師匠。師匠の持ち物、使わせていただきます」

小屋にある使わない道具から、真鍮製の部品を適当に剥ぎ取り、暖炉に放り込んで熱する。

珠となる金属球を二個、半球状の部品を四個作り、珠を半球の部品で包んで圧着し、糸通しの輪を完成した鈴に接着する。続いて、藍色に染色してあるシノの帯を拝借し、腕輪状に編み直す。最後に、鈴と腕輪を糸で結びつければ完成だ。

試しに、ノゾムは完成した鈴を振ってみる。カラコロとやや不規則な音を鳴らす鈴は、どう考えても参考にした鈴には及ばない。

「う～ん、やっぱり初めてじゃ上手く作れないか。もう少し、やってみるか」

そう言いながら、ノゾムはもう一度、真鍮を炉に放り込む。

結局、その日は夜が明けるまで鈴の製作を繰り返したが、思うような鈴は作れなかった。

朝日が小屋に差したところで、ノゾムは仕方なく学園に向かう。

その後も、彼は鈴の製作に明け暮れ、ソミアの誕生会前日まで、真鍮製の部品と格闘し続けた。

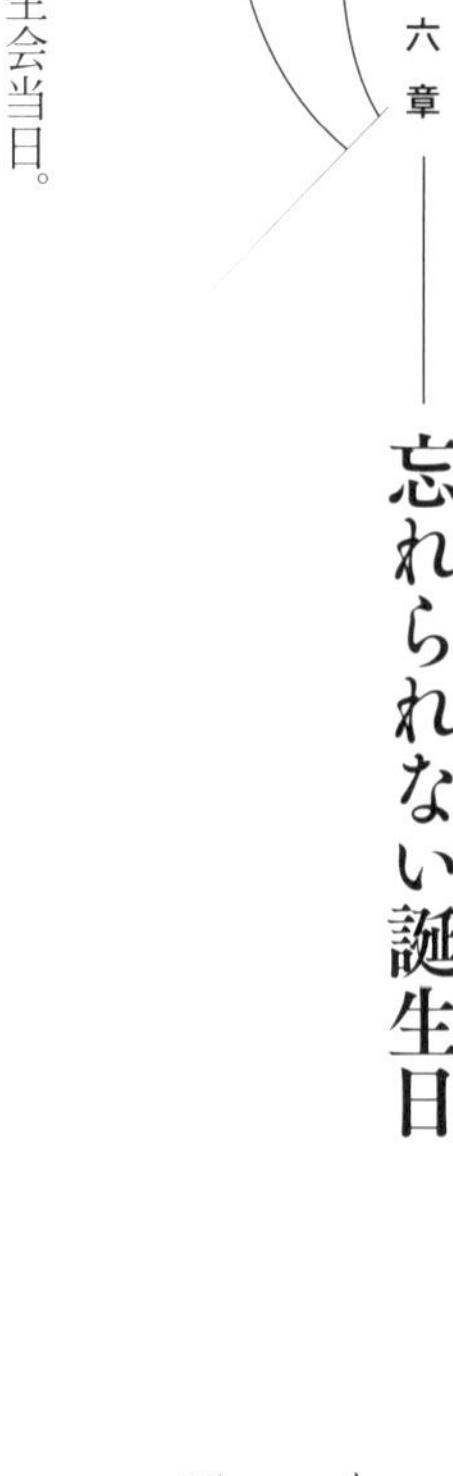

第六章 忘れられない誕生日

ソミアの誕生会当日。

授業を終えたノゾムは一旦寮に戻ると、ソミアへのプレゼントを持って、制服のまま、フランシルト邸を目指した。

貴族令嬢の誕生会に出られる服などノゾムは持っていないし、買う余裕もない。

パーティー会場であるアイリスディーナの屋敷の正門前に来たノゾムだが、彼は目の前に聳(そび)える屋敷の大きさに、ただ圧倒されていた。

フォルスィーナ王国の中でも大貴族の令嬢が住まうその屋敷の大きさは、この区画に建っている他の屋敷と比べても一回りも二回りも大きい。

大理石で造られた三階建ての建物で、小さな村の住民達が全員寝泊まりしても大丈夫なくらいの広さがあるかもしれない。

屋敷はもちろん、庭も広大で、その広い敷地の外側を、人の身長の三倍を超える柵が囲っている。

学園ではあまり実感がなかったが、ノゾムは改めて、アイリスディーナが極めて高貴な身分の人間であることを再認識していた。

「……会場、ここだよな」

「………ああ」

「本当に大きな屋敷ですね……。お兄ちゃん、また変なことしないでよね」

ノゾムの隣にいたマルスとエナも、あまりに大きく、荘厳な屋敷に圧倒されていた。

「……というか、どうしてエナちゃんがここにいるんだ？」

隣に立つエナの姿に、ノゾムが疑問の声を上げる。

一応、マルスがパーティーに参加するのはティマへ謝罪という名目だ。

あのまま有耶無耶(うやむや)にすることを、エナもハンナも許さなかったのだ。

だが、元々エナはパーティーに呼ばれていない。

ノゾムが首を傾(かし)げる中、肝心のマルスは気まずそうに視線を逸(そ)らしていた。

「ノゾムさん、私はパーティーに参加するために来たんじゃないんです」

「え、じゃあ何のために？」

「この前、お兄ちゃんが失礼なことをしてしまった方に、一緒に謝罪するためです。お兄ちゃん一人じゃきちんと謝るかどうか信用できませんから、無理やりついてきました」

どうやら、エナがこの場に来たのは、マルスが保健室で絡んだティマに、きちんと謝罪するか監視するためらしい。

一方、マルスはこの場にエナがいるのがよほど不満なのか、「ふん！」と不機嫌そうに、鼻息を荒くしている。

「マルス……お前……」

ノゾムが呆(あき)れたよう視線をマルスに向けた。

妹の付き添いがなければ謝罪もできないなんて、情けないにもほどがある。

「腰抜けを見るような目をしてんじゃねえ！　俺は大丈夫だと口を酸っぱくして言っていたのに、こいつが勝手についてきただけだ！」

「何言っているのよ！　お兄ちゃんだけだったらまた変なこと言って拗れるだけなんだから！」

「マジでいい加減にしろや！　お前は俺の母親か！」

案の定、ジト目で睨みつけてくるノゾムにマルスが反発し、そんなマルスの暴言にエナが声を荒らげる。

「母親？　冗談じゃないよ！　私だったら、きちんと誰にも優しい紳士に育てるもん！　こんな図体だけ大きな子供なんて御免だよ！」

「紳士ぃい？　うちの店の椅子を凶器にして実の兄を殴る奴が紳士とか言うのか？　チャンチャラおかしいぜ！」

「お、おい二人とも……」

立派な屋敷の正門前で、人目を気にせず罵り合う兄妹。

ディケンズ兄妹にとってはいつも通りのじゃれ合いだが、ここは彼らの起こす騒動を見慣れた商業区ではない。

普段は物静かな行政区で大騒ぎする二人は、傍から見て非常に目立っていた。

当然ながら、三人は周囲を行き交う人々の注目を浴びており、ノゾムとしてはとても恥ずかしい。

何とかディケンズ兄妹を止めようと呼びかけるが、当人達は舌戦に夢中で、自分達がどれだけ目立っているのか気づいていない。

そうこうしているうちに、キィ……と金属が軋む音が鳴り、フランシルト邸の門の中から、この屋敷で働いていると思われるメイドが現れた。

「すみません。屋敷の前で騒がれるのは、ご遠慮願いたいのですが」

下手ながら、明らかに不快さを漂わせているメイドの言葉に、ノゾムは慌てて前に出て頭を下げる。

「あ、す、すみません、連れが騒がしくしてしまって。今日はソミアちゃ……ソミリアーナさんの誕生会に呼ばれてきたのですが……」

「あなた方が……ですか？」

メイドは眉を顰め、明らかにノゾム達を不審者として見ていた。

ノゾムとマルスはソルミナティ学園の制服を着ているが、エナの方は牛頭亭で働いている時に来ている普段着とエプロンである。

おまけに、ノゾムの後ろにいる騒動の元凶達は、このフランシルト邸から現れたメイドに気づいていない。

相変わらず、やいのやいのと言い争うディケンズ兄妹の大声を背中で受けながら、ノゾムは胡散臭いものを見る目を向けてくるメイドを前に、乾いた笑いを浮かべることしかできなかった。

「大変申し訳ありませんが、このような怪しい方々を屋敷内に入れるわけにはいきません」

「少し待ちたまえ」

「お、お嬢様！」

案の定、メイドは門を閉めようとする。

だが、後ろから現れたアイリスディーナが、門を閉めようとするメイドを止めた。

アイリスディーナの後ろには、ノゾムと同じように、学園の制服を着たティマの姿もある。

「やあノゾム君、来てくれたんだね。彼らは私の友人だ。通しても大丈夫だよ。案内は私がするから、君は職務に戻ってくれ」

「は、はい」

「あ、ありがとう、アイリスディーナさん」

主人の登場に、メイドは慌てた様子で去っていき、ノゾムは思わず安堵の声を漏らした。

「ふふ、こちらが招待したお客様を門前で追い返すわけにはいかないからね。……ところで、彼らはいつまでやっているのかな？」

端正な容貌に、誰もが魅了される笑みを浮かべるアイリスディーナ。

彼女の指摘に、ノゾムは後ろに振り返り、思わず肩を落とした。

マルスとエナは、パーティー主催者の登場にも気づかず、未だ口論を続けており、周囲には既に人だかりができ始めている。

ここまで周囲を気にせず口論に集中できるのはある意味凄いが、一応、知り合いであるノゾムとしては、溜息しか出ない。

「あの二人は…………おーい、もう中に入るぞ。いつまで騒いでいるんだ！」

「「え？」」

ノゾムの大声にようやく気づいたのか、マルスとエナが間の抜けた声を漏らした。

そして、一度ノゾムに視線を向けると、周囲をキョロキョロと見渡し始める。

そこでようやく自分達の痴態に気づいたのか、大慌てでノゾム達のところに駆け寄ってきた。

「ノゾム、気づいていたなら言えよ！」

「そうですよノゾムさん！　恥ずかしかったじゃないですか！」

「…………え～」

「……ぷっ」

顔を真っ赤にしながら、あまりに理不尽なことを言ってくる二人に、ノゾムは肩を落とす。

そんな三人の様子に、アイリスディーナは含み笑いを漏らしていた。

「ふふふ。楽しそうだね。でもノゾム君、よかったら、彼女を紹介してくれないかな？」

アイリスディーナの視線は、ノゾム達の傍にいたエナに向けられている。

「あ、そういえばエナちゃんに会うのは初めてでしたね」

「まあね。聞いているかもしれないけど、私はアイリスディーナ・フランシルトだ。よろしく」

「は、はい！　え、エナ・ディケンズです」

アイリスディーナの雰囲気に気圧され、エナは緊張した様子で自己紹介をする。

続いてアイリスディーナの後ろにいたティマも、微笑みながらエナに話しかけてきた。

「ふふ、私はティマ・ライム。よろしくね、エナちゃん」

「あ、貴方がティマさんでしたか。いつぞやはうちの愚兄がご迷惑をかけまして申し訳ありませんでした」

エナは兄が絡んだ人が目の前にいる女性だと分かると、深々と頭を下げて謝罪した。

その様子にティマは少し面食らう。

「べ、別にいいよ。気にしなくても……」

「いえ、さすがにそういうわけには……というかお兄ちゃんも謝りなさい！　元々、お兄ちゃんが悪いんだから！」

「だから、お前は俺の母親か！　お前のせいで俺が話し難くなっているんじゃねえか！」

「何よ！　どうせお兄ちゃん一人じゃ謝るなんてできないでしょ！　そんなだから、私が最初に謝っておくんじゃない！」

「だから、それが余計だって言ってんだよ！」

「ちょ、ちょっと待った二人共！　また喧嘩はマズイって！」

再燃しかける兄妹喧嘩。これ以上はマズイと、ノゾムは二人の間に割って入ろうとする。

「ふ……ふふふ、あははは！」

そんな三人を前に、アイリスディーナは思わず腹を抱えて大笑いし始めた。

思わぬ人物の笑い声に、ノゾムもマルスもエナも硬直する。

アイリスディーナの隣にいるティマも、親友の大笑いに、驚いた様子でポカンと口を開けていた。

「アイがこんなに大笑いするなんて……」

ティマが漏らした言葉に、ノゾムも内心で同意する。

彼が今まで見てきたアイリスディーナという少女は、どこか超然としていて、明らかに違う世界の人間のように見えていた。

ブレることなく、凛とし、己の責務を背負い、迷うことなくまっすぐ進んでいくような、そんな人物だった。

しかし、今目の前で笑う彼女に、そのような隔絶とした印象はなく、同じ年頃の少女の姿そのものだった。

「ふふ、突然笑ってしまってすまない。二人共、とても仲がいいんだね」

「い、いや、その……」

「え、えっと……」

「……そうだ、エナちゃんだったかい？　よかったら妹のパーティーに参加してくれないかな？」

唐突な提案に、エナの表情が驚きに染まる。

「え。で、でも……。私、こんなお屋敷のパーティーに出たことありませんし、今日は兄の謝罪の付き添いで来たんです。それに、私はこんな服装ですし、プレゼントも用意していませんし……」

そう言いながら、エナはかなり躊躇っている様子で、チラチラと隣にいる兄を覗き見ている。

アイリスディーナの突然の申し出に、マルスもまた気まずそうに頭を掻いていた。

実のところ、マルスはこのパーティーに来るにあたり、一応それらしい品は買っている。商業区で売っていた、蜂蜜と砂糖を使った菓子である。

甘味というのは最上の娯楽の一つ。フランシルト家ともなればいくらでも手に入れられるだろうが、それでも用意する必要があった。

「ふふ、それで十分だよ。服装も気にする必要はない。今回は身内だけのパーティーだから無礼講さ。それに、こういう時、祝ってくれる気持ちが大切なんだ。ソミアもプレゼントより、心から祝ってくれる人がいてくれる方がいい」

ちなみに、菓子を選んだのはエナで、代金はマルスの小遣い無理やり徴収して賄っていたりする。

実際、エナが品を選び、マルスが資金を出したなら、この菓子は二人から送るプレゼントと言えた。

「まあ、主催者がこう言っているんだから、これでいいんじゃないか？　金を出したのは俺だが、選んだのはお前だからな……」

「……分かりました。お邪魔でなければ、参加させてください」

少し逡巡したエナだが、アイリスディーナと兄の後押しを受けて、参加することに決めた。

「それじゃあ、会場へ案内するよ。ついてきてくれ」

アイリスディーナの後に続き、ノゾム達は門を通り、巨大な邸宅へと足を踏み入れた。

正面玄関を潜ると、豪華ながら品の良いホールが目に飛び込んでくる。

玄関ホールには五人のメイドがおり、アイリスディーナ達へ深々と礼をしてくる。

そんな中、一人のメイドが、ノゾムとマルスの前に進み出てきた。

「お客様、申し訳ありませんが、お持ちの剣を預からせていただきます」

ここは貴族の邸宅だ。当然ながら、武器の持ち込みは許されていないのだろう。

ノゾムとマルスはメイドに自分達の得物を預けると、受け取ったメイドは玄関横にある、保管室と思われる部屋に入っていった。

得物を預け終わると、一行はパーティー会場となっている大広間に案内された。

舞踏会などでも使われる大広間は大変広く、床にはふかふかの絨毯が敷かれ、凝った彫刻が施された暖炉が設けられている。

壁や柱にも控えめながら品の良い彫刻が施され、歴代のフランシルト家当主を描いたと思われる肖像が飾られている。

パーティー会場には既に二、三十人ほどの人達がいたが、ほぼ全員がメイド服と執事服を着用しており、参加者のほとんどがこの屋敷で働いている人達のようだった。

そして、大広間の一番奥には、このパーティーの主役であるソミアの姿がある。

彼女の近くには、エクロスの制服を身に着けた三人の少女達がいた。

おそらくは、ソミアの同級生だろう。

パーティー自体は立食形式のようで、会場の端に並べられたテーブルの上には、様々な料理が並んでいる。

サラダ、スープ、肉料理、魚料理、デザート、酒や紅茶等の飲み物。芳醇な香りを漂わせるそれは、どれもがこの屋敷のシェフが趣向を凝らしたものだと分かる。

「もうすぐ始まるから、少し待ってくれ」

アイリスディーナはそう言うと、ノゾム達から離れて、ソミアの元へと向かう。

戻ってきた彼女の姿に気づいたソミアは、話をしていた同級生達に一言告げて離れると、愛する姉の胸に飛び込んだ。

飛びついてきたソミアを、アイリスディーナも優しく受け止める。

女神のような微笑みを浮かべて妹を抱き上げる姉と、満面の笑みで姉に抱き着く妹。

その優しく、麗しい光景に、周りにいた人達にも自然と笑みが浮かぶ。

「今日は私の大切な妹の誕生日を祝ってくれてありがとう。今日はいつもの職務や分別を忘れて、大いに楽しんで欲しい」

温かい雰囲気に包まれる中、アイリスディーナの挨拶と共にパーティーが始まり、会場に集まった参加者達は思い思いに楽しみ始めた。

ノゾムは手始めに、マルスとエナの三人で、手近にあった料理を味わってみることにする。

「む、このお肉、凄く美味しい。うちのお店で出せたなら……。でも、それだと材料代だけで足が出ちゃう……いや、せめてソースだけでも再現できたら……」

「彼女、随分熱心だな」

「ああ、牛頭亭の料理、新メニューを考えるのは、大抵エナだからな」

出された料理を分析しつつ、頭の中でソロバンを弾(はじ)いているエナを眺めながら、ノゾムとマルスも、彼女が味わっている料理を取って食べてみる。

まず初めに、芳醇(ほうじゅん)なソースの香りが鼻孔を刺激し、口に入れて歯を立てれば、赤みを残して焼かれた肉が、ほどよい噛(か)み応えを返してくる。

続いて、口の中で溶けだした肉の油が芳醇なソースと混じり合い、濃厚な旨味(うまみ)となって暴れ回る。

「凄く美味いな……」

「ああ、正直、美味(うま)い以外の言葉が出てこねえ」

自分達が今までの人生で口にできなかった、最高位の料理。その美味さに感嘆しつつ、二人は次々に料理を皿に取って平らげていく。

その様子はお世辞にも洗練されているとは言えないが、元々このパーティー自体が身内だけの小さなものであり、主催者も無礼講だと宣言しているだけに、誰も彼らを咎(とが)めることはしなかった。

むしろ、メイドや執事達の中にも、手に取った皿に料理を山盛りに積んでいる者がいる様子。

元々フランシルト家に仕えているとはいえ、彼らもこのような豪華な料理を食べる機会は滅多にない。

故に、そんな彼らと目が合えば、互いに苦笑を浮かべて、再び目の前の料理に集中するのである。

一方、アイリスディーナやソミア、そしてティマの周りには人が集まり、談笑に興じている。

特にソミアの周りには、エクロスの同級生達だけではなく、次々とこの屋敷に仕える執事やメイドが訪れ、祝辞の言葉を述べている。

「あっ！」

しばらくの間、祝辞を受けていたソミアだったが、広間の端にいるノゾム達に気づくと、姉を伴ってノゾム達が食事をしているテーブルの傍までやってきた。

「こんばんは、ノゾムさん」

「こんばんは。ソミアちゃん。誕生日おめでとう」

「えへへ、今日は私のパーティーに来てくれて、ありがとうございます！」

ノゾムの祝辞に、ソミアは満面の笑みを浮かべて答える。

誕生日を祝ってくれるのがよほど嬉しいのか、声にも喜びの感情が乗っていた。

「ノゾムさん。そちらの方々のお名前を伺ってもいいですか？」

ソミアの目が、ノゾムの隣にいるマルスとエナに向けられる。

突然の主賓の来訪に驚いたのか、マルスもエナも、口に含んでいた料理を慌てて飲み下す。

「ん、んぐ……。マルス・ディケンズだ」

「んん！　コホコホ……。は、初めまして、ソミリアーナ様。マルス・ディケンズの妹でエナといいます。き、今日はアイリスディーナさんにお誘いを受けて参加させていただきました」

「あ、ソミアでいいですよ。このパーティーは無礼講ですし、私もそっちの方が嬉しいので！」

「よろしくな、娘っ子」

「お兄ちゃん！」

「い、いいですよエナさん、気にしていませんから！」

相変わらず身分差を気にしないソミアと、そんな彼女の言葉にあっさりと乗っかるマルス。兄の不遜な言葉遣いにエナが怒髪天を突き、ソミアが慌てて取りなそうとしている。

そして、苛烈な兄妹喧嘩が三度始まりそうになる。

「ちょ、ちょっと二人とも、今はパーティーの最中……」

騒ぎを聞きつけたティマが、ソミアを助けようと駆けつけてきた。

しかし、元々自己主張の薄い彼女がこの暴走兄妹を止めるには、威厳やら迫力やらが、致命的に足りていない。

「やあ、ノゾム君。楽しんでいるかい？」

そんな中、アイリスディーナがノゾムに声をかけてきた。

「あ、はい。それより止めなくていいんですか、あれ」

ノゾムは食事の乗った皿を手にしながら、そっと騒動を起こしているマルス達を指差した。

「構わないよ。門前での様子を見る限り、マルス君達は普段からあんな感じみたいだからね。それに、ソミアもあれで楽しそうだ。ティマが少し大変そうだが、たまにはいいだろう」

クスクスと微笑みながら、喧騒を眺める彼女は、とても楽しそうだった。

学園での凛々しい彼女とは違う、優しく温かな表情に、ノゾムは思わず自分の視線が釘づけになっているのを感じる。

「ん、どうかしたのかい？」

「っ、い、いや。何でもない、です」

隣の少女に見惚(みと)れていた自分に気づき、ノゾムは途端に恥ずかしくなって、思わず目を逸らしてしまう。

アイリスディーナは、突然しどろもどろし始めたノゾムの様子を見てから、突然スッと詰め寄ってきた。彼女の視線は、ノゾムの手に抱かれた小さな小箱に向けられている。

貴族令嬢にしては無警戒なその行為が、なおのこと、ノゾムの心臓をドキドキさせた。

「それは、ソミアへの誕生日プレゼントかい？」

「ええ、まあ……」

「ありがとう。ソミアも楽しみにしていたから、後で渡してやってくれ」

ノゾムが頷(うなず)くと、アイリスディーナもまた満足げに笑みを深めた。

沈黙が、二人の間に流れる。

しばしの間、二人は会場の端で佇(たたず)みながら、パーティーの喧騒を眺めていた。

「そういえば君にお礼を言っていなかったな」

「え、お礼？」

「このパーティーに来てくれたことさ。ソミアの誕生日は毎年祝っているけど、今年は特に楽しそうだ。きっと、君達が来てくれたからだろう」

「……ん？」

アイリスディーナの言葉の意味がよく分からず、ノゾムは首を傾げた。

彼女達は、大貴族の令嬢。その誕生会ともなれば、普通は多くの人が集まるはずであり、今回は身内だけとはいえ、それでも大広間が騒がしくなるほど人がいる。到底、寂しさとは無縁と思えた。

「天真爛漫(らんまん)に見えて、ソミアはかなり繊細な感覚の持ち主なんだ。悪意や隔意なんかは、あの歳(とし)で直(す)ぐに見抜いてしまうぐらいにはね」

アイリスディーナは近くに来たメイドからグラスを受け取ると、中身をゆっくりと嚥下(えんげ)する。

「私も貴族の社交界でそれなりの経験を積んできたけど、私と同じくらい、ソミアは人の気持ちを見抜く目がある」

故に、損得勘定で近づいてきた者達も、彼女は直ぐに見抜いてしまうと、アイリスディーナは語る。

「私達姉妹の母は、ソミアを産んで、その時に亡くなってしまった。だからこそ私は、ソミアの母親になろうとしてきたんだが……やっぱり実の母親が恋しいのだろうな。ソミアは誕生日が近づくと、いつもどことなく悲しそうにしていたんだ」

そして、彼女は滔々(とうとう)と、自分の家庭のことを話し続けた。

彼女達の母親が亡くなっているとはノゾムは知らなかった。

アイリスディーナの思わぬ告白に、ノゾムは目を見開きながらも、彼女の独白に真剣に耳を傾ける。

「だけど、今回はそうでもないんだ。やっぱり君に出会えたおかげなんだと思う。ソミアは屋敷でもよく君のことを話していたよ。変わっているけど、優しいお兄ちゃんに会ったってね」

「そう……だったんですか？　でも、俺一人程度で、そんなに変わるとは……」

「言っただろう。ソミアは人の悪意や隔意には敏感だと。屋敷にいるメイドや執事達はアルカザムに来る前から私達に仕えてくれている者達だが、ソミアや私にはどうしても隔意が挟まってしまうからな」

仕える者と、傅かれる者。双方の立場の違いからくる隔意は、たとえ長い時間をかけたとしても、なかなか取り払えるものではないらしい。

特に、昔から仕えていた者達だからこそ、その意識の根底に、明確な身分差が刷り込まれている。

ノゾムはソミアが高位の貴族令嬢とは知らずに接していたし、マルスは元々あんな性格だ。

「だから、せめてこの街にいる間だけでも、ソミアとは身分差を忘れて接して欲しい」

最初に身分差による先入観がなかったからこそ、アイリスディーナはノゾム達に、ある種の期待をしていた。

ノゾムは今まで何度か態度を改めようかと思ったことがあるが、彼女の姉に請われれば、否はない。

「……分かりました」

「ありがとう。君は、優しいな」

「そうですか？　別にそんなこともないかと思いますけど……」

「優しいさ。こんな頼みを聞いてくれたこともそうだが、私達が母親を亡くした話を聞いたら、普通の者は適当な慰めの言葉をかけるか、無意味な元気さで励まそうとする。でも、君は違った」

「単純に、言葉が出なかっただけですよ？」

「それがいいのさ。下手な言葉や態度で取り繕ったりしないで、自分の身に置き換えて、慮ってくれたんだろう？」

自分の心情をズバリと言い当てられ、ノゾムは思わず押し黙る。

本当に、人の心を読むことに長けている。そんな感想を今一度抱きながら、ノゾムは改めて彼女の洞察力に感嘆していた。

「君は、学園で言われているような冷血漢じゃない。むしろ、優しすぎる人間のようだね。幼馴染のリサ君のことを想っているから、今でもあの学園にいるんだろう？」

そして、次に彼女が発した言葉に、ノゾムは目を見開いた。

「学園に蔓延している噂だって根も葉もないものだろう。証拠はないし、カンだけどね」

同時に、何とも言えない様々な感情が、彼の胸の奥から湧き上がる。

何を根拠に無実だと言い張っているのかという子供じみた激情と、自分の無実に気づいてくれた喜び。最も大切だった人に否定された時を思い出したことによる怒りと悲しみ。

ドクドクと心臓の鼓動が荒れ、揺れる感情で視界が狭まる。

動揺で瞳を揺らしながら、ノゾムは気まずそうに、スッとアイリスディーナから視線を逸らした。

「……なんですか、それ」

「意外か？　私は結構、自分の感覚を当てにする人間なんだぞ」

人差し指を立てて唇に当てながら微笑む彼女の姿に、波立っていたノゾムの感情が、スゥッと治まっていく。

続いて、穏やかに波打つ波紋の底に残ったのは、喜びの感情。

茫然と固まっていたノゾムの口元が、穏やかな微笑みを映す。

そんな彼の表情に、アイリスディーナもまた満足げに笑みを浮かべていた。

「もう、いい加減にしてくださ――――い！」

「あっ……」

主賓の大声に、ノゾムとアイリスディーナの視線がソミア達に引き戻される。

ソミアとティマの二人は、未だに口喧嘩を続けるマルスとエナを、アタフタしながら止めようとしていたようだが、結局ダメだったようだ。

だが、ソミアの友達も、屋敷のメイドや執事達も、穏やかな笑顔を浮かべながら幼い少女の奮闘を見守るだけで、手を出そうとはしていない。

確かに、身分差による隔意はあるのかもしれない。

だが、ソミアを見守る皆の表情を見れば、彼女がこの屋敷の中で、どれだけ愛されているのかがよく分かる。

「もう！　姉様、ノゾムさん、そんな端っこでほのぼのしてないでどうにかしてよ！」

ソミアの声にノゾムとアイリスディーナは視線を交わすと、フッと肩をすくめる。

「さて。お姫様が呼んでいるから、そろそろ行こうか」

「ええ、とりあえず俺はマルスを止めますね」

二人は互いに頷くと、喧騒の中へと歩いていく。

パーティー会場の大広間は、いつの間にか温かい空気で満たされていた。

†

フランシルト邸の正門前。

夜の帳（とばり）が下り、人気のなくなったその場所には、一人の老人が立っていた。

たまたま廊下に出ていたメイドが老人の姿に気づき応対のために屋敷の外に出る。

老人は灰色のパリッとした執事服を身に纏(まと)っており、その風格は、明らかに高貴な人物に仕えていることを窺(うかが)わせた。

「どなたでしょうか」

「夜分に申し訳ありません。こちらの屋敷の主に用がありまして、お取り次ぎ願えないでしょうか？」

「生憎本日は主様の妹君の誕生日を祝うパーティーが開かれておりますので、誰も取り次ぐことはできません。ご用件ならばパーティーの後に主に伝えます故、ご遠慮願えませんか？」

メイドは非常に礼儀正しい老紳士の態度に少し好感を抱くも、同時にこんな夜遅い訪問を訝(いぶか)しんでもいた。

メイドは用件を尋ねてみるが、老紳士は用件のある本人の前で話さなければならないと言い切り、決して譲ろうとしない。

「このような夜分に失礼とは存じておりますが、お取り次ぎ願えませんでしょうか？」

「ですから、この場で用件をお話しください」

「申し訳ありません。私も契約上、第三者に用件を話すことを許されていないのです」

老紳士は繰り返し屋敷の主に合わせて欲しいとメイドに請うが、メイドはやんわりと断り続ける。

「ふう、仕方ありませんな………」

やがて老紳士は諦めたのか、溜息を吐(つ)いて執事服の襟を正すと、右手の指をパチンと鳴らした。

すると、突然メイドの体から力が抜け、その場に崩れ落ちる。

「申し訳ありません。これも主の命故」

門の鉄格子越しに倒れるメイドの体を受け止めた老紳士は、彼女の体を優しく正門の扉にもたれさせと、スッと指を空中に走らせる。

蛍を思わせる光が宙を舞い、正門前から屋敷へと続く道に、白く輝く魔法陣を描く。

老紳士は足元で輝く魔法陣を眺めながら小さく頷くと、静かに屋敷の中へと入っていった。

✝

宴もたけなわになっている頃、マルスとエナを落ち着かせたノゾム達は気を取り直し、いよいよ用意したプレゼントをソミアに渡そうとしていた。

「まあ、一応誕生会ということで、俺達も色々用意してきたんだけど……」

プレゼントを渡す前から、目をキラキラ輝かせながら、早く早くと、せっついてくるソミアを前に、ノゾム達は苦笑を漏らす。

だがその時、パーティー会場である大広間のドアがガチャリと開き、一人の老紳士が入ってきた。

「……あれ？　あの人、この会場にいた人だっけ？」

銀色の髪を後ろで纏め、灰色の執事服を着込んだ、片眼鏡の老紳士。

このパーティー会場では見かけなかった出で立ちの人物の登場に、ノゾムは首を傾げる。

「いや、私も知らない人物だ。フランシルト家の人間ではないな」

ノゾム達の傍でソミアを見守っていたアイリスディーナも、疑問を口にしながら、眉を顰めている。

赤い瞳に片眼鏡の老紳士。アイリスディーナの記憶にも、このような人物は屋敷にはいなかった。

パーティーを楽しんでいた参加者達も、見慣れぬ老紳士に気づいたのか、周囲の視線が老紳士に集まり始めた。

不審な老紳士の登場により、会場は徐々に静けさに包まれ、静寂と共に緊張感が漂い始める。

「何方(いずかた)ですか？　今日のパーティーにお呼びした方ではないようですが」

スッと、一歩前に出たアイリスディーナが、硬い声で老紳士に問いかける。

一方、老紳士はアイリスディーナの姿を確かめると、胸元に手を当て、一歩足を引いて見事な礼を返してきた。

視線、肩の位置、腰、足運びなどの各所作。そのどれもが、貴族として生きてきたアイリスディーナも見たことがないほどの完璧な礼だった。

「不躾(ぶしつけ)な作法でお邪魔したこと、誠に申し訳ありません。私、とある国の高貴な方に仕える執事であり、名をルガトと申します。この屋敷の主、アイリスディーナ様とソミリアーナ様とお見受けしますが」

「確かに私は、この屋敷の主であるアイリスディーナ・フランシルト。後ろにいるのは我が妹のソミリアーナであるが、何用で来られた」

老執事の所作から、実際に高位の貴族に仕える者だと察したアイリスディーナが、慇懃(いんぎん)な口調で問い直す。

相手はどう見ても、高位貴族の伝言役。

だが、アイリスディーナはこの人物が屋敷に入ることを許した覚えはない。

明らかな不法侵入者ならば、相手の非礼を問う意味でも、相応の威厳をもって接する必要があった。

「まずは、仕えている主の名を名乗ったらいかがですかな？　いきなり屋敷に入り込んできた上、自らの主の名を名乗りもしない者を歓迎するというのは、少し無理がある話なのでね」

「確かにその通りでございます。できうるなら、アイリスディーナ様とソミリアーナ様だけにお話ししたいのですが……」

「この屋敷の主である私の許しもなく、突然妹の誕生会に乱入した不届き者に、それを望む資格があるとでも？」

「もっともな話でございます。私は、ディザード皇国のウアジアルト家に仕える者でございます。この度は我が主から言伝を預かってまいりました」

「ディザード皇国。確か、大陸北西部の……」

ノゾムの口が呟くように、その国の名前を紡ぐ。

ディザード皇国は、アークミル大陸北西部にある、山に囲まれた雪国である。

厳しい気候風土に晒されている国ではあるが、最も特徴的なのは、七種の異種族によって造られたという点である。

この国を建国した七種族はどれも強力な能力を有した種族であるが、同時に様々な理由から、他の種族から排斥されてきたという歴史がある。

そんな種族達が寄り集まり、造り上げた国が、ディザード皇国であった。

その歴史的背景から、他の国とは国交を持たず、自ら他国に干渉することもなかった。

だが、保有する力は強大で、二十年前の大侵攻時は、一国で国境を越えた魔獣の大軍を退けている。

「私の目的は以前、フランシルト家に貸し与えた秘宝『霊炎の炉』を返していただくことです」

「霊炎の炉？」

アイリスディーナは聞いたことのない言葉に、首を傾げる。

フランシルト家の次期当首として、家の歴史は事細かに記憶しているアイリスディーナだが、霊炎の炉というアイテムについては、全く知らない様子だった。

「はい。それは他人の魂を取り込み、その力を自らのものとする秘宝であり、元々私が仕えるウアジァルト家の所有物」

チラリと、ルガトの視線がソミアに向けられる。

その意味深な視線に、アイリスディーナは眉を顰めた。

「……見たところ、どうやら今はソミリアーナ様の魂と融合しておるようですな。それを返していただきます」

「なっ！」

その場にいた全員が、自分の耳を疑った。

ルガトの話では、ソミアの魂にその霊炎の炉が融合しているらしい。

しかも彼はその秘宝を、今この場で返してもらうと言っている。

「それでは、契約を履行します」

「ま、待て！」

全く事情が分からないアイリスディーナがルガトに制止の声をかけるが、ルガトは彼女の制止を無視して、指を空中に走らせた。

次の瞬間、途方もない魔力が屋敷中を覆った。

周囲に満たされた魔力がノゾム達の身体を包み込み、この部屋から出なければ、という強烈な暗示が襲いかかってくる。

「っ、く！」

ノゾムは反射的に気を高め、襲いくる暗示に抗う。

睡眠や催眠などの暗示系の魔法は、魔力や気を高めることが最も手っ取り早い対処法である。

高められた気が、ルガトの魔力を弾き返し、頭に浮かんだ暗示は瞬く間に退いていく。

だが、暗示に抗えなかった屋敷の執事やメイド、ソミアの友達は虚ろな表情で、大広間の外へと出ていってしまう。

気がつけば、大広間全体の色彩も、白色から灰色がかったものへと変わり、窓の外から覗く景色も、まるで時が止まったかのように色褪せていた。

「い、一体、何ですか？」

ソミアが不安そうな声で姉に問いかける。

「多分結界魔法だ……。どうやら、対象以外の人物に強烈な暗示をかける類のものらしいな」

結界魔法は陣術の一つで、地面や起点となる場所に魔力を込めた陣を描くことで、一定範囲内に持続的な効果をもたらす魔法だ。

効果時間が長く、使い方によっては長時間様々な効果を得られるが、基本的に陣を張るのに手間がかかり、戦略的な運用を必要とする魔法である。

また、効果範囲を広げれば広げるほど持続時間と効果が減退する特徴もある。

窓の外を見る限り、結界はフランシルト邸全体を覆っている様子だった。

「マルス達は……」

ノゾムが他のメンバー達の様子を窺うと、マルス、ティマはノゾムと同じように、ルガトの結界魔法に抵抗できている様子だった。

しかし、魔法の知識に疎いエナは結界魔法の暗示にかかり、他のメイドたちと同じように外へと出ていってしまう。

「いきなり手荒な真似をしたこと、大変申し訳ありません。しかし、これも契約。その秘宝を返していただくためにも、ソミア様の魂を抜き取らせていただきます」

ルガトという名の老紳士の言葉に、ノゾム達はさらに驚愕の渦に叩き込まれる。

「わ、私の魂を抜き取るって……ど、どういうことですか？」

ソミアが震える声でルガトに尋ねる。隣にいるアイリスディーナの表情はこれ以上ないほど硬く、射殺さんばかりの敵意を視線に乗せて、ルガトを睨みつけていた。

「言葉通りでございます。三百年前に、当時のフランシルト家当主は、ウアジャルト家と密約を交わしました」

老紳士はそう言うと、胸元から一枚の古ぼけた羊皮紙を取り出し、ノゾム達に見えるように広げた。

「当時、フランシルト家が抱えていた問題を解決するためにウアジァルト家の助力を得る。その時、助力として渡された魔導具の一つが霊炎の炉でございます。そして、こちらがその時交わされた契約書でございます」

羊皮紙には確かにウアジャルト家がフランシルト家に助力し、ウアジャルト家の保有する魔道具を差し出す代わりに莫大な財貨と、一定期間後に使用した魔道具を返却することが明記されていた。

また、契約書にはこの密約を交わした証として、契約の印となる誓約の腕飾りを作り、それをフランシルト家が保有することになっている。

さらには、契約期間が終了した時、腕飾りによって召喚された契約の使い魔が契約を強制的に履行し、魔道具を回収することが記されていた。

そして、その際の被害を、フランシルト家は一切ウアジャルト家に抗議することはできないと。

契約書の末尾にはダメ押しとばかりに、フランシルト家の当首しか使うことを許されない家紋も押されている。

「そんな…………」

「姉様……」

契約の内容が偽りのないものだと突きつけられ、アイリスディーナとソミアは目を見開く。

「魔道具を回収する段階で魂を抜きますので、融合されているソミア様は亡くなられてしまいますが、それも契約の内に入っております。では、契約を完遂します」

「ま、待て！」

ルガトはそう言いながら、手にした契約書に魔力を込め始める。

深い深淵を思わせる魔力が契約書に注がれ、刻まれた古い文字が怪しく光り始める。

続いて、ドクンと、脈打つように、契約書に注がれた魔力が拍動した。

すると同時に、ソミアの腕飾りも、黒い魔力光が染み出してくる。

「え、え、何……」

不穏な光を放ち始めた腕飾りは、ルガトが掲げる契約書と共鳴するように、キチキチと小刻みに振動する。

そして次の瞬間、腕飾りから黒い霧が噴き出し、闇の中からフードを被（かぶ）った影が姿を現した。

ボロボロのフードと、その下の白骨化した体躯（たいく）。

眼孔には不気味な赤い光を宿し、手には身の丈を上回る巨大な大鎌を携えている。

その姿は正しく死神そのものだった。

「それは本契約を司る使い魔でございます。契約の監視者にして秘宝の管理者。ご安心ください。痛みや苦しみは感じぬようにいたしますので」

ルガトがそう宣言すると、突然死神が身に纏うフードの下から鎖が飛び出し、ソミアを縛り上げてしまった。

「え、きゃあああ！」

死神はその名に相応（ふさわ）しい大鎌を携え、拘束したソミアへ白骨化した手を伸ばそうとする。

「させない！」

ソミアの魂を刈り取ろうとする死神を前に、アイリスディーナが一瞬で魔法を展開。黒色の鎖が空中に現れ、契約の使い魔に絡みついた。

拘束魔法・闇の縛鎖。

中級魔法に位置する闇属性の魔法。淡い光を放つ黒色の鎖が死神の体を締め上げ、瞬く間にその動きを封じ込める。

「ほう、その展開速度。アビリティの即時展開ですかな？」

アイリスディーナのアビリティ『即時展開』による高速魔法に、ルガトが感嘆の声を漏らす。

彼の目から見ても、アイリスディーナの魔法は、イメージだけで構築された魔法とは思えない強度を誇っている。

だが、それだけではこの死神を捕らえるには不十分だった。使い魔が身じろぎする度に、拘束していた鎖がギチギチと音を立てて軋み、鎖の輪に無数のヒビが入り始める。

「くっ！」

自分の魔法では死神を長時間拘束することは難しいと判断したアイリスディーナは、腰に差していた細剣を引き抜き、使い魔に斬りかかる。

だが、死神はアイリスディーナの刃が自らを捉える前に、拘束していた鎖を破壊し、斬りかかってきた彼女を迎撃した。

死神の膂力は予想以上に強く、アイリスディーナの体は大きく弾き飛ばされてしまう。

「ぐう、ティマ！」

「うん！」

アイリスディーナを弾き飛ばした死神が再びソミアに斬りかかろうとする。

だが、アイリスディーナが時間を稼いだ間に詠唱を終わらせたティマが、より強力な拘束魔法で死神を阻んだ。

死神の周囲に、独立した四つの魔法陣が展開される。

展開された、紅、蒼、翠、黄の四色の魔法陣は、それぞれを頂点としたさらに大きな陣を形成し、その中央に死神を縫いつける。

四廻(しかい)の封縛陣。

四属性の魔法陣が互いに絡み合って複雑な魔法陣を形成し、その陣の中に使い魔を完全に閉じ込めていた。

「ほう、素晴らしい魔法ですな、各々の属性が反発することなく循環し、より強固な拘束陣を形成しております。私も長く生きておりますが、これほどの魔法を使える人間はそう見たことがありません」

ティマが展開した魔法がルガトの琴線に触れたのか、彼はパチパチと手を叩きながら賛辞を送っている。

「またアイリスディーナ様の魔法も素晴らしい。即時展開による魔法の効果は集中力いかんで容易(たやす)く落ちるというのに、この使い魔を、時とはいえ拘束できるとは……」

老紳士の賛辞は、時間稼ぎを行ったアイリスディーナにも向けられていた。

「しかし、いくら使い魔を止めても、解決にはなりませんよ」

ルガトから強烈な魔力が湧き上がる。アイリスディーナとティマの二人を、契約施行を妨げる邪魔者と判断し、排除にかかったのだ。

ルガトは左手を伸ばすと、人差し指で空中に陣を描く。

すると描かれた魔法陣から魔力弾が放たれ、ティマの肩に直撃した。

「きゃあ！」

肩に衝撃が走り、制服が破けて血が舞う。

続いてジクジクした痛みが、肩から全身に広がり始める。

ティマは痛みと衝撃に倒れそうになりながらも何とか踏ん張り、魔法を維持し続けていた。

拘束している死神が術者であるティマを睨みつける。

「っ……！」

死神からの無機質な視線とルガトから向けられる敵意が、気弱な彼女の精神をガリガリと削っていく。

だが、痛みと恐怖に体を震わせながらも、彼女は死神を拘束している魔法を決して解こうとはしなかった。

唇を噛みしめながら、ひたすら魔法の維持に精神を集中させる。

（怖い、怖い……。でも、私が魔法を消しちゃったら、ソミアちゃんの命が狩られちゃう！）

大事な親友の妹で、彼女にとっても大切な友達。

幼い頃に身に余るほどの魔力に覚醒し、制御不能な力に翻弄された彼女は、気がつけば根暗で引っ込み思案な性格に育っていた。

それは、アルカザムに来て、エクロスに入っても変わらなかった。

彼女の魔力は、大陸の本当に才能溢れた者達から見ても、明らかに逸脱していたのだ。おまけに彼女は、四つの属性に対して極めて高い適性を持っていた。

四音階の交響曲。彼女の二つ名のもとになったアビリティである。

故に、エクロスでも彼女は孤立し、引っ込み思案な性格はますます酷くなってしまう。

アイリスディーナとソミアは、そんな彼女にできた最初の友達であり、その家族だった。

彼女は今でも覚えている。

ソルミナティ学園に入学しても孤立し、根暗な性格も相まって、クラスメート達との距離がますます開いてしまった時に、話しかけてきてくれたアイリスディーナの姿を。

「やあ、初めまして。少しいいかな？」

「ひゃ、ひゃい！」

何の変哲もない、ごく普通の気安い挨拶。しかし、人との繋がりに飢えていた彼女には、待ち焦がれていた言葉。

それから少しずつ話をするようになって、いつしか二人は友人になっていった。

仲良くなっていく過程でソミアとも出会い、根暗な自分とは違う二人に惹かれ、そして導かれながら、彼女の世界は徐々に光を取り戻していった。

彼女にとって、アイリスディーナは夜空に輝く一番星、ソミアは闇夜を払うお日様だった。

「まだ頑張りますか。魔力も相当なものですが、かなりの精神力をお持ちのようですな」

二人のおかげで、孤独な少女は一人ではなくなった。

その感謝を胸に、ティマはひたすら、己の魔法に意識を傾ける。

そんなティマの健気な抵抗を目の当たりにしながらも、ルガトは淡々と魔法陣を展開した。

ルガトの左手の五指が宙を描き、五つの魔法陣を同時に展開する。

「させない！」

アイリスディーナがルガトに斬りかかるが、老紳士は空いていた右手で四つの魔法陣を展開。

四つの魔法陣のうち、二つから血のように真っ赤な剣が生み出され、アイリスディーナめがけて撃ち出される。

「ふっ！」

アイリスディーナが愛剣である宵星の銀翼を閃かせ、迫りくる血色の剣を弾き返す。

だが、弾かれた血色の剣は空中でくるりと反転すると、再びアイリスディーナへと突進する。

空中を飛翔する剣は弾き返されても繰り返しアイリスディーナに襲いかかり、彼女を阻む。

よく見れば、左手に展開された四つの魔法陣のうち、二つはまだ残っており、添えられた指が複雑に動いている。

どうやら、ルガトは魔法で生み出した剣を、さらに別の魔法で操っているらしい。

魔法は威力、種類、展開する数が増えるほど、指数関数的に難度が跳ね上がる。

複数の異なる種類の魔法を同時に、かつ自在に操るルガトの技量に、ティマは背筋に冷や汗が流れるのを感じた。

ルガトの技量を察してティマが硬直している中、老紳士の右手に展開されていた魔法陣から、五つの魔力弾が形成される。

ルガトが人差し指でヒュッと空を切ると生成された魔力弾は一塊に寄り集まり、巨大な光弾となってティマに襲いかかってきた。

「あっ……」

極めて高位の拘束魔法を維持しているティマは、動くことができない。

迫りくる光弾を前に、彼女は茫然とした表情を浮かべ、続いて悔しそうに唇を噛み締めた。

躱しようのない、必中の攻撃。それでもティマは、耐えてみせると、光弾を睨みつける。

だが、その魔法が彼女の体を穿つことはなかった。

ルガトの魔力弾が彼女の体を捉える直前、割り込んだ影が光弾を消し飛ばしていたから。

†

マルスは気がつけば、ルガトとティマの間に割り込み、彼女に当たりそうだった魔力弾を、気を纏わせた拳で殴り飛ばしていた。

「マルス……くん?」

マルスが助けに入ったことがよほど意外だったのか、ティマが呆けた顔で、彼の名を呟く。

そんな彼女の声を背中に受けながら、マルスは自問していた。どうして、自分は彼女を庇ったのかと。

出会った時は、オドオドしながら相手の顔色を窺うティマの態度が気に入らなかった。

Aランクという高みにいたりながらも、失礼な態度を取った男に言い返す気力もないその姿が、かつてのノゾムと同じように、マルスを苛立たせた。

だが、ソミアを守ろうと奮闘する今の彼女の顔には「諦めない!」という強い想いが現れていた。

その決死の表情を前に、マルスは思わずティマとルガトの間に割り込み、彼女に迫る魔力弾に拳を振るっていた。

「何呆けていやがる。お前は魔法に集中しろ。あの爺の魔法は俺がどうにかする。」

マルスは彼女には振り向かず、ルガトを睨みつけたまま、ゆっくりと拳を構える。

握り込んだ拳に気を送り込むと、込められた気が渦を巻きながら、徐々にその勢いを増していく。

生み出された風は、やがてはっきり目に見えるほどの風塊に変わり、マルスの両腕に絡みつく。

気術・風塊掌。

圧縮した風を拳に纏わせ、打撃力を上げる気術である。

「…………うん、お願い！」

普段の大人しさが嘘のようなティマの果断な声を背中に受けながら、マルスは本人も気づかぬうちに、口元を緩ませる。

「ノゾム、お前は俺達の剣を持ってこい」

「え？」

ノゾムとマルスは屋敷に入る際に、持っていた剣をメイド達に預けていた。

「保管場所は分かるが、肝心のカギは……」

「ノゾム君、これを！」

アイリスディーナが、フランシルト邸のマスターキーをノゾムに投げ渡す。

ノゾムもマルスも、今は自分の武器がない。そして、相手は複数の魔法の同時展開を容易くやってのける怪物。アイリスディーナとティマだけでは、手に余る相手であることは明白だ。

「わかった。しばらく頼む！」

ノゾムが大広間を飛び出していく様子を眺めながら、マルスは大きく息を吐く。

ルガトの体から滲み出る強者の圧力を前に、高揚と緊張から、肌が粟立つ。

「どう見てもこの爺さん、俺達よりも格上だよな」

「ああ、間違いなくSランク、ジハード先生と同じクラスの実力者だ」

Sランク。それは、アークミル大陸でも数十人しかいない、強者の称号。一人で百人を相手にできるといわれる実力者。

そんな出鱈目(でたらめ)な強者を前にして、マルスの気持ちはどうしようもなく昂(たかぶ)っていた。

「…………で、どうすんだ？」

「あの使い魔はルガト氏の持っている契約書によって召喚されている。ということは……」

「あのクソ強そうな爺が大事に抱えている契約書をどうにかする必要がある、か」

マルスの言葉に、アイリスディーナは小さく頷く。

「あの死神を殺したらどうだ？」

「召喚の大本が契約書の存在なら、契約は破棄できる可能性は低いな。それに、あの老人がそんな時間を与えてくれるとは思えない」

ルガトは同時に、十の魔法を操れるという規格外の存在である。

彼の魔法を展開する際の様子を考えれば、両手の指の数だけ魔法を操れるのは想像に難くない。

今のマルスやアイリスディーナ程度の魔法や気術による遠距離攻撃では、効果は薄いだろう。

活路を見いだすには、接近戦しかない。

「だが接近するのも簡単じゃねえ」

「ああ、手数が違いすぎる」

今のところ、ルガトが使ってきた魔法は、魔力弾を撃ち出すだけの初級魔法と、鮮血色の剣を生み出して遠距離操作する魔法くらいである。

上位魔法を使う際は複数の指を使うのかもしれないが、それでも手数が違いすぎる。

「それでも勝つ。マルス君はティマを頼む」

「わかってるさ」

己を奮起させるようなアイリスディーナの宣言に、マルスもまた頷いた。

相手は間違いなく、この大陸で最上位に属する者の一人。だとしても、負ける気はサラサラない。

互いに頷き、マルスとアイリスディーナはルガトを睨みつける。

ルガトは二人からの戦意を正面から浴びながらも、悠々とした仕草で、オーケストラの指揮者のように両手を広げる。

かかってきなさい、という無言の挑発。

その挑発に応えるように、マルス達は構えを取り、地を駆けた。

†

保管場所から武器を回収したノゾムは、アイリスディーナ達の元に戻るために廊下を駆けていた。

（ルガトさんは多分、師匠と同格の人だ……）

一心不乱に足を動かしながらも、ノゾムは冷静に、襲撃してきたルガトの力を推察していた。

アイリスディーナやマルス達と相対しても、表情一つ変えなかった老紳士の姿に、ノゾムの脳裏に師の姿が思い起こされる。

魔法と刀。方向性こそ違えど、ルガトはシノのような、強者が放つ独特の雰囲気を醸し出していた。

そしてその気配が、同時に、ノゾムはある確信を抱かせる。

(多分、アイリスディーナさん達じゃ勝てない……)

誰よりも強者の傍にいて、命懸けで戦ったからこそ感じ取れる確信。

まして、今の彼女達はルガトの従える使い魔も抑えなくてはいけない。

(急がないと。でも、俺達に勝てるのか？　『アレ』を使わずに……)

ノゾムが、ルガトに勝つために真っ先に脳裏に浮かんだこと。それは、自らにかけられた能力抑圧の解放だった。

だが、ノゾムの心に巣食った恐怖心が、迷いを生み出す。

解放した力に怯（おび）えられ、恐怖の視線で見られ、化け物と拒絶される未来が脳裏に浮かぶ。

常に否定されて来たからこそ、ノゾムの思考はマイナス方向に傾きやすい。

思い浮かんだ光景に心が窄（すぼ）み、再び孤独に陥る恐怖に体が震えていた。

「ツ、くそったれ！」

すぐに逃げようとする自分の心の弱さに、思わず声を荒らげた。

人の温かみを取り戻したからこそ、躊躇（ちゅうちょ）している自分自身に嫌悪感が込み上げてくる。

逃げたがる自分と、温（ぬく）もりを失うかもしれない焦燥感。

双方に板挟みになりながらも、ノゾムは懊悩（おうのう）を誤魔化すように、足を速めることしかできなかった。

†

マルスは迫りくる魔力弾の嵐を、拳で弾き続ける。

ルガトはティマに対して容赦なく魔力弾を浴びせるが、間に割り込んだマルスが盾となり、ルガトの魔法を防ぎ続けていた。

「ぐうっ！　っあああああ！」

しかし、いくら気で強化しても、素手で魔力弾を弾くことは容易ではない。

しかも初級魔法とはいえ、Sランクの実力者の魔法だ。

ルガトの魔法は拳に付されたマルスの気術を貫通し、手の皮をズタズタに引き裂いていく。

拳は既に血に塗れ、一部には白い骨も見えている。

それでも彼は拳を振るう。その度に床には血が舞い散り、白い大理石の床に血の花を咲かせていた。

「はああああああ！」

アイリスディーナの方も同じように劣勢だった。

マルスのように目につく傷を負ったわけではないが、全く接近することができていない。

再び生み出された鮮血色の剣が宙を舞い、彼女の突進を阻んでいる。

即時展開で魔法を放っても、ルガトは即座に対応し、複数の指で素早く陣を構築。彼女と同等以上の速さで魔法を発動し、相殺してしまう。

「はあ、はあ、はあ……」

「くぅ……マルス君。だい……じょうぶ？」

「はあはあ……うるせえ、俺より魔法の維持に集中しろ」

ティマがマルスを案じるような声をかけるが、彼女の顔色も悪く、今にも倒れそうだった。

(無理ねえか、あんな高等魔法を維持し続けるには相当の魔力と集中力が必要だ)

ティマの魔法は四属性を同時に使う、極めて高度な魔法だ。その魔法を発動するにも維持するにも膨大な魔力と精神力を必要とする。

さらに彼女の体は、既にルガトの魔力弾を数発受けている。

ティマ自身も決して打たれ強いわけではなく、負った傷はジクジクと痛み、徐々にだが、確実に彼女の集中力を削いでいた。

必死に抵抗していた三人だが、絶え間なく叩きつけられる魔法に押され始め、ついに限界が訪れる。

迫りくる魔力弾を捌(さば)ききれずマルスの体勢が崩れたところに追撃の魔力弾が叩き込まれた。

「があああああああああああ！」

絶叫と共にマルスの体が弾き飛ばされ、壁に叩きつけられる。

「終わりですな」

「っ！」

マルスがやられてルガトの魔法を遮る者がいなくなり、ティマに複数の魔力弾が撃ち込まれる。

「きゃあああああ！」

彼女にそれを避ける術(すべ)はなく、魔力弾が直撃。彼女は崩れ落ちるように床に倒れ伏した。

同時に使い魔を拘束していた『四廻の封縛陣』が解除され、死神が解き放たれる。

「ティマ！　マルス君！」

アイリスディーナが叫ぶが二人共動けず、呻(うめ)き声を上げるだけだった。

「く！」

アイリスディーナは死神を止めようと、ソミアの元に駆け寄ろうとするが、目の前を高速で通り過ぎた魔力弾に足を止められる。

彼女の疾走を抑えたルガトは、空いた左手で魔力弾を放ち、右手で血剣を制御しながら、さらに追撃を開始した。先ほどとは比較にならない濃密な攻撃に、アイリスディーナは完全に動けなくなる。

死神はソミアの目の前で止まると大鎌を振り上げる。もはやこの死の使いを止められる者はおらず、ソミアの死は確定的だった。

「ソミア！」

「あ、ああ……」

必死に妹の名を呼ぶ姉と、死の恐怖に呑(の)まれた妹。

もはやこの姉妹の運命は確定した…………そのはずだった。

「ふっ！」

閃光(せんこう)が奔(はし)る。

死神が振り下ろそうとした大鎌が、その両腕ごと斬り飛ばされ、空中を舞う。

「……え」

その場にいた全員の思考が停止し、刹那の間、時間が停滞したような感覚が、その場を支配する。

その時間の中を一つの影が疾走していた。

パチン、と抜かれていた刃が鞘(さや)に納められる。

影は素早く死神に突っ込むと、腰に差した刀の鯉口(こいぐち)を切り、刃を煌(きら)めかせて致命の一撃を放った。

気術・幻無。

極限まで研ぎ澄まされた斬撃は死神の体を両断し、核となっていた腕飾りを粉々に砕く。

核を壊された死神は霧のように消え、周囲には砕かれた腕飾りの破片が舞っていた。

「ノゾム……さん？」

ソミアが確かめるように、ノゾムの名を呟く。

姉とは違う、大きな背中。その背中に少女は魅入られていた。

ノゾムはソミアの問いに答えることなく、ルガトと相対する。

（師匠。俺は……どうすれば…………）

自らの懊悩に答えの出ないまま。

†

目の前で傷ついていく大切な人達を前にして、ソミリアーナはただ悔しかった。

何もできない自分を助けようとして傷だらけになったティマとマルス。

姉はまだ戦えているけど、その綺麗な体には幾つもの傷が走っている。

そんな姉を無視して、ソミアの魂を刈り取ろうと、死の化身が彼女の前に降り立った。

目前に迫る死に体は震え、喉は悲鳴すら上げられない。

怖い。

その恐怖は、彼女の体を縛る死神の鎖と共に纏わりつき、氷のような冷たさで全身の自由を奪っていた。

死神が、大鎌を振り下ろす。

ソミアは自分を死と共に襲いかかるであろう痛みから逃げるように、目を固く閉じる。まるで目を瞑(つぶ)ることで現実から逃げるように。彼女には、それしかできなかった。

だが、いつまで経っても痛みは来ない。

不思議に思って目を開けると、そこには死神ではなく、一人の男性の背中があった。

決して大きいとは言えない背。

でも、その時の彼女には、その背中は何よりも大きく、頼もしく見えた。

✝

契約の使い魔を斬り裂いたノゾムは、茫然としたソミアの声を背中に受けながらも、振り返ることなく、無言でルガトを警戒していた。

今対峙(たいじ)している相手には、油断など微塵(みじん)も許されない。

一方、ルガトは契約の使い魔を一刀両断したノゾムを目の当たりにして、信じられないというような表情を浮かべている。

「なんと、まさか二太刀で契約の使い魔が倒されるとは……」

アイリスディーナもティマも、硬直した表情を浮かべており、マルスにいたっては呆れたように乾いた笑いを漏らしている。

ノゾムは背中に背負っていた大剣を床に降ろすと、マルスに向かって蹴り飛ばす。

床を滑りながら傍に来た大剣を拾い上げ、マルスは愚痴にも似た言葉を漏らした。

「ったく………遅え……よ」

血に濡れた手で大剣を拾い上げたマルスは、それを杖代わりに何とか立ち上がる。

だが、その足はガクガクと震え、傍目から見ても、戦闘続行は不可能な様子だった。

「……すまん」

「ふん」

「でも、契約の使い魔は倒した。これでソミアちゃんは………」

契約を履行する使い魔を倒した。

しかし、ノゾムの安堵を他所に、彼が砕いた使い魔の核が宙に舞い上がり、次第に集まり始める。

空中に集まった破片は漆黒に染まり、再び黒い光の塊となって、ドクンドクンと脈打ち始める。

それは明らかに、契約の使い魔が蘇る兆候だった。

「な、なんで………」

「その使い魔は、あくまで契約を履行するだけの存在。私の持つ契約書がある限り、何度でも復活いたします」

ギリッと、奥歯を噛み締めながら、ノゾムはルガトを睨みつける。

「……どうしてもソミアちゃんの魂を連れていくつもりですか?」

「はい。そうしなければ、主命を果たせませんせん故」

ルガトは迷うことなく即答する。彼は自らが行おうとしている行為に全く疑問を持っていない。その態度にノゾムの声も自然と荒くなる。

「何故です！　三百年前の契約なんて当の本人達には何も知らされていない！　そんな契約、認められると思っているんですか？　そもそも、契約の内容は霊炎の炉を帰すことだけ！　ソミアちゃんの魂を持っていくことなんて貴方は一言も言っていない！」

ノゾムは高貴な家の義務や、三百年前のフランシルト家の事情など分からない。

でも、何も知らないソミアを一方的に生贄にして、自分の子供達に全て丸投げするなどノゾムにはとても認められなかった。

「正直に申しまして、霊炎の炉がソミア様の魂に融合しているなど、今この場で確認するまで知らされておりませんでした。我が主もこの契約自体、それほど重要視しておりません。というよりも興味がないというべきですか……」

「だったら……」

「ですが既に契約は交わされております。一度交わされた以上、それは絶対です」

ルガトはノゾムの言葉を待たず、バッサリと切り捨てる。

「霊炎の炉はソミア様の魂に融合してしまい、もはや剥離することはできないでしょう。しかし、だからといって我々の契約がなかったことにはなりませぬ」

一度交わされた契約を一方的に破棄すれば、それは信用や威厳に大きな傷がつき、良くない輩につけ込まれる隙となる。

大きな権威と権力を持つフランシルト家だからこそ、そのような不祥事が公になった時の影響は計り知れない。

「興味がないとはいえ、我が主も契約が一方的に反故にされれば黙っていないでしょう。フランシルト家にとってもこの密約が公になることは避けたいと思われますが……」

「そんなことはどうでもいい！　ソミアを離せ！」

丁寧な言葉の中に脅しを入れてくるルガトだが、アイリスディーナはそれを一蹴した。

確かに、事が公になれば、フランシルト家の威厳は地に落ちるだろう。

だが、アイリスディーナにとって最も大切なのは、目の前で今殺されそうになっている妹なのだ。

フランシルト家とて、清廉潔白ではない。

アイリスディーナも次期当主として、その事実に自覚があるからこそ、ソミアの存在が他の何よりも代えがたい宝物なのだ。

そんなアイリスディーナの宣言を前に、ルガトの雰囲気が変わる。

紳士然とした表情はそのままに、しかし、背筋が凍るほどの戦意が、その痩躯から放たれ始めた。

今までの攻防は、ルガトにとってはあくまで前座であり、聞き分けのない子供を諭している程度の感覚でしかなかった。

だが、ここに来て、契約先の次期当主が示した明確な反意を前に、ついに本気になろうとしていた。

威圧感を増したルガトを前にして、ノゾムも刀を構える。

「……ノゾム君。さっきの技、どのくらい使えそうだい？」

ノゾムの隣に立つアイリスディーナもまた、その手に携えた細剣を構えつつ、小さな声でノゾムに尋ねてくる。

彼女もまた、ノゾムの幻無の殺傷力をこの目で見た人間の一人である。

これほどの威力であったことは驚きだが、今ではその殺傷力が頼りだった。

「……あまり多くありません。あと数発が限度です」

能力抑圧下のノゾムの気量は少ない。いくら使う気の量を削っても、あの相手に通用する技を放つことは、そう何度もできない。

「悔しいが、私だけではあの老人に敵わない。君が頼りだ。彼が持つ契約書を破壊してくれ」

マルスもティマも、既に戦闘を継続するのは難しい状態だ。

だからこそ、妹を救うには、アイリスディーナはノゾムの力が必要だった。

「……わかりました。行きます」

アイリスディーナの懇願に、ノゾムは小さく頷く。

だが、その声は僅かに震えていた。

相手はシノと同じSランク相当の猛者。迷いを抱えたまま戦うなど言語道断の相手だ。

(今は戦う。戦うしかないから!)

自らの迷いを、今の状況を言い訳にして無理やり抑え込みながら、ノゾムは気を纏う。

アイリスディーナもまた細剣を掲げ、己の魔力を昂らせた。

「やはり抵抗しますか。であるなら、仕方ありませんね」

ルガトの体から、尋常ではない量の魔力が溢れ出す。

老紳士の体から噴き出た魔力は大広間全体を覆い、アイリスディーナ達を圧し潰すのではと思えるほどに荒れ狂う。

高価な調度品やテーブルが宙を舞い、壁紙がヤスリをかけられたように剥がれていく。

「我が国では強さこそが何よりも尊ばれます。故に、戦いによる結果は、我が国の皇ですら覆すことができません」

ディザード皇国は建国時の理由から、強ければ強いほど尊敬され、敬われる。

決闘がどの国よりも神聖視され、あらゆる種類の決闘により、相互利害の決着をつけてきた。

「もし、貴方方がこの契約を認められないというのなら……自らが私よりも強き者だと証明しなさい！」

故に、全てを得たいなら力でもってこの契約を破棄させろと、ルガトは告げた。

「参ります」

次の瞬間、ノゾムは瞬脚を発動。一気に間合いを詰めんと駆け出した。

ルガトの指が空中で楽器を奏でるように走り、再び空中に陣を描く。

空中に描かれた魔法陣は十個。それぞれの魔法陣から生み出された魔力弾は、ルガトの指揮の下、一斉にノゾムに向かって射出される。

ノゾムの体を穿とうと迫る十の魔力弾。しかし、疾走するノゾムの背後から飛翔してきた五つの黒の魔力弾が、ルガトの魔力弾を迎撃した。

アイリスディーナの即時展開による攻撃魔法である。

黒の魔力弾は、ノゾムに迫っていた十の魔力弾のうち、先頭の半分を破砕する。

しかし、残り五つの魔力弾が、ノゾムに迫っていた。

ノゾムはルガトに突っ込みながら、全身の筋肉を連動させ、直進しようとする勢いを、精緻な体重移動で完全に己の制御下に置く。

瞬脚・曲舞。

ノゾムは五つの魔力弾の間を縫うように走り抜け、ルガトに肉迫。そのまま腰だめにした刀を振り上げた。

「せい！」

ルガトは素早く魔法陣を描き、一本の血剣を形成。その剣を右手で魔法陣から引き抜くと、振り上げられたノゾムの剣筋に割り込ませた。

ギイィン！　という甲高い金属音が、大広間に響く。

「はあああ！」

初手を防がれても、ノゾムは慌てず、連撃へと繋いでいく。

袈裟斬り、左切り上げ、右薙ぎ、左薙ぎ。

全身の筋肉を無駄なく使い、動きを停滞なく繋げ、続けざまに剣戟を打ち込んでいく。

一方、ノゾムの連撃に対して、ルガトは片手に持った血剣を素早く振るい、悉く防ぎ切る。

曲線的で緩急に富むノゾムの剣戟に対し、直線的で力強いルガトの防御。

だが、ノゾムはその堅牢な防御の端々に、奇妙な違和感を抱いていた。

（この人、動きにムラがある。なら！）

袈裟懸けに振り下ろした刀。それが割り込まれたルガトの血剣に防がれる瞬間、ノゾムは脇を締めて手首を返し、腰を落とす。

すると、袈裟懸けに振るわれていた刀の軌道が急激に変化。袈裟懸けの斬撃が血剣をすり抜けるように逆袈裟に変わり、真逆の方向からルガトに襲いかかった。

「っ！」

ルガトは高速で掲げた血剣を返し、ノゾムの逆袈裟を弾き返す。

老紳士の身体能力は容貌に反して相当優れているらしく、強烈な衝撃がノゾムの両腕に走った。

だが、この攻防でノゾムは理解した。純粋な剣術なら、自分が上回っていると。

ノゾムはさらに多彩な剣筋で、ルガトを攻め立てていく。

「素晴らしい剣技です。その歳でこれほどの技を修めているとは……」

感嘆の声を漏らしながらも、桁外れの身体能力を持つルガトは、ノゾムとの技量差をものともしない。

自らが翻弄されることすら想定し、さらに左手で身体強化の魔法を使用。

己の身体能力をさらに引き上げることで、剣腕の差を埋める。

圧倒的な経験と緻密かつ正確な魔法技術が成せる業だった。

「く！」

相手の不得意な距離であるにもかかわらず、攻めきれない事実に、ノゾムの顔が歪む。

ルガトは剣を持っていない左手で、さらに陣を描く。すると、突如として、ノゾムの足元に、ルガトが描いたものと同じ魔法陣が出現した。

足元に出現した魔法陣を見て、ノゾムは咄嗟に瞬脚で離脱する。

ノゾムが離脱した瞬間、魔法陣から闇色の炎が噴出した。

もしその場に留まっていたら骨までコンガリ焼かれていただろう。

「くそ、どれだけ多彩な魔法を持ってるんだよ！」

間合いが開いたことで、ルガトは手にしていた血剣を放り捨て、再びノゾム向かって魔力弾を放ち始めた。

ノゾムは迫りくる魔力弾の側面を打ち、軌道を逸らそうとするが、マルスの気術すら突破する魔力弾の嵐を前に、すぐにジリ貧になってしまう。

「くそ！」

やむを得ず、瞬脚・曲舞を発動。回避と防御を両立させながら、何とか魔力弾の嵐を凌ぎ続ける。

「よく避けます。目もよいですし、カンもよろしい。剣に至っては、私ですら驚嘆するほどです。しかし、どうも気術の効率がよろしくない様子ですな」

思わぬ褒め言葉を口にしながらも、ルガトは能力抑圧の影響下にあるノゾム弱点を見抜き、容赦なく追撃の魔力弾を放とうとする。

「させない！」

「むっ……」

だが、ルガトが追撃を放つ前に、アイリスディーナが逆方向から間合いを詰めていた。

アイリスディーナの手に携えた細剣、宵星の銀翼が煌めく。

ルガトは足元に放り棄てていた血剣を器用に蹴り上げ、アイリスディーナの斬撃を防ぐ。

「はあああああ！」

裂帛の気合を上げながら、アイリスディーナは細剣を連続で振るう。

その動きは流麗で一切の無駄がない。

細剣の刀身には強化魔法がかけられているのか、淡い光を抱いており、ルガトが血剣で捌く度に、魔素と火花が舞い散った。

ノゾムはアイリスディーナとルガトが斬り合っていることを確かめると、抜いていた刀を納める。

そして、すぐさま刀身に気を送り、僅か半秒で極圧縮。

アイリスディーナと斬り合っていたルガトも、ノゾムが放つ必殺の気合に気づき、空いている左手で魔法陣を展開。半秒で魔法障壁を二重に展開した。

抜刀。

極圧縮された気刃が高速で飛翔し、ルガトが展開した魔法陣に着弾した。

気刃は一枚目の障壁を容易く切り裂き、二枚目の障壁の半ばで炸裂。障壁は術の構成を致命的なまでに破壊され、霧散する。

「はあああ！」

ノゾムは舞い散る魔素を突っ切りながら、返す刀でルガトに斬りかかる。

振り下ろされた刃には当然、極圧縮された気が再び付されていた。

ルガトの左手が素早く動き、構築された魔法陣が血剣を作り上げる。

そして、岩すら容易く両断するノゾムの気刃を、血剣に膨大な魔力を送り込むことで受け止めた。

「ぐううう！」

「くっ……」

ルガトを両側から挟むように鍔競り合う三人。

しかし、相手は片手であるにもかかわらず、ノゾムとアイリスディーナは押し切れない。

「どんな腕力してるんだよ、この爺さん！」

「これほどの……差があるのか」

「はっ！」

ノゾムとアイリスディーナが相手との力量差に一瞬怯んだ隙に、ルガトは体を一回転させ、力任せに二人を弾き飛ばす。

「クッ！」

「うわっ！」

ルガトは血剣を手放すと、すぐさま両手で陣を構築。無数の魔力弾を二人に向かって浴びせかける。

ノゾムとアイリスディーナは降りかかる魔力弾の嵐をどうにか捌くが、ジリジリと距離を放されていく。

やむなく、二人は後ろに飛んで距離を空ける。

ルガトも一休みというように、魔法の追撃を止めた。

「ハァハァ……アイリスディーナさん、全力での攻撃は、あとどれくらいできますか？」

「フゥー。……そうだな、あと一回が限度だろうな」

「俺もです……」

ノゾムの気の消費は激しく、既に幻無を放てる回数もあと一度。能力抑圧の弊害があり、常に全力で気術を使用しているため消耗が激しい。

アイリスディーナの方も、今まで全力で戦い続けていたので、疲労の色が濃い。

もう余力がない以上、あと一撃で決めなくてはいけない。

問題は、いかにしてもう一度、あの魔力弾の雨を潜り抜けて、接近戦に持ち込むか。

ノゾムはある考えを胸に秘め、チラリとアイリスディーナに視線を送る。

アイリスディーナはノゾムから見れば、読心術を持っているのではないかと思えるほど、察しの良い少女だ。

だから、視線だけでも、ある程度こちらの考えを察してくれると思っていた。

そしてアイリスディーナは、ノゾムの瞳の奥を覗き見て、驚きの表情を浮かべる。

彼女のその表情に、ノゾムは彼女が期待通りの推察をしてくれたのだと確信した。

「行きます……頼みました」

「………分かった」

極度の緊張を漂わせながらも、アイリスディーナはしっかりと頷く。

これから行うのは、ある種の賭けだ。

碌に組んだ経験がない二人が、パートナーとルガトの力量と行動を予測し、自分の推察が導き出した期待値に賭けるという、あまりにも場当たり的で、分の悪い賭け。

だが、小声でも声を出して確認するということはできない。あの老人が、小さく動く唇から、こちらの行動を読み取る可能性もあるのだ。

「……ふっ！」

無言の確認が済むと、ノゾムは全力で瞬脚を発動し、ルガトめがけて一気に突っ込んだ。

すぐさま、ルガトの魔力弾が、群れを成して迫ってくる。

後ろに控えたアイリスディーナも即時展開で立て続けに魔法を放って迎撃する。

だが、魔力弾の数が多すぎて捌き切れずに、ノゾムは被弾を重ねていく。

「ッツ！」

被弾した箇所に激痛が走り、血が噴き出るが、ノゾムは痛みを噛み殺し、足を前へと進める。

「むっ、特攻とは貴方らしくない……」

繊細な回避ではなく、被弾を厭わぬ前進に切り替えたノゾムに、ルガトが眉を顰める。

ルガトから見ても、自分の防御を突破できる可能性があるのはノゾムだった。

だが、同時にこの歴戦の老紳士は、ノゾムの抱えた明確なハンデにも気づいている。

刀術、気の制御は極上。しかし、その精緻な気術に反して、あまりにも身体強化の効率が悪い。

「理由は分かりませんが、貴方では力ずくでの突破など不可能ですよ」

今までと同じような一方的な展開だが、これもノゾム達は想定済みだった。

「はあああぁ！」

アイリスディーナが魔力弾を放ち続けながら、右手に闇色の槍を作り出す。

それは『深淵の投槍』と呼ばれる、投擲槍を模した中級魔法。

「ぐ、ううう！」

過大な負荷が脳にかかる中、アイリスディーナは自分の身の丈ほどもある巨大な槍を作り上げると、ルガトめがけて投げ飛ばした。

闇色の槍が高速で飛翔し、ルガトの放つ魔力弾の群れの中に飛び込んで炸裂。

強烈な爆風を周囲に撒き散らしながら、ルガトの魔力弾を一気に吹き飛ばす。

魔力弾の嵐が、一時的に収まるが、まだ足りない。

自分が放った魔力弾の嵐を薙ぎ払われても、ルガトは冷静に、再度魔法陣を構築していた。

構築したのは、二重の魔法障壁を生み出す陣と、魔力弾の生成陣。

攻防を両立した魔法陣を彼が作り上げるのにかかった時間は、僅か二秒ほど。

「魔法を放つのが、少し早すぎましたね。彼に賭けるなら、あと三秒は待つべきでした。思った以上に、連携が取れていない様子」

ルガトは冷静に、アイリスディーナの失策を語る。

ノゾムの幻無一撃では、彼の守りを突破しきれないことは、先の攻防で分かり切っていた。

だが、舞い上がる煙が晴れたその先を目にした時、ルガトの表情が驚愕に変わった。

「なっ！」

彼の目に飛び込んできたのは、左手を振り上げるノゾムの姿。

大量の気が叩き込まれた左手は激しい光を放ち、ボロボロに荒れ果てた大広間を照らし出す。

目を見開くルガトを他所に、ノゾムは大量の気を注ぎ込んだ左手を、大理石の床に叩きつけた。

気術・滅光衝。

次の瞬間、ルガトの足元の床が弾け飛び、光の奔流が老紳士を包み込んだ。

「ぐうぅぅぅぅぅ！」

急激な気の消費が、ノゾムに襲いかかる。

視界から色彩が消えていき、目の前が暗くなっていく。

限界を超えた気の放出により、ノゾムは自身の生命活動が急激に落ちていくのを感じていた。

間違いなく危険な状態。だが、これ以外にノゾムにはルガトの意表を突く技がなかった。

滅光衝は急激な気の消費がネックだが、ノゾムが持つ技の中でも、最大の効果範囲と殲滅(せんめつ)力を持つ。

この中にルガトを捕らえてしまえば、彼は防御に徹するしかない。

同時に、これは最後の布石でもあった。

極めて殺傷力の高い幻無ですら、ルガトの守りを突破するには至らない。

だが同時にノゾムは、ルガトが最も警戒していたのは、自分自身であることに気づいていた。

ルガトは多彩な魔法を同時展開でき、さらには優れた身体能力を持つ、極めて強力な魔法戦士だ。

そして、その戦闘スタイルは、万能の天才であるアイリスディーナとは非常に似通っており、魔法の同時展開数、展開速度、威力を比べれば、明らかにルガトに軍配が上がる。

故に、ルガトはアイリスディーナをそこまで警戒せず、一点突破型のノゾムに警戒心が向く。

『だからこそ、アイリスディーナが最後に決め手となる』

そして、アイリスディーナは既に、最後の一手を準備していた。

彼女は眼前に愛剣である「宵星の銀翼」を掲げながら、続けざまに魔法を展開する。

掲げた刀身には黒い魔力の層が重なり続け、黒の魔力光が激しく波打ち始める。

強化魔法を何度もかけることで、最終的に爆発的な威力を叩き出す。

以前、学園での模擬戦で見せていた、彼女の決め手。

その時は、リサが放った炎の奔流を一太刀で斬り飛ばしたが、アイリスディーナはその時と比べてもさらに大量の魔力を注ぎ込み、強化魔法を重ねていく。

詠唱式で行っていたら、間違いなく数分を要し、陣式の場合は魔法陣の用意に一体何時間かかるか分からない行動。

しかし、即時発動のアビリティを持つアイリスディーナは、十倍以上の速度で、強化魔法の発動を繰り返していく。

やがて、彼女の手に、一振りの魔剣が生み出された。

魔法剣・月食夜。

刀身を包み込む魔力は、まるでほの暗い深淵を思わせる闇の波動を放っている。

だが、刀身そのものは白く輝き、闇夜を切り裂く彗星のような煌めきを抱いていた。

「はあああああああ！」

アイリスディーナが裂帛の気合共に、ルガトめがけて踏み込む。

ノゾムは彼女の吶喊に合わせて、滅光衝を解除。

そして、渾身の一振りが放たれ、闇に包まれた彗星が光の奔流の残滓を切り裂いた。

「なっ！」

だが、アイリスディーナの口から漏れたのは勝利の確信ではなく、困惑の声。

彼女が切り裂いた空間にルガトはいなかった。

「ど、どこに……きゃあ！」

慌てて周囲を見渡すアイリスディーナだが、死角から迫った魔力弾が着弾し、大きく吹き飛ばされてしまう。彼女の手にあった宵星の銀翼も、抱いていた魔力の光を失って床に転がる。

さらに、床に倒れ伏した彼女の周囲に四つの魔法陣が展開され、陣から召喚された鎖が、アイリスディーナを拘束してしまった。

「い、一体何が……ぐあ！」

予想外の事態に混乱するノゾムだが、彼の周囲にもアイリスディーナを拘束したものと同じ魔法陣が展開され、彼女と同じように拘束されてしまう。

混乱したままノゾムが周囲を見渡すと、黒い影が幾つも飛び回っている。

よく見ると飛び回っていたのは、黒い皮膜と紅い瞳を持つ蝙蝠の群れだった。

飛び回っていた蝙蝠達はやがて一ヵ所に集まると、一塊になった蝙蝠（こうもり）達の中からルガトが姿を現す。

彼は滅光衝に飲み込まれる前に、自らの体を蝙蝠に変えてノゾムの気術の範囲から離脱。

大技の隙を突いて、ノゾムとアイリスディーナを拘束したのだ。

ルガトが自らの体を蝙蝠に変えられるという事実に、ノゾムの脳裏にある種族の名前が浮かぶ。

「吸血鬼………」

「はい、その通りでございます」

吸血鬼。

多種多様な人種が存在するアークミル大陸だが、その中でもトップクラスの潜在能力を持つと言われている種族。

桁外れの身体能力、膨大な魔力、極めて永い寿命、多彩な異能力。

先ほどルガトが見せた、自分の体を蝙蝠に変えるという能力も、吸血鬼独自の異能である。

吸血鬼はここ数百年、世にほどんど姿を見せていないが、その伝説は大陸各地に残っている。

いわく、一夜で町の人間全てを化け物に変えた。いわく、魅了の異能で国の王族を誘惑し、国を滅ぼした。

広大で多くの種族が住むアークミル大陸の中でも特に強力で、危険であると語られる種族の一つ。

だがその能力の高さと、生きるために他者の血を飲まなくてはならないという身体的欠陥故に恐れられ、迫害された種族である。

「ミスリルの剣、ですか。先程のアイリスディーナ様の魔法剣で心臓を貫かれれば、いかに私といえども、無事では済まなかったでしょう」

床に転がったアイリスディーナの剣を拾い上げながら、ルガトはそう独白した。

魔力を十分充填したミスリルは、ある種の強力な浄化能力を発揮する。古代の祭事でも神聖な金属として使われたそれは、吸血鬼などの特定の種族に特攻ともいえる効果がある。

ノゾムは改めて、ルガトの姿を確かめる。

彼の持つ真紅の瞳は、確かに吸血鬼の特徴の一つだった。

しかし、今更ルガトの正体に気づいたところで、何もかもが遅すぎた。

既にノゾム達全員が拘束されるか、戦闘不能に追い込まれ、もはや打つ手はない。

何もできなくなったノゾム達を尻目に、ルガトは拾ったアイリスディーナの細剣を窓の外に放り投げると、ソミアの元へ向かっていく。

「くっ、外れろ、外れろ！」

ルガトがソミアの元に向かって一歩一歩と近づいていく中、アイリスディーナは必死に自分を拘束する魔法を解こうと足掻いていた。

だが、ルガトの拘束魔法は彼女の体をガッチリと固定しており、巻きついた鎖はビクともしなかった。

アイリスディーナは魔法を使って力ずくでも拘束を解こうとするが、魔力を高めようとしても、魔力が瞬く間に四散していく。

どうやら、この拘束魔法には、捕らえた相手の魔力を抑える効果があるらしい。

その時、ソミアの前で胎動していた黒球が弾け、契約の使い魔が復活を果たす。

アイリスディーナの表情が、絶望に染まった。

「あ……やめて、やめてくれ……」

これから何が起こるのか。

蘇った死神に確定的な未来を垣間見て、アイリスディーナは懇願の声を漏らす。

「やめろ！　やめてくれ！　魂が欲しいなら私の魂を持っていけばいい！　だから、ソミアを連れていくのはやめてくれ！」

彼女は悲痛な声を張り上げ続けるが、契約の使い魔は全く止まる様子はない。

死神が白骨化した手の平をソミアに向ける。

すると、拘束されていたソミアの体がビクン！　と震え、彼女の瞳から光が消えていく。

そして、カクン、とうな垂れたソミアの胸元から、淡い光の球がゆっくりと出てきた。

光の球は細い尾でソミアの体に繋がっている。

おそらくは、この光の球こそが、ソミアの魂。

現に、魂を引き抜かれたソミアの顔色は、既に死人のように生気がなくなっていた。

「あ……やめ、やめて………」

ポロポロと涙を流しながら、アイリスディーナは顔面蒼白になった妹に手を伸ばそうとする。

彼女にとって、ソミアは一番大切な宝物だった。

フランシルト家の次期当主となることも、欲望渦巻く貴族社会の中で自分を見失わずに済んだのも、全てはこの幼い妹がいたからだ。

アイリスディーナは幼い頃に、母を亡くした。

元々体が弱かった母親が、命と引き換えに産み出したのがソミアだった。

「アイリスディーナはこれからお姉ちゃんになるんだから、この子のこと、お願いね」

亡くなる前日、大きなお腹と彼女の頭を撫でながら、母親はアイリスディーナにお願いをした。やせ細った顔に、どこか悲しそうな笑顔を浮かべて。

翌日、母親の命と引き換えにするように、ソミアは産声を上げた。

普通の赤ん坊よりも、遥かに小さな未熟児として。

それでも、産まれたばかりの妹は、小さな体で懸命に泣き、生きようとしていた。

その時、アイリスディーナは決意した。亡くなった母の代わりに、自分がこの娘を守るのだと。

アイリスディーナの脳裏に、ソミアが生まれてからのことが走馬灯のように過っていく。

姉様、姉様と、笑顔で自分の後ろについてきた可愛い妹。犬と猫の可愛さについて、時間も忘れて語り合い、昼も夜も、一緒の時間を過ごした。

かけがえのない存在が今、永遠に失われようとしている。

死神が、ソミアの魂と肉体を繋ぐ細い尾を断ち切らんと、大鎌を振り上げる。

アイリスディーナは、ただひたすらに懇願した。

誰でもいい、私にできることなら何でもするから。体も、魂も、全部捧げても構わないから！

†

「だれか……お願い。たす……けて………」

ノゾムは唇を噛み締める。

ルガトが吸血鬼であることを推測できる要素はあった。

しかし、結果的に見逃してしまい、取り返しのつかない事態になってしまった。

そもそも、ディザード皇国は他国との交流が全くなく、実際に吸血鬼の容貌を見た者は皆無だ。

もしも、ルガトとの実力差を察した時点で能力抑圧を解放していれば、ティマもマルスも余計な怪我(けが)を負わず、このような結果にはならなかったかもしれない。

だが、所詮それも言い訳でしかなかった。

現にノゾム達は敗れ、こうして床に這(は)いつくばっている。

深い後悔の念が湧き上がり、ギリギリとノゾムの心を締めつける。

ふと視線を上げると、ルガトと契約の使い魔が復活を果たしている。

「やめろ！　やめてくれ！　魂が欲しいなら私の魂を持っていけばいい！　だから、ソミアを連れていくのはやめてくれ！」

ノゾムと同じように拘束されたアイリスディーナの悲痛な声が、ノゾムの胸をさらに締めつける。

その間に、契約の使い魔はソミアの魂を引き抜いていた。

あれほど朗らかに笑顔を浮かべていた少女の顔から表情が抜け落ち、血色に富んでいた肌が、一気に青白く変わっていく。

その顔は、睡死病に犯され、今際(いまわ)の際にシノが浮かべていた死に顔と同じもの。

「ぐううう……！」

ノゾムの脳裏に、全身を引き裂かれるような悲しみが思い起こされる。

彼は、ようやく心を交わした人を助けることはできなかった。力を手に入れても、それはシノを助けるものではなかった。

だが、あの時に胸に湧き上がったのは、悲しみだけではなかった。

シノは最後に、愛した弟子の腕の中で笑っていた。

満足げに笑みを浮かべながら、逝けたのだ。

今でも彼女が死んでしまったことは悲しく、思い出せば、思わず瞳が潤んでしまう。

それでも、後悔はなかった。

自分を慮ってくれた師の想いを、最後はきちんと受け止めることはできたのだから。

(じゃあ今はどうだ？　このままでソミアちゃんの死をただ見ているだけでいいのか⁉)

否、断じて否である。

少なくとも、ノゾム・バウンティスは、この結末を認められない。

ノゾムは自分を縛る、能力抑圧の不可視の鎖を握りしめる。

恐怖、後ろめたさ、後悔、悲しみ、憤り、怒り。様々な激情が次から次へと溢れ出し、握りしめられた不可視の鎖が、ギシギシと軋む。

その時、ノゾムの耳に、ふと聞こえてくる声があった。

「だれか……お願い。たす……けて…………」

聞こえてきたのは、擦（かす）れるようなアイリスディーナの懇願。普段の彼女からは想像もできないほど弱々しい声。

それを聞いた瞬間、ノゾムは今までの懊悩を全部すっ飛ばして、己を縛る鎖を引き千切り、能力抑圧を解放していた。

✝

爆発的な力が周囲を蹂躙（じゅうりん）した。

まるで「勝手なことをするな！」と言わんばかりにルガトの魔力を押し流し、暴れ回る気の奔流。

「こ、これは、一体……」

ルガトが突然暴れ狂い始めた力の大本に目を向けると、ギシギシと魔法の鎖を軋ませながら、立ち上がる少年がいた。

次の瞬間、少年が拘束魔法を紙屑（かみくず）のように引き千切り、ルガトの視界から掻き消えた。

「なっ⁉」

ルガトが驚きの声を漏らしている間に、疾走していたノゾムは跳躍し、契約の使い魔に躍りかかる。

腰だめに構えられていた刃が振るわれ、幾重にも剣閃が走る。

契約の使い魔は粉微塵に斬り裂かれ、再び霧散した。

ルガトは慌てて距離を取り、改めてかの少年を確かめる。

外見は変わっていないが、その身から視認できるほどの密度の気が噴き出している。

今のノゾムの動きを、ルガトは見切ることができなかった。

込み上げる動揺を抑え込みつつ、横目で彼の仲間達の様子を覗き見ると、アイリスディーナ達もまた、驚愕の表情でノゾムを見つめていた。

(彼女達も知らないのか？　確かに、これほどの気量。人が持つには、明らかに異質……)

契約の使い魔は、かつてルガトが仕えていた前ウアジャルト家当主が作り上げただけあり、ランクにすればAランクに届く強力な使い魔だ。

ルガトは背中に這い寄る危機感に急かされ、十本の指を使い、複数の魔法を起動する。

これまでよりも遥かに濃密な魔力弾の嵐が、ノゾムに襲いかかる。

迫る魔力弾の嵐を前に、ノゾムは瞬脚を発動して離脱。

放たれた魔力弾は彼の体に掠りもせず、壁や床に着弾し、空しく瓦礫を巻き上げる。

ルガトは構わず、立て続けに魔法を発動し続ける。

ただ魔力弾を撃つだけでなく、床から炎を噴き出したり、宙に浮かせた血剣を操って斬りかかる。

だが、ルガトの攻撃は、ノゾムの体にかすり傷一つ負わせることができなかった。

彼は高速で複雑な曲線軌道を描き、ルガトが放った魔法を全て躱し、迫りくる血剣を叩き斬る。

(なっ、速すぎる！)

吸血鬼の動体視力を上回るほどの高速で移動しながら、ノゾムはその速さを持て余すことなく、自らの動き全てを十全に掌握していた。

激変したノゾムの姿に、ルガトの意識に動揺の影が差し込み、魔法の精度が僅かに鈍った。

次の瞬間、ノゾムはルガトの意識の間隙を縫うように吶喊し、一瞬で間合いを詰める。

「ぐううう！」

横薙ぎに振るわれた刃を、ルガトは咄嗟に生成した血剣で何とか受け止めた。

衝撃と共に、激烈な負荷がルガトの両腕にかかる。

力を込め、さらに強化魔法まで使ってノゾムを押し返そうとするが、ガッチリと組み合った刃は、ピクリとも動かない。

（くっ、押し込まれる！）

種族としてのスペックはルガトが遥かに勝っているはずなのに、逆にノゾムに押し込まれ始めた。

ノゾムの刃がジリジリ距離を詰め、目の前に迫ってくる。

このままでは押し切られると判断したルガトは、血剣の刀身に魔力を一気に注ぎ込み始めた。

「はあああああ！」

過剰な魔力が注がれた血剣の刀身が炸裂し、ルガトの体は爆発の衝撃で吹き飛ばされる。

衝撃で飛び散った血剣の破片が、彼の体を傷つけるが、吸血鬼が持つ再生能力が瞬く間に迫った傷を癒していく。

爆発の隙に、ルガトは少しでも間合いを離そうと跳躍しながら、十の指を使って魔法を発動した。

大広間の床に巨大な影が広がり、ボコボコを泡立ち始める。

ノゾムが爆発の煙を突っ切ってきた。

血剣の爆発を察して後方に跳躍していたのか、その体に傷はない。

次の瞬間、影から巨大なトカゲの口を思わせる黒色の顎が飛び出し、ノゾムに襲いかかってきた。

モロスの大顎。

上級魔法に分類される高位魔法。

大広間の幅一杯を占めるほどの巨大な口が、ノゾムの足元から彼を飲み込もうと迫りくる。

「ふっ！」

だが、ノゾムは逆に己を噛み砕こうとしてくる顎を足場に跳躍。

天井を蹴り、ルガトとの間合いを一気に詰めてきた。

「くっ！」

ルガトは両手に血剣を生み出しながら駆け、少しでもノゾムとの距離を保とうとする。

さらに小指を器用に使って、牽制の魔力弾を放つが、容易く捌かれ、ついにノゾムの接近を許してしまう。

互いに縦横無尽に駆け回りながら、二人は高速で斬り結ぶ。

だが、ルガトはあっという間にノゾムに追い詰められていった。

両手の血剣を振るい、迫りくるノゾムを退けようとするが、高速かつ的確に振るわれる刀はルガトの双剣の守りを僅か数合で崩し、吸血鬼の体に裂傷を刻んでいく。

「ぐっ、つぅ、がぁ！」

まるで蛇のように絡みつきながら、ノゾムはルガトに斬撃を叩き込み続ける。

たとえ吸血鬼の再生能力で傷を癒そうと、裂傷を刻まれる痛みは確実に、ルガトを追い詰めていく。

そしてついに、離脱しようとした足に斬撃を浴び、ルガトの体勢が大きく崩された。

ルガトは何とか体勢を立て直したものの、足を完全に止められた形になる。

「しまっ……」

「はあああああ！」

そして戦いは、足を止めての打ち合いへと変わる。

ルガトの体に傷が刻まれる速度が、加速度的に増していく。

「グゥ……まだ、まだです」

ルガトは体にさらに裂傷を刻まれる中、咄嗟に自らの体を無数の蝙蝠に変化させた。

ノゾムの斬撃は無数の蝙蝠を捉えることなく、空を斬る。

ルガトはそのまま、蝙蝠達をノゾムに向かわせる。

無数の牙と爪がノゾムに襲いかかってくるが、彼は刀と鞘を巧みに使い、蝙蝠達を撃ち落とす。

だが、圧倒的な数を誇る蝙蝠達に徐々に圧され、ノゾムの体に傷が刻まれ始める。

そのままノゾムを飲み込もうと殺到する蝙蝠達。

しかし、次の瞬間、ノゾムが拳を振り上げ、床に叩きつけた。

気術・滅光衝。

床から噴き出した極光は、ノゾムに殺到してきていた蝙蝠達を纏めて焼き尽くす。

「ぐあああああああああ！」

文字通り全身を焼かれ、ルガトは蝙蝠の状態から無理やり人型へと戻された。

彼の全身からは煙が上がり、肉が焼ける臭いが大広間に充満する。

あまりの激痛に、ルガトの意識が混濁する。そして気がついた時には、ノゾムは追撃の準備を終えていた。

膨大な気が、ノゾムが携えた刀に送られ、瞬く間に圧縮される。

濃密な気刃を輸された刃は鞘へと納められ、強烈な剣気がルガトに叩きつけられる。

腰だめに刀を構えたノゾムの姿に、ルガトは今までにないほどの悪寒を覚え、全力で障壁を展開した。

上級魔法にも耐えられる魔法障壁。それを四重にも重ねて展開する。

薄い四枚の魔法障壁だが、その強度は要塞の城壁にも匹敵する。

普通に考えれば、この障壁を突破できる攻撃など、最大規模の儀式魔法ぐらい。

そして、鞘に納められていた刃が抜き放たれる。

極細に圧縮され、研ぎ澄まされた気の刃は、抜刀と同時に四重の障壁を苦もなく斬り裂き、ルガトが持っていた契約書を、彼の体ごと両断した。

✝

放った気術・幻無が、ルガトの体を両断する。

彼が持っていた契約書も両断されたらしく、復活しようとしていた使い魔は、黒球ごと霧散。

ソミアを拘束していた鎖も消滅し、取り出されていた魂が、繋がった尾に引かれるように、彼女の体に戻っていく。

「ソミア！」

ルガトを倒したからか、アイリスディーナも拘束魔法から解放された。

彼女は慌てた様子でソミアの元に駆け寄り、妹の体を抱き上げる。

「姉……様……」

妹の名を叫びながら、何度も彼女の体を揺すっていたアイリスディーナだが、妹の声を確かめると、安心したように涙を流しながら、頬を綻ばせる。

「よかった。本当に、よかった……う、ううう……」

しゃくり上げながら強く妹の体を抱きしめるアイリスディーナの様子に、ノゾムはソミアが意識を取り戻したことと、ティアマットの力に自分が押し潰される前に決着がついたことに安堵の息を吐いた。

ノゾムが改めて、自分の腕を見下ろせば、制服の生地の裏側から、じんわりと血が滲み始めている。

解放したティアマットの力に耐え切れず、体が裂傷を負い始めているのだ。

体の奥にも影響が出始めているのか、酷い倦怠感と痛みに全身が悲鳴を上げている。

時間がない。

負った傷と負荷を努めて見せないようにしながら、ノゾムは視線をゆっくりとルガトに戻す。

左肩口から腰までを断ち切られたルガトだが、驚いたことに、彼はまだ生きていた。

口元から夥しい量の血を流しながらも、彼はしっかりと意識を保ったまま、己を破った少年を見上げている。

「ふふ。私ぐらいの吸血鬼は……心……臓か……頭を…………破壊されない限り……死にません。ミスリルで、斬られたわけでもない……ですからね」

ノゾムは驚きの表情を浮かべながらも、内心安堵の感情を抱いていた。

たとえ命懸けの戦いをすることになったのだとしても、彼は別に人殺しになりたいわけではない。

問題は、この吸血鬼の老人が、まだソミアの魂を狙うつもりがあるのかという点だった。

ノゾムは瀕死のルガトの意思を確かめるため、彼の眼前に、ゆっくりと刀の切っ先を突きつける。

「ご安心を。貴方は……私に勝ちました。だからこそ……私はソミア様を……連れていきはしませんよ」

威圧する意味も含めて、ノゾムは最後に全身から気を滲ませる。

「どの道……使い魔を操るための契約書も破壊されました。これでこの契約は事実上、履行……不能です。後は……ウアジァルト家とフランシルト家の話し合いで、この件は決着するでしょう」

床に倒れ伏すルガトは、既に戦える状態ではない。

老人の言葉と消えた戦意に、ノゾムはようやく終わったかと、大きく息を吐いて、刀を鞘に納めた。

彼の体に再び不可視の鎖が巻きつき、溢れ出ていた強大な力は、まるで幻だったかのように消えていく。

「あっ、足に力が……」

力の解放に伴った反動が、強烈な倦怠感と共にノゾムに襲いかかる。

足から力が抜け、ストンと床に腰が落ちた。

ふと視線を上げると、手を繋いだフランシルト姉妹が、慌てた様子でこちらにやってきている。

マルスやティマも地面にズタボロの体をどうにか起こし、寄り添うようにノゾム達を見つめていた。

ノゾムの視線に気づいたティマが微笑み、マルスが呆れたような表情を浮かべる。

全員の無事な姿にようやく肩から力が抜け、安堵の息が漏れた。

自分の力をどう説明するか。疲労困憊のノゾムの頭では、さっぱり思いつかない。

難しいことはともかく、今はただ皆の笑顔が守れたことが嬉しかった。

緊張感が解かれたためか、急激な眠気がノゾムに襲いかかってくる。

そして能力抑圧の解放による反動は、瞬く間に彼の意識を暗い沼底へと引きずり込んでいった。

CHAPTER 7

第七章——燻る火種、繋ぎ止められたもの

夢を見ている。空も地面も、真っ赤に染まった夢。しかし、ノゾムにはそれが夢とは思えなかった。場所はおそらくソルミナティ学園。だが、白亜の城を思わせた校舎は倒壊し、周囲は瓦礫の散乱する焼け野原になっている。

「う、ぐぅ……」

周囲には、かつて人であったモノが散乱している。

それは既に、元が誰かの判別がつかないほどに炭化していた。

肉が焼ける臭いが鼻につき、たまらず胃の中のものを吐き出す。

夢の中とは思えない明確な感覚が、ノゾムにそれが現実に起こり得ることだと明確に告げていた。

その地獄に一匹の龍がいた。漆黒の体躯に五色六翼の翼。見違えるはずもない、ノゾムの中にいたはずの巨龍。ティアマットだ。

奴の口は咀嚼するように動いている。

「ハアハアハアハア……」

その光景に嫌な予感がした。息が荒くなり、心臓が早鐘を打つ。本能が「見るな！」と告げるが、そう思った時はもう遅かった。

Ryuusa no Ori
Kokoro no
Naka no Kokoro

「あ、ああ……アアアアアアア！」

口からはみ出していたのは長い髪。その髪の持ち主が頭に過った時、彼は絶叫を上げて奴に突っ込んでいった。

次の瞬間、漆黒の巨炎が吹き荒れ。彼の意識は混沌の炎に呑まれた。

✝

跳ねるように体を起こす。

かけられていた布団が跳ね飛ばされ、バサリと床に落ちる。

「ツア！　ハアハアハア…………」

ノゾムは荒い息を吐きながら、慌てた様子で自分の体を確かめた。

あまりにも現実味を帯びた光景に、自らが生きていることすら確かめずにはいられなかったのだ。

「……夢、か」

体のあちこちに包帯が巻かれ、治療の痕跡が見られるが、キチンと五体満足である。

安堵の息を漏らしたノゾムは、そのままばたりと倒れ込んだ。

（そうか、あの戦いの後、気が抜けて意識を失っちゃったのか……）

沈み込む柔らかいベッドの感触に、ノゾムはようやく、ルガトとの戦い後のことを思い出した。

アイリスディーナとソミアがこちらに歩いてきた時、嬉しさと安堵で力が抜け、目の前が真っ暗になっていった。おそらくあの時に気絶したのだろう。

「どのくらい時間が経ったんだろう……」

自分の置かれている状況をようやく思い出し、ノゾムは改めて周囲を見渡した。

彼が寝かせられていたのは、客室を思わせる部屋。

フランシルト邸の一室と思われるその部屋は、染み一つない白を基調とし、部屋の一角には暖炉が設けられている。

タンスや机、椅子などの家具が、通り備えつけられているが、そのどれもが簡素ながらも、不思議と品の良さを感じられる品ばかりだった。

窓の外には大きな庭園が見え、庭師やメイド達が壊れた家具や皿などを運び出している。

おそらくは、ルガトとの戦いの中で壊れたものだろう。

メイド達が片づけを行っている様子を眺めながら、最後に聞いたルガトのセリフを思い出す。

「とりあえず、ルガトさんは一旦退いたってことかな……」

ノゾムが外の景色を眺めていると、部屋のドアがトントン、とノックされた。

ガチャリとドアが開くと、二人の黒髪の少女が部屋に入ってくる。

「よかった。目が覚めたんだね……」

「ノゾムさん、体は大丈夫ですか？」

部屋に入ってきたアイリスディーナとソミアは意識を取り戻したノゾムの姿を確かめると、その顔に華のような笑顔を浮かべた。

ノゾムは近づいてくる彼女達に、大丈夫と言うように頷く。

「俺、どのくらい気絶していたんですか？」

「大体、半日くらいだよ。でも、よかった。いきなり気を失ったから心配していたんだ」

ノゾムが気絶したのは能力抑圧の解放が原因だが、その前から滅光衝等で、気を激しく消耗したことも影響していた。

急激な気の消耗は、生命維持活動にも深刻な影響を与える。

正直な話、シノのように衰弱死しなかっただけ御の字だった。

「それで……ルガトさんは？」

ノゾムは、あの後の顛末を尋ねてみる。

アイリスディーナの話では、ルガトはノゾムが気絶する直前に言っていたように、契約書が破壊されたことで、ソミアの魂を回収することが不可能になった。

その後は、自分の仕える主に今回の件を報告するため、ディザード皇国に帰っていったそうだ。

ちなみに、ノゾムに両断された半身は、数時間後には綺麗に治っていたらしい。

凄まじい再生能力であるが、ルガト本人曰く、「自分でも驚くほど綺麗に斬られたからこそ、ここまで早く治った」とのこと。

「ティマとマルス君は今学園に行っているが、二人も放課後にはこっちに来る。エナ君も無事に、彼女の家に戻っているよ。フランシルト家がウアジャルト家と密約を交わした理由はルガト氏から聞いているから、こっちも話しておきたい。大丈夫かい？」

「ええ、まあ……」

その時、グゥ～とノゾムの腹が鳴った。気をかなり消耗していたので、体が栄養を欲しているようだった。

ノゾムは気恥ずかしそうに頬を掻き、アイリスディーナとソミアはクスクスと含み笑いを浮かべる。

「その様子じゃ大丈夫そうだね。食事を持ってくるから、少し待っていてくれ。ソミア、行こう」

「はい、姉様！　それじゃあノゾムさん、お食事、期待して待っていてくださいね」

姉妹はそう言って、仲良く部屋を出ていく。ノゾムは二人を見送った後、ベッドに腰かけて考え込む。

ノゾムの脳裏に、先ほど見た悪夢が過る。

抱え込んだ秘密をどう説明したらいいか分からないノゾムは、シコリのように残った不安を一旦脇に置きつつ、この空腹を満たしてくれる食事を楽しみにしていた。

†

その日の夕方。まだ黄昏時には至っていないが、徐々に日が落ち始める頃、フランシルト家の一室に昨日の事件の当事者達が集まっていた。

まず初めにアイリスディーナから、今回の事件の発端となった、フランシルト家とウアジャルト家との密約についての説明が行われた。

事の発端は三百年前。

当時、フォルスィーナ国は王位継承を巡って内乱が起こり、国内が荒れていた。

国王直系の一派と、外憂勢力の協力を得た王家の傍流一派との争いだが、この時、フランシルト家は国王直系一派に属していた。

しかし、その争いにおいて、フランシルト家が協力していた一派は徐々に劣勢となり、ついには自分達だけではどうにもならなくなった。

そんな時、当時のフランシルト家の当主は、劣勢を覆す手段として、隣国でありながら全く国交のなかったディザード皇国のウアジアルト家を頼ったのだ。

彼らの持つ異能や魔道具の力を陰で使い、国王一派のフランシルト家は敵対勢力を排除。

ソミアの体に融合した霊炎の炉も、元々はこの時の内乱に使われた品の一つで、他者の魂を贄(にえ)として、使用者に強大な力と生命力を分け与える、吸血鬼らしい魔道具だった。

その功績により、王家から絶大な信頼を受けたフランシルト家はその権勢を絶対的なものとした。

また、協力の対価として、フランシルト家は莫大(ばくだい)な財貨をウアジャルト家に支払い、三百年間、魔道具を借り受けることにした。

ちなみに、ルガトは契約が交わされた三百年前、当時のウアジャルト家当主にも仕えており、双方の当主による密約締結時にも立ち会ったらしい。

当時を知る老紳士の話では、密約を交わしたフランシルト家当主が間に三百年という時間を取ったのは、敵対勢力の復活を危惧してのこと。

また、ウアジャルト家側も長命種の吸血鬼なので、時間感覚の違いから、三百年という期間を空けることはさほど気にならなかったらしい。

「王家の危機とはいえ、切羽詰まった事態に、ご先祖様も必死だったのだろう」

「ソミアちゃんの魂に混じり合った霊炎の炉は……」

「ああ。そちらの方だが、今のウアジャルト家当主も、混じり合ってしまった霊炎の炉をソミアの魂から分離することは無理らしい」

アイリスディーナの話では、ソミアに霊炎の炉が使われたのは相当昔のこと、それこそ、彼女が生まれた直後らしい。

「それって、まさか……」

ノゾムはその話を聞いて、ソミアを産んで亡くなったという、彼女達の母親のことを思い出した。

「多分、霊炎の炉をソミアに使ったのは、母様だろうな。ソミアは、生まれた直後はかなりの未熟児だったから……」

複雑な表情を浮かべながら、そっとソミアの頭を撫でていた。

ソミアも、普段の快活な表情は鳴りを潜めており、目元には涙も浮かんでいた。

「ソミアちゃん……」

「いいんです。母様も、私に生きて欲しいと思ったから、こんなことをしたんだと思います」

クリッとした瞳一杯に涙を溜めながらも、ソミアは顔を上げる。

その顔には、先ほどの暗さを残しながらも、強い光を抱いていた。

「この件は、直ぐにフランシルト本家に連絡した。あの老執事が言っていた通り、後はフランシルト本家とウアジャルト家との話し合いで、何らかの折り合いをつけることになるだろう」

「……アイリスディーナさん、こんな話、俺達に話してよかったんですか？」

この話はフランシルト家にとって公表できない話のはずだ。

しかし、そんなノゾムの疑問など気にしないという様子で、アイリスディーナは答える。

「構わないよ。今回、私達の事情に巻き込んでしまったにもかかわらず、君達は私達を助けてくれた。

そんな命の恩人に対して隠し事はしたくないからね。この件を知ったからといっても、家の連中には手を出させないよ」

腕を組みながら、全く気にしないと言い切るアイリスディーナ。その表情に迷いはない。

「改めて礼を言わせてくれ。今回は助けてくれてありがとう。ソミアを失わずに済んだのは君達のおかげだ。本当に……感謝しているよ……ありがとう」

「本当に……助けてくれてありがとうございました！」

フランシルト姉妹が揃って頭を下げ、ノゾム達に礼を述べる。

ノゾムは純粋な彼女達の想いに、むず痒い気持ちを抱く。

マルスもまた同じ気持ちなのか、厳つい顔を紅くして照れており、唯一ティマだけが、無事だった親友とその妹を見つめて、ニコニコしている。

「あ、いや。別に気にするほどのことじゃ……」

「そんなことありません！　死神さんから私を助けてくれた時なんて、凄くカッコよかったですよ！」

「ふふ、ソミアの言う通りだよ」

ソミアが身を乗り出して興奮したように詰め寄り、アイリスディーナもまた彼を褒め称える。

「そ、そんなに褒められても困りますよ。それに俺は……」

ノゾムはあの戦いで最後まで迷っていたことを気にしていた。自然と表情も硬くなる。

「ノゾム、聞いていいか？　あの戦いの最後の時、お前、一体何をしたんだ？」

そんなノゾムの様子を眺めていたマルスが、真剣な面持ちで尋ねてくる。

マルスの一言にアイリスディーナ達も押し黙った。

先の戦いで見せたノゾムの異常な力は、彼女達も内心では気になっていたからだ。

この場の視線が全てノゾムに集まる。

「お前が学園の奴らが言うよりもずっと強いのは分かっていた。でも、あの時のお前は異常だった」

静寂が支配する中、ノゾムはゆっくりと口を開く。

「あれは…………能力抑圧の解放だよ……」

「能力抑圧の解放？」

ソミアが首を傾げているが、ノゾムはそのまま説明を続ける。

「俺はアビリティのせいで、気量、身体能力、魔力を著しく制限されていますが、二学年末の時、このアビリティを解除できるようになったんです。」

「もしかして。あの時学園を休んだり、やたらと怪我していたのは……」

「ああ、うん。その時色々あって、能力抑圧を解除できるようになったんだ」

「じゃあ、なんで今まで使わなかったんだ？」

「それは…………」

今日の夢の光景がフラッシュバックする。焼け野原になったアルカザムと焼け焦げた街の人達の臭い。復活したティアマット。そして、奴に食われていた彼女。

「…………ノゾム君？」

「あ、いや、ゴメン。ボーっとしていた。能力抑圧の解除はできるようになったけど、その力の制御が全然できないんだ。気も常に全開状態で、加減とかとても無理だから使わなかったんだ」

自分の中にある不安を取り繕ってノゾムは答える。

その言葉も、ティアマットのことも含め、全ては語れていない。

「だって殴っただけで岩が粉々だよ。とても人相手じゃ使えないよ」

「確かにそれだと簡単には使えないいな。……というかお前の技そんなのばっかりだな」

「……自覚しているよ」

結局、この後もノゾムは自分が龍殺しであることを話すことはできなかった。

その後、時間も経ち、黄昏が空を染め上げてきたので、ノゾム達は帰路に就くことにした。

アイリスディーナ達も帰るノゾム達を見送ろうと、屋敷の門までついてくる。

「じゃあ、俺達は帰ります」

「じゃあな」

「ああ、また学園で……」

「うん、またね」

ノゾムは別れの挨拶を済ませ、二日ぶりに学生寮へと帰ろうとする。

だが、アイリスディーナの傍にいたソミアがノゾムの手を握ってきた。

「ど、どうしたの？　ソミアちゃん」

「ノゾムさん、助けてくれてありがとう！　あの時、もう姉様に会えなくなるって思ったけど……今また姉様と一緒にいられて凄く嬉しいです！」

何事かと慌てるノゾムにソミアは改めてお礼を言う。

アイリスディーナも反対側の手を握り、今一度感謝の言葉を述べてきた。

「ああ、あの時君が助けてくれなかったら、間違いなくソミアを連れていかれていた。私は……きっとそれに耐えられなかったと思う。……本当にありがとう」

二人から改めて贈られる感謝の言葉に、ノゾムは少し心が軽くなった。

話せなかったことは多く、心に抱えた不安は大きい。胸の奥には小さなシコリが残ったままだが、少なくともあの時、能力抑圧を解放したことは、間違いではなかったと思えた。

「……そういえばこれ、ソミアちゃんにまだ渡していなかったね」

「え？」

ノゾムの言葉にソミアは首を傾げる。ノゾムはそれをポケットから取り出しながら、一日遅れの言葉と共にソミアへと贈った。

「ちょっと遅くなったけど、誕生日おめでとう」

取り出したのは、ソミアに贈るつもりで作っていた誕生日プレゼント。

藍色の紐を輪状に結い上げて、その輪に紐をつけ、その先に東方で使われている鈴をつけた品。

彼女が家族の絆として大事にしていた腕飾りに肖って作ったものだ。

「あの腕飾りを参考にしたし、正直に言って鈴を作るのは初めてだったから、お世辞にも上手い出来とは言えないけど……」

「とても嬉しいです！　ありがとうノゾムさん！」

不恰好な腕飾りは、確かに、ソミアのような高貴な身分の器量良しがつけるには不釣り合いだ。

だが、そんな事はソミアには関係がなかった。

不恰好な鈴の形の奥に、彼女のために何度も試行を重ねてくれたノゾムの想いを感じ取っていた。

空いてしまった右手首に、ノゾムの腕飾りをつける。

振ってみれば、鈴は相も変わらずカラコロと、何とも気の抜ける音を奏でていたが、ソミアは嬉しそうに顔を綻ばせ、何度も鈴を鳴らしてはしゃいでいる。

アイリスディーナも、そんな妹を笑顔で見守っていた。

ティマは喜びに涙を浮かべ、マルスもそっぽを向きながらも、口元を緩ませている。

波乱万丈の一日。一時はもう二度と見ることはできないと思えた笑顔。

彼らが守りたいと思った光景が、そこには確かにあった。

あとがき

こんにちは、原作者のｃａｄｅｔと申します。

まずは、本書を手に取っていただき、そして読んでいただき本当にありがとうございます。

本書はもともと、「小説家になろう」のサイトに二〇一一年から連載していたものです。

書き始めたきっかけは何だったのか。よくは覚えていません。ただ日々の生活の中で精神的に疲弊していくうちに、胸の中がいっぱいになって、何かがあふれ出してきた感覚は覚えています。

本作品の冒頭にもありますが、この第一巻は『逃避の自覚』をテーマにしています。

人間、意識している、いないにかかわらず、何らかの逃避を抱えている。別にそれ自体が悪いのではなく、それに気づこうとしないこと、気づいても理由をつけて見ないようにすることが、その人を幸せから引き離しているのではないか。そんな事をイメージして書いていました。

初めての書籍化で色々と大変な時もありましたが、全てが本当に新鮮で、充実した一年でした。

なんだかんだで厳しい小説の世界でありますが、二巻目で再び皆さんにメッセージを送れたらと願っております。つきましては皆さんに布教用にもう一冊（オイオイ……）。

最後に、この貴重な経験を積む機会をくださった一迅社の皆様、素敵なイラストを提供してくださったｓｉｍｅ様。そして、これまでＷＥＢ上で支えてくれた読者と今回初めて本書を取ってくれた方々に改めてお礼を申し上げるとともに、この場での締めのご挨拶とさせていただきます。

龍鎖のオリ－心の中の“こころ”－

2020年11月5日　初版発行
2021年2月8日　第2刷発行

初出……「龍鎖のオリ－心の中の“こころ”－」
小説投稿サイト「小説家になろう」で掲載

【著者】cadet
【イラスト】sime

【発行者】野内雅宏

【発行所】株式会社一迅社
〒160-0022
東京都新宿区新宿3-1-13　京王新宿追分ビル5F
電話　03-5312-7432（編集）
電話　03-5312-6150（販売）

発売元：株式会社講談社（講談社・一迅社）

【印刷所・製本】大日本印刷株式会社
【DTP】株式会社三協美術

【装幀】AFTERGLOW

ISBN 978-4-7580-9309-5

Printed in JAPAN

おたよりの宛先
〒160-0022
東京都新宿区新宿3-1-13　京王新宿追分ビル5F
株式会社一迅社　ノベル編集部
cadet先生・sime先生